KB120499

카페인IN 커피인人

카페 인(IN) 커피 인(人)

바리스타 카페 사장의 꿈과 현실 이야기

초 판 1쇄 2024년 06월 21일

지은이 임승훈
펴낸이 류종렬

펴낸곳 미다스북스
본부장 임종익
편집장 이다경, 김가영
디자인 임인영, 윤가희
책임진행 이예나, 안채원, 김요섭, 임윤정

등록 2001년 3월 21일 제2001-000040호
주소 서울시 마포구 양화로 133 서교타워 711호
전화 02) 322-7802~3
팩스 02) 6007-1845
블로그 http://blog.naver.com/midasbooks
전자주소 midasbooks@hanmail.net
페이스북 https://www.facebook.com/midasbooks425
인스타그램 https://www.instagram.com/midasbooks

ISBN 979-11-6910-685-6 03810

값 19,000원

미다스북스는 다음세대에게 필요한 지혜와 교양을 생각합니다.

바리스타 카페 사장의 꿈과 현실 이야기

카페인 IN
커피인 人

임승훈 지음

미다스북스

목차

목차

PART 2. 그럴싸한 카페 사장이 되고 싶다

목차

목차

PART 3. 나는 이제 실력으로 인정받는 바리스타 사장이다

목차

부록

추천의 글

이겨 놓고 싸워라! 창업하는 사람들이 제일 먼저 알아야 하는 손자병법의 덕목이다. 대한민국의 많은 카페들이 무턱대고 창업했다가 싸움에서 지고 폐업한다. 이 에세이 안에는 매장을 유지하기 위한 의미심장한 다양한 생존 방법들이 담겨 있다. 반드시 승리하기 위해, 실전 커피 이야기 『카페인(IN) 커피인(人)』을 추천한다.

개그맨, 요식업CEO, 고명환

추천의 글

임승훈 대표를 만난 것은 2017년 즈음으로 기억됩니다. 우리 대학 경영대학원에서 MBA 과정을 밟던 임 대표가 석사 학위 논문의 지도를 맡아 달라며 찾아왔습니다. 졸업 요건 충족을 위해 수업을 더 수강할 수도, 학위 논문을 쓸 수도 있는데 더 고단한 길인 논문 작성에 도전하겠다는 의지를 강하게 보였습니다. 그 이후로 수없는 어려움과 고뇌를 반복하였지만, 임 대표에게 포기라는 것은 그의 세상에 존재하지 않는 것처럼 미동도 없이 묵묵히 논문 작성을 이어 나갔습니다. 논문에 도전하였다가 중도 포기하거나 어려움을 토로하는 학생들의 사례를 수없이 봐 온 교수로서 이채롭게 느꼈던 부분입니다. 삶에 대한 긍정적인 태도를 오히려 지도교수가 배운 셈입니다. 7년이 흐른 지금, 임 대표의 원고를 읽으니 그의 논문 작성 방식이 그가 인생을 사는 방식과 닮아 있음을 알게 되었습니다. 이 책은 일상과 타성에 젖어 하루하루 살아가고, 쉬운 길을 택하기 일쑤인 우리 모두에게 의미 있는 에세이입니다. 잊었지만 우리 안에 내재된 삶에 대한 능동적이고 긍정적인 태도, 그리고 도전에 대한 가치를 일깨워 줄 것이라고 믿으며 추천의 말을 갈음합니다.

숭실대학교 경영학부 교수, 김수현

추천의 글

저처럼 커피를 잘 모르는 사람은 언제부터 우리나라에 커피 문화가 생겼는지 잘 모릅니다. 저는 그저 커피를 참 좋아하는 평범한 사람입니다. 그러던 중 저자를 알게 되었습니다. 그리고 그가 내리는 커피를 좋아하게 되었습니다. 아무것도 모르고 커피면 다 똑같은 줄 알고 마셨던 저에게 저자는 커피의 종류가 얼마나 많은지, 그리고 커피 맛이 얼마나 다양한지를 알려 주었습니다. 어찌 보면 저는 커피를 알기 전에 '커피인(人)'을 먼저 알게 된 듯합니다. 커피가 좋아서 저자를 알게 된 것이 아니라, 그가 커피를 사랑하는 모습을 좋아하다 보니 저도 커피를 사랑하게 되었습니다. 이제는 아침에 마시는 커피 한 잔이 가져다주는 즐거움을 알 정도가 되었으니 저도 어느 정도 커피를 사랑하는 사람이 된 듯합니다. 그런 걸 보면 저자는 사람의 기분을 좋게 만드는 커피 향이 가득한 사람입니다. 이런 그가 커피를 사랑하며 일하는 모습을 보고 있노라면, 그리고 그가 내린 커피를 마시고 있노라면, 용서 못 할 사람도 없을 듯하고, 사람을 미워하는 마음도 없어지는 듯합니다. 하루의 피곤함이 커피 한 잔에 눈 녹듯이 사라지고, 그동안 마음에 쌓여 있던 감정의 쓰레기들이 다 녹아 버리는 듯합니다. 그런 저자의 커피에 대한 진심 어린 생각과 감정이 담긴 이 소중한 책을 추천합니다.

(사)보듬자리 이사장, 수원은혜교회 담임목사, 황유석

추천의 글

20대 청년 시절의 저자와 함께 일하던 때가 생각납니다. 따뜻한 마음씨를 가진 그는 마음이 여려 힘들 때면 울기도 하던 소년 같은 분이었지요. 하지만 그는 언제나 열정이 가득한 사람이었고, 정말 열심히 커피 공부를 하던 심지 깊고 성실한 젊은이이기도 했습니다. 결혼도 하고 아빠가 되면서 점점 더 믿음직한 모습을 보여주더니 지금은 책까지 출판한다고 해서 깜짝 놀랐습니다. 추천사를 부탁받아 원고를 먼저 읽어보니 이 안에 담긴 내용이 더 놀라웠습니다. 막연하게 커피에 관한 것인 줄로만 알았는데, 훨씬 더 깊이 있는 내용들로 가득 차 있었습니다. 우리가 살아가는 이야기였고, 일상에서 늘 생각하고 부딪히는 이야기였습니다. 그리고 꿈을 꾸고 실패해도 또다시 일어서는 우리 모두의 이야기였으니까요. 그의 꿈을, 아니 우리 모두의 꿈을 응원하며 저자의 이 소중한 책을 추천합니다.

㈜히코코 前 마케팅본부장, 허선

추천의 글

나는 저자를 학부 시절 교양 강의를 할 때 만났다. 실내디자인을 전공했으며, 편지를 자주 쓰고 이야기 나누기를 좋아하던 학생이었다. 그 당시 남다른 감수성과 따뜻한 마음이 돋보였다. 특히, 글쓰기를 좋아하는 문학청년으로서 스무 살 또래 학생들과는 다른 모습이었다.

이 책은 그 감수성 풍부한 청년이 커피라는 매개체를 통해 어떻게 자신의 삶을 만들어갔는지를 담고 있다. 책에는 커피와 카페 창업에 얽힌 다양한 에피소드들이 주를 이루어서 카페 창업을 계획하는 사람들에게 매우 설득력 있는 이야기들이 가득하다. 또한 삶이 잘 풀리지 않아 낙담하고 있는 젊은이들에게는 인생 선배로서 따뜻한 조언과 위로를 전해준다.

저자는 쥐가 나오는 가난한 신혼집에서 시작해 49억 원짜리 커피복합문화센터 건설 책임자가 되고, 커피 강의를 하는 대학교수가 되기까지의 과정을 책 속에서 솔직하게 그려냈다. 그의 열정과 분투, 그리고 긍정의 철학이 이 책을 통해 독자들에게 전해질 것이다. 무엇보다도 그의 필력은 탁월하여 소설책을 읽는 듯하다.

"때로는 틀린 길이 후에는 옳은 길이 될 수도 있습니다. 책에 나와 있던 수많은 이야기는 내가 창업함에 있어 수많은 방향을 알려주는 길이 되었습니다. 하나의 길이 막히면 우회하여 다른 길로 가야 하지만 결국 더 많은 길이 생긴 것이죠."라는 본문의 한 구절은 이 책의 가장 큰 메시지를 담고 있다. 카페 창업의 막연한 꿈이 계획과 실천, 그리고 포기하지 않는 목표를 분명히 하지 않는다면 무너지고 만다는 현실적 충고도 있다.

책을 읽고 나니, 문득 이런 생각이 든다. 자신이 좋아하는 일을 하는 사람은 결국 모든 경험을 하나의 강줄기로 모으는구나. 그는 글쓰기를 좋아하니 책을 쓰게 되고, 실내디자인 전공 지식이 커피 복합문화공간 디자인으로 연결되고, 사람을 만나는 것을 좋아하니 강의를 하게 된 것이 아닐까. 그의 말대로 때로는 틀린 것처럼 보이는 길이 후에는 옳은 길이 될 수도 있다는 생각이 든다.

동서울대학교 자유전공학과 학과장, 교수, 정주리

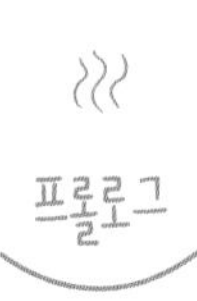

프롤로그

오늘도 커피 한 잔으로 하루를 시작하는 당신. 한 잔의 커피를 제공하는 그 한 사람. 바로 그 사람이 바리스타이다. 바리스타라는 직업군은 이제 너무나 익숙하고 인기도 많다. 현재까지도 더 많은 커피 분야의 전문가들이 탄생하고 있다. 커피의 시스템은 디지털을 넘어 프로세스화되며 더욱 날로 발전해 가고 있다. 그러나 나는 일반 사람들 전체가 커피에 열광하는 시대가 아직 오진 않았다고 생각한다. 그러기에 더욱이 언젠가 올 그날을 기대한다.

어느덧 커피는 예전과 다르게 자연스레 우리의 곁에 찾아와 스며들었다. 커피는 성인이면 누구나 즐길 수 있는데 믹스커피를 즐기든 핸드드립 커피를 즐기든 커피라는 점은 동일하다. 많은 사람들은 매력적인 홈 카페에 취하여 핸드드립을 취미로 갖기도 한다. 또한 어린 친구들은 직접 카페라는 현장에 뛰어들어 바리스타 업무를 행하기도 한다. 누군가는 더 나아가 로스팅을 하기도 하고 직접 자신만의 카페를 열기도 한다.

요즘은 많은 이들이 커피를 공부하고 있음에서 한층 더 나아간다. 단순한 습득의 정보가 아닌 커피 본연의 향미를 직접 더 가까이 느끼고 싶어 하는 사람들도 늘어 간다. 그 사람들이 내뿜는 도파민도 함께 늘어 가고 있다.

그렇다면 세상의 많은 청년들로부터 시작하여 노년까지 모든 연령층을 만족시킬 수 있는 직업은 과연 무엇일까? 난 그것이 바로 바리스타라고 생각했고 더 포괄적인 개념에서 '커피인(人)'이라고 알리고 싶었다. 나는 이 드넓은 연령의 폭을 넘나들며 커피의 여러 길을 알리고 만나는 이들의 진로를 찾아주기를 원했다. 온갖 커피 용품들을 구매하고 다양한 나라의 생두를 볶아도 보고 직접 구매하여 마셔도 보았다. 커피 안에서도 다양한 직업 분야가 있지만 커피를 테마로 하여 직업의 구분을 따로 두지 않고 커피 전문가가 되고자 노력했다.

그리고 어린아이들의 커피 관련 진로 교육을 진행하면서 '커피인(人)' 꿈나무로 자라도록 도왔고 성인들도 가르쳤다. 또한 실버 바리스타 양성을 위해 노인들을 가르치고 그들이 커피를 배우고 일할 수 있는 공간을 만들었다. 몸이 다소 불편한 친구들에게도 커피를 가르치면서 삶의 활력을 불어넣어 주었다. 나의 선한 영향력을 통해서 사회에 기여할 수 있는 바리스타가 탄생하길 소망하였다.

여러 방면에서 커피라는 테마를 하나로 각자의 장점을 부각시켜 주었다. 그들이 원했던 꿈인 카페 창업을 통한 자신의 꿈을 현실화시킬 수 있도록 함께 도왔다. 어찌 보면 이제 커피는 선택이 아닌 필수 식품이 되었다. 청년부터 노년까지 커피는 우리의 삶 속에서 하나의 삶의 매개체이자 활력소가 아닐까란 생각을 해 본다.

사소한 실수를 했을 때의 커피 한 잔은 누군가에게 위로를 주고 업무의 성과를 올렸을 때의 커피 한 잔은 누군가에게 희열을 준다. 한 잔의 같은 커피라 할지라도 그 안에 어떤 의미를 담느냐에 따라 서로 다른 향미를 뿜낼 수 있는 것이다. 우리는 단순히 커피를 향미적인 개념에서 느끼기보다 삶의 한 요소로 그 안의 진심적인 의미를 느껴 볼 필요가 있다. 그것이 참된 '커피인(人)'이고 비로소 그때 커피라는 전 직업군에 더더욱 열광하는 날이 올 것이다.

나는 커피 전문가로 이 책을 집필한 것이 아닌 세상의 일반적인 대중들의 눈으로 커피를 느끼고 바라보며 표현하고자 노력했다. 옳고 그름의 문제가 아닌 삶의 한 분야로 커피와 어떻게 접목시키느냐가 더 큰 관심의 주제일지도 모르겠다. 누구든지 각자의 삶 속에서의 이상을 커피와 접목시켜 나만의 꿈 카페를 펼쳐 보는 것은 어떨까? 아직 내가 원하는 꿈이 무엇인지 잘 모르거나, 나의 꿈을 이루고 싶은 사람들에게 무엇보다 내 가슴의 면면을 일깨우는 변화의 시작이 되길 진심으로 기대해 본다.

PART 1

감동을 주는 커피를 만들고 싶다

첫 꿈은 TV 속에서 시작했다

중학교 2학년 시절, 기억에 남는 미니시리즈 드라마 작품을 만났다. 〈쿨〉이라는 이 드라마는 그 당시 우리나라에서는 대중적이지 않았던 웨딩플래너라는 새로운 직업군을 소재로 제작되었다. 예비 신랑 신부의 결혼 준비를 도와주는 결혼 대행업체에서 근무하는 주인공의 일과 사랑 이야기를 담은 내용이었다. 드라마를 보면서 웨딩플래너라는 직업에 관심이 생겼다. 인생에 가장 중요한 이벤트인 결혼식을 직접 계획하고 진행한다는 것은 정말 내가 더 커서 이 직업을 하고 싶다는 꿈을 꾸게 하기에 충분했다. 지금은 웨딩플래너란 직업이 대중화된 직업군이기는 하지만 그 당시 이 드라마는 내 인생에 있어 진로를 계획하게 되는 시작이었다.

몇 해 지나지 않은 고등학교 2학년 시절 나를 또다시 진로 고민에 빠지게 만든 예능 작품인 〈러브하우스〉가 방영되기 시작했다. 이 예능 프로그램은 유명한 건축 디자이너가 삶에 어려움이 있는 가족들의 주택을 뜯어고치고 개조하여 정말 예쁜 집으로 재탄생시켜 주는 내용이었다. 중학교 시절부터 집 근처의 복지관에서 봉사 활동을 하면서 주변의 어려운 사람을 도와주는 일을 해 왔던 터인지라 더더욱 그 직업의 의미는 따뜻하고 남다르게 느껴졌다. 몸이 불편한 사람에게는 실내 인테리어를 통하여 더 편하게 바꿔 주었고 공부할 수 있는 책상이 없는 아이들에게는 책상뿐만 아니라 침대도 만들어 주었다. 이러한 가정의 어려움을 극복할 수 있도록 열심히 건축 디자이너들이 힘을 모았다. 집을 단순히 고쳐 주는 것이 아닌 그 안에는 분명 희망과 감동이 있었다. 기존의 집은 암울했던 과거의 삶을 대변한다면 개조된 새로운 집은 미래에 대한 희망이었다.

점차 웨딩플래너같이 고객에게 무언가를 제공하여 기쁘게 하는 이벤트적인 요소와 건축 디자이너같이 멋진 공간을 만들어 고객이 쉴 수 있는 곳을 창조하는 것에 대한 관심이 많아졌다. 이 두 가지가 서로 부합된 재미있는 직업군을 한번 찾아보기로 했다. 그러기 위해서는 여러 사람이 하나의 공간으로 찾아와야 했고, 나는 무언가를 그들에게 제공하며 기쁨을 주어야 했다. 평소에도 먹을거리와 마실 거리를 좋아했던 터라 '이것들을 고객에게 제공할 수 있는 나만의 특별한 매장을 차려 보는 것은 어떨까?'란 생각도 들었다. 내 매장을 직접 운영하면서 각종 서비스를 고객에게 제공하고 기쁨을 주면 좋을 것만 같았다. 그 당시에는 웨딩과 관련한 대학교의 학부가 없었지만 다행히도 인테리어와 관련한 학부는 몇 곳 있었다.

학창 시절 대학교의 어느 학과를 가야 할지, 지금부터 무슨 공부를 해야 하는지, 진로에 대한 생각들을 정했기에 다른 친구들보다 빠르게 진로 설계를 할 수 있었다. 그로 인하여 고등학교 시절부터 실내디자인과 입학을 미리 준비할 수 있게 되었다. 실내디자인 공부를 하면 먼 훗날 내가 원하는 내 매장을 오픈했을 때 그 공간을 직접 디자인할 수도 있을 거라는 생각에 무척 기뻤다. 그렇게 인테리어 학원을 다니며 공간에 대해 더욱 깊이 있게 배울 수 있었다. 이때부터 미래의 내 공간을 어떻게 꾸밀지 좀 더 세밀하게 구상할 수 있게 되었다.

쓸쓸함만 남긴 첫 꿈

실내디자인과 신입생으로 한 해를 마칠 무렵 공간에 대해서 배우는 것도 너무 좋았지만 마음 한편으로는 웨딩플래너라는 직업이 계속 머릿속에 맴돌았다. 그러던 찰나에 웨딩컨설팅 회사에서 일하던 친구를 통해 일을 도와달라는 요청을 받게 되었다. 아마도 중학교 시절부터 웨딩플래너란 특별한 꿈을 꾸고 있던 내가 기억에 남아 있었던 모양이다. 친구의 추천으로 웨딩플래너로 일하고 계신 이사님 한 분을 알게 되었다. 운이 좋게도 웨딩플래너란 직업을 부분적으로 체험해 볼 수 있는 웨딩플래너 보조 역할을 맡게 되었다. 가장 처음 할 수 있었던 일은 신랑 신부가 결혼 준비를 할 때 스드메(스튜디오, 드레스, 메이크업을 줄인 말)를 선택하게 되면 서울 청담동 주변의 제휴된 드레스 매장으로 동행하여 길 안내를 해 주는 것이었다.

한 달 정도 길 안내를 하다 보니 그 과정에서 이루어지는 모든 상황들이 나도 모르게 나의 가슴을 떨리게 한다는 것을 느끼게 되었다. 신랑 신부와 동행하는 동안 좀 더 재미있는 이야기를 미리 준비하여 말을 걸어 보기도 했다. 또한 결혼 준비는 어디까지 되었는지 물어 보기도 했다. 이런저런 이야기에 공감할수록 신랑 신부는 마치 내가 웨딩플래너인 것처럼 너무 좋아해 주었다. 현시점에서 무엇을 준비하면 좋을지 신랑 신부와의 공감을 높이기 위해 스스로 웨딩 관련 공부도 많이 했다. 이런 열정적인 모습에 이사님도 기특하게 느끼셨는지 본격적으로 웨딩플래너 일을 해 보자고 제안해 주셨다.

처음 세 달 정도는 양복을 입고 출근하여 웨딩플래너 교육을 받기 시작했다. 결혼식을 컨설팅하는 전체적인 과정과 상담하는 방법 및 서비스 교육을 해 주셨다. 나를 제외하고는 모두 여성 플래너였고 그중에서도 내가 가장 막내였었다. 나이와 성별은 내게 전혀 문제가 되지 않았다. 이렇게 내 인생의 첫 직장 생활은 정말 하고 싶었던 웨딩플래너라는 직업으로 할 수 있게 되었다. 이때까지만 해도 정말 행복하고 설렜다.

그러나 그 꿈은 그리 오래가지 않았다. 웨딩플래너로 일한 지 6개월 정도가 되었을 무렵까지 단 한 건의 계약도 하지 못했으니 말이다. 사회 초년생이기도 했고 너무 순수했던 터라 계약이 곧 돈이 된다는 것조차 생각해 보지 못했다. 이상과 현실은 너무 큰 차이가 있었다. 좋아하면 뭐든 다 될 것이라고 생각했던 것은 큰 오산이었다. 아무리 노력해도 결혼을 해 보지 못한 나는 결혼도 해 보고 가정을 꾸린 선배 플래너들을 따라가기에는 역

부족이었다.

정말 좋아하는 일과 잘하는 일이 따로 존재한다는 것을 느끼게 된 순간이었다. 이곳은 정말 전쟁터와 같았다. 매일 웃으면서 출근하고 친절하게 가르쳐 주고 있지만 계약 실적이 없으면 한 달 동안 열심히 일을 했어도 교통비를 제외하곤 생활비조차 받지도 못했으니 말이다. 정말 이것이 내가 생각했던 웨딩플래너의 현실은 아니었다. 현실은 몹시 야속했다. 첫 계약을 하기 전까지 어린 나이에 보다 일찍 꿈과 현실의 괴리감을 느끼게 되었다.

힘든 시기였지만 아직 젊고 이렇게 포기할 수는 없다는 생각이 들 무렵 기회가 찾아왔다. 회사에서 큰 마케팅 비용을 들여 웨딩박람회를 주최한다는 것이었다. 사전 홍보 준비도 열심히 도우며 웨딩 상담기법에 대해 더 심도 있는 교육도 받았다. 웨딩박람회는 매우 인기가 있었고 이번 기회를 통해 여러 상담을 해 보면서 웨딩플래너로 더 성장했고 한 건의 결혼식을 계약할 수 있었다. 정말 너무 기뻐 가슴이 벅찼다.

첫 계약을 정말 힘들게 해서인지, 신랑분이 외국인이어서인지는 모르겠지만 아직까지도 기억에 많이 남는다. 그렇게 반년이 지나 첫 계약을 진행하고 한 해가 다 되도록 지인 소개로 계약한 추가 한 건을 제외하고는 별다른 실적을 내지 못했다. 중학교 시절 일찍이 웨딩플래너에 대해 꿈꾼 것에 비해서는 한 해 동안의 좌절감이 너무 컸다. 그때는 몰랐던 현실과 이상의 거리감이 엄청 크다는 것을 몸소 느꼈다. 일에 대한 재미는 있었지만 금전적으로 어려움을 느껴 굉장한 자괴감에 빠진 시기이기도 했다. 꿈에 있어 잘하는 일과 좋아하는 일이 과연 같을 수 있을까 하는 질문을 내게 던지며, 첫사랑과 같았던 첫 웨딩플래너 체험기는 씁쓸함만 남긴 채 끝이 났다.

전설의 군 바리스타

군 입대 후 3개월이 지난 주말이었다. 군 생활을 적응할 무렵 선임을 따라 첫 위병소 경계 근무를 서게 되었다. 선임과 내가 있는 초소 앞으로 부모님으로 보이는 중년 두 분이 누군가를 애타게 기다리고 있었다. 몇 분이 지나 저 멀리서 이등병 한 명이 뛰어 내려오는 것을 보았다. 그때 나도 모르게 두 눈에 눈물이 고이고야 말았다. 가족에 대한 그리움을 성인이 되어 처음으로 느껴 보았다. 그동안은 나의 미래와 진로에 대한 생각들로만 가득했었다. 이때 처음으로 머리가 아닌 가슴으로 무언가를 느꼈다. 무엇보다 소중한 누군가가 있다는 것이 행복하다는 것을 처음으로 느낀 시간이었다. 나의 진로에 대한 고민 때문에 주변의 고마움마저 잊고 살았었나 보다. 가장 강인함을 요구하는 장소에서 가장 나약한 나의 모습을 발견할 수 있었다.

그러나 군대는 감정에 빠져서만 살 수 있는 곳은 아니었다. 나는 빨리 이런 감정들을 정리하고 군대에서 잘 적응할 방법들을 구상하기 시작했다. 군대 생활은 생각보다 답답했다. 맞선임과 겨우 한 달 차이만 나는 흔히 말하는 군번줄이 완전히 꼬여 버린 것이었다. 자대 배치 이후 내 머릿속에는 한 가지 생각만 맴돌았다. 이 안에서 나의 미래는 없다고 말이다. 어떻게든 분대장이 빨리 될 수 있는 방법을 찾기로 했다. 군대 생활에 적응하느라 시간이 좀 필요했고 이등병 생활이 끝나 갈 무렵에야 부대 내 주변 상황을 어느 정도는 알게 되었다.

그러던 중 군수과에 1, 3종 담당(급양 유류 계원) 자리가 생겼다. 군수과 내에는 보급관님이 계셨는데 이 부대에서는 정말 무서운 간부였다. 모두가 보급관님과 같이 일하는 것을 꺼려 했다. 나 역시 보급관님이 두렵기는 마찬가지였다. 특히나 보급관님이 당직 근무를 서는 날이면 병사들은 모두 벌벌 떨었다. 점호 때는 무조건 각종 검열이 시작되었다. 한순간에 전쟁터가 되었다. 그럼에도 내가 군수과로 가려는 이유가 있었다. 군수과로 보직 변경을 하게 되면 맞선임은 나보다 무려 아홉 달이나 빨리 입대했기 때문에 꼬인 군번줄을 완벽하게 풀 수 있었다. 특히나 군수과에는 나의 아버지(군대에서 나보다 1년 빨리 입대한 군번)가 아들인 나를 잘 챙겨 주기도 했다. 나는 더더욱 군수과 계원들과 친해지기 시작했다. 또한 부대 안에서 부가적으로 군종병 업무를 맡았는데 맞선임도 나와 같은 기독교인이었다. 더 통하는 것도 많았고 여러 군수과 계원의 도움으로 일병 2호봉이 되던 달 군수과로 보직 변경을 할 수 있었다.

이때 군수과는 A급 병사로만 구성돼 갔다. 부대 안에서는 보급관님의 직속임에 따라 나 또한 큰 힘을 갖게 되었다. 특히나 추운 겨울이면 3종 유류 담당인 내가 목욕탕을 열어 주곤 했는데 모두가 빨리 씻고 싶어서 선임들도 유독 나를 챙겨 주었다. 시간이 지날수록 나의 군대 내 권한은 꽤 커져 가고 있었다. 그렇지만 그냥 얻는 것은 없지 않은가? 보급관님을 보좌하는 것은 생각만큼 쉽지 않았다. 서류를 작성하고 보고하는 과정에서 글자 하나 틀리기라도 하면 어김없이 눈앞에서 문서가 찢겨 나갔다. 문서의 줄 간격조차 맞지 않으면 큰 꾸중을 들었다. 이 외에도 정말 중요한 업무가 하나 더 있었다. 매일 다섯 잔이 넘는 믹스커피를 보급관님만의 취향에 맞추어 환상적인 맛으로 제공해 드려야 하는 것이었다. 처음에는 너무 싱겁게 타 혼나기도 했고, 또 너무 물양을 줄이다 보니 쓴맛이 강한 커피를 제공해서 혼이 난 기억도 난다. 그렇게 며칠을 나만의 방법으로 연구하다 보니 보급관님의 기분에 맞는 믹스커피를 제조할 방법을 찾게 되었다.

아침에는 부담 없이 드실 수 있도록 조금은 농도가 옅은 커피를 제조해 드리니 좋아하셨다. 점심 식사 이후로는 식후 디저트 식으로 오전보다는 조금 더 진한 농도의 커피를 제조해 드렸다. 그 시간 외의 커피는 그날 보급관님 기분에 따라 조금씩 변화를 주어 제조하였다. 격하게 운동하던 날이면 시원한 냉커피를 제조해 드렸다. 그러다 보니 나는 그 누구도 대체할 수 없는 보급관님만의 바리스타가 되어 버렸다. 지금에 와서 생각해 보니 바리스타의 시작은 군 시절 믹스커피를 제조하면서부터가 아닌가 싶다. 그렇게 군사 훈련과 더불어 문서 작성 훈련도 열심히 받았다. 상병으로 진급하고 몇 달 지나지 않아 맞선임이 전역을 했다. 나는 바로 부대 내 가장 단시간에 분대장이 될 수 있었다. 군대 내 나의 꿈은 계획대로 현실이 되었다. 일에 대한 요령도 생긴 만큼 업무 성과도 무척 좋았다. 보급관님에게도 조금씩 인정받기 시작했다. 정말 세상을 다 가진 것과 같은 기쁨의 나날이었다.

시간이 흘러 병장이 되었다. 전역까지 일수도 이제 두 자리 숫자로 줄어들었다. 1종 급양과 3종 유류 관련 업무를 하면서 문뜩 무언가 내 머릿속에 떠오르는 것이 있었다. 처음 1, 3종 업무를 접했을 때 내용도 너무 복잡했고 매뉴얼이 없어서 더욱이 힘들었었다. 내 후임이 언젠가 오게 된다면 조금 더 편하게 이 일을 접근하고 알아 갔으면 좋겠다고 생각했다. 그렇게 병장을 달고 한 달쯤 지날 무렵부터 내 스스로 조금씩 업무에 대한 매뉴얼을 만들기 시작했다. 시간이 지나 전역하기 한 달 전쯤 후임이 들어왔다. 내가 완성한 매뉴얼 공책을 후임에게 전달하였다. 그 첫 장은 다음과 같은 내용의 글귀가 들어가 있었다.

'나는 35사단 103연대 이 부대에서 1, 3종 전설로 남을 것이다. 꼭 전역할 때는 달라지는 부분의 내용을 보완하여 미래 너의 후임에게 계속 전해 주길 바란다.'

그렇게 나는 매뉴얼을 남긴 채 떠났다. 그 후로 부대 내 친했던 후임이 내게 언뜻 말하기를 내가 만든 매뉴얼이 군수과의 전설처럼 전해지고 있다나 뭐라나 했던 기억이 난다.

내 인생, 커피와의 첫 만남

군대를 전역하고 다시 학교에 복학했다. 나는 실내디자인을 전공했는데 졸업 학기가 되었을 때 진로에 대해 정말 많은 고민을 했다. 첫 꿈은 웨딩 플래너여서 군 입대 전 1년 동안 휴학을 하면서 그 일을 해 보았지만 내가 생각했던 것과는 현실은 정말 많이 달랐다. 그래도 다행스럽게 군 시절 급양 계원을 했던지라 먹을거리와 마실 거리를 관리하는 게 정말 재밌고 잘하는 일이라는 걸 알게 되었다. 그래서 나는 전역 이후 외식업 관련하여 일을 하고자 계획을 세웠다. 마실 거리라 하면 가장 대중적으로 많은 사랑을 받고 있는 업종이 바로 커피 관련 카페였다. 그때 나는 '우리나라 어디에 가면 가장 맛있고 좋은 커피를 맛볼 수 있을까?' 한참 고민을 했다. 그리고 결론을 내렸다.

'아하! 우리나라 최고의 명품들이 모여 있는 그곳일 거야! 바로 백화점! 백화점에 입점해 있으면서 원두를 판매하는 곳이라면 분명 우리나라에서 정말 질 좋은 커피를 수입하고 판매하는 곳임이 틀림없어!'라고 생각했다. 나는 바로 백화점을 투어하며 식품관 안에 있는 고급 원두를 판매하는 회사를 알아보기 시작했다. 그러자 한 곳이 내 눈에 띄었는데 예쁜 핑크색 고양이 모양의 로고였다. '이건 뭐지? 고양이 사료 파는 곳인가?'라고 생각했지만 그런 곳은 아니었다. 예쁜 고양이는 로고였고 너무 다양한 고품질 원두를 판매하는 곳이었다. 갑자기 가슴이 벅차올랐다.

'이곳에서 일하고 싶다.'

그리고 얼마 지나지 않아 구직 사이트에 혹여 사람을 채용하진 않을까 싶어 검색해 보았다. 하늘의 계시인가? 신기하게도 내가 원하는 그 회사에서 내가 하고 싶은 분야의 담당 사원을 모집하고 있었다. 딱 나를 위한 자리인 것만 같았다. 최대한 많은 준비를 하여 입사 지원을 했고 며칠이 지나 인사 담당자로부터 한 통의 전화를 받았다.

"안녕하세요. 임승훈 님 되시나요?"
"네. 그런데요."
"네. 여기는 H 커피 회사이고요. 입사 지원해 주셔서 전화드렸어요. 혹시 면접 가능하실까요?"
"네. 물론입니다. 정해진 시간에 맞춰 가겠습니다."
"그럼 내일 오후 1시에 뵙도록 하겠습니다."
"네. 알겠습니다. 전화 주셔서 감사합니다."
생각보다 빨리 연락 온 면접 전화에 기쁘기만 했다.

다음 날 면접에 늦지 않도록 정해진 시간보다 조금 더 서둘러 면접 장소로 향했다. 점심시간 이어서인지 평상시 같으면 많은 인파로 인해 한 번에 탑승하기도 벅찬 지하철 2호선도 앉을 자리가 있었다. 무엇보다 우리 집과 사무실은 몇 정거장 안 될 정도로 가까운 편이었다. 또한 역에서 나와 도보 1분도 안 되는 곳에 회사가 위치해 있었다. 면접은 내가 생각했던 것보다도 무척 간단했다. 간략한 자기소개와 함께 지원한 동기 정도의 몇 가지 질문이 끝이었다. 그보다는 언제부터 출근이 가능한지가 중요해 보였다. 바로 출근하여 일하길 원하는 눈치였다. 나는 내일이라도 바로 가능하다 하였고 오늘 중 연락을 드리겠다는 말과 함께 면접은 끝이 났다.

그날 저녁 면접자로부터 전화가 왔다. 나는 합격되었다는 걸 직감할 수 있었다.

"네. 여보세요."

"안녕하세요. 오늘 점심때 면접 본 C 대리이고요."

"네. 안녕하세요."

"최종 합격 안내 차 전화드렸어요. 내일부터 출근 가능하시죠?"

"네. 가능합니다."

"네. 그럼 내일부터 정식 출근하시면 될 것 같아요. 보다 자세한 내용은 내일 만나서 이야기하도록 할게요."

"네. 감사합니다."

드디어 커피 인생이 시작되는 날이었다.

다음 날, 첫 출근의 모습은 생각보다 정적이었다. 건물 1층에 들어서자 생각보다 조명이 어두웠고 온기보다는 냉기가 느껴졌다. 선임은 내게 한 사람씩 부서 사람들을 소개해 주었다.

"여긴 영업팀이고, 저긴 물류팀이고, 이분은 제빵 쪽을 맡아서 해 주시고 계십니다."

다양한 분야의 사람들이 한데 모여 여러 매장을 관리하며 운영되는 커피 회사가 참 신기했다. 오늘 하루 첫 회사 생활은 나름 순조롭게 진행되고 있었다. 점심 식사를 마치고 대리님과 함께 사무실 근처에 위치한 제과 공장을 찾았다. 이곳은 우리 회사 여러 매장에 납품되는 쿠키와 빵을 만드는 공장이었다. 들어가자마자 그윽한 토스트 향과 달달한 벌꿀 향이 느껴졌다. 너무 달콤한 향이었다. 대리님이 먼저 제과장님께 인사를 건넸다.

"안녕하세요, 제과장님."

"어서 와요. 근데 처음 보는 얼굴이 있네?"

대리님이 답했다.

"네. 이번에 입사한 임승훈 주임입니다. 잘 좀 가르쳐 주세요."

제과장님이 말했다.

"내가 가르쳐 줄 게 뭐가 있나. 대리님께 많이 배워야지."

이렇게 첫 제과 공장 투어는 달콤한 벌꿀 향과 함께 화기애애하게 끝이 났다.

고난을 극복하는 열정의 씨앗

어렸을 적의 나의 모습은 누가 봐도 열정은 많지만 끝맺음이 부족한 사람이었다. 관심은 많아 이것저것 알아보고 시도하지만 정작 무엇 하나 이루지 못했다고 해야 할까? 부모님은 내게 늘 하는 말이 한 가지 있었는데 제발 끈기 좀 가지란 말이었다.

고등학교 2학년 때의 이야기이다. TV 방송에서 인테리어 관련 직군을 소개하고 사연이 있거나 오래된 집을 고쳐 주는 프로그램을 방영했다. 이것을 보고 난 후 문득 엄마에게 말했다.

"엄마, 나 인테리어 배우고 싶어!"

그렇게 간절한 목소리로 설득하여 서울 종로 쪽에 있는 인테리어 학원을 다닐 수 있었다. 등하교 시간만 3시간 정도 걸렸다. 고등학교 정규 수업이 끝나고 나면 난 종로에 있는 인테리어 학원으로 떠났다. 그렇게 몇 달 정도 지났을까? 인테리어 관련 자격증을 취득하기로 약속했지만 시험 한번 제대로 보지도 않고 중도 포기해 버렸다. 그 당시 몇백만 원의 비싼 수업료를 들였음에도 자격증 취득이라는 끝을 보지 못한 채 너무 쉽게 포기해 버린 것이었다. 그 일로 인해 더더욱 부모님께 신뢰를 잃었다. 난 너무 많은 것에 생각 없이 도전했고 늘 짧은 시간에 끝맺음 없이 중도 포기해 버리는 아이였다. 내 맘속엔 늘 단 하나라도 끝까지 최선을 다해 보고 싶단 생각이 있었지만 어려서일까? 그 생각과 다짐은 매번 그리 오래가지 못했다.

시간이 흘러 신혼 초 때 이야기이다. 20대 중반이라는 어린 나이에 아내와 합치게 되면서 급하게 부모님께서 사천만 원을 주셨다. 그 돈으로 서울 시내 오래된 1층 빌라를 하나 전세로 구할 수 있었다. 집은 몹시 낡고 오래

되었지만 아내와 함께여서 기뻤다. 아내는 그 당시 공무원 준비를 했는데 젊은 나이에 결혼한지라 경제적인 생활은 늘 빡빡했다. 없는 형편에 가장이라는 무게감은 생각보다 무거웠던 것 같다. 열심히 해도 생활 형편은 나아지지 않았고 돈벌이가 부족했던 나는 평일은 회사에서, 주말은 집 근처 카페에서 아르바이트를 병행하며 생계를 유지했다.

힘든 일은 왜 그리 한 번에 오는지. 오래된 집에서는 손가락만 한 바퀴벌레가 종종 날아다니기도 했는데 그때마다 아내는 화들짝 놀라 했다. 그러나 그보다 더 큰 문제가 하나 더 있었다. 그것은 천장 위에서 쥐들이 오가는 소리가 들린다는 것이었다. 심지어 한쪽 구석은 쥐들이 천장에 구멍을 뚫어 놓아, 누워서 천장을 바라보고 있으면 쥐들이 움직이는 것이 보일 정도였다. 급히 집주인 아주머니에게 이 상황을 말씀드렸다. 아주머니는 내게 태연하게 말씀하셨다.

"우린 오래 산 사람들이라 대수롭지 않은데……. 젊은 친구들은 놀랄 법도 하겠다."

다행히 천장을 뜯어내어 다시 마감을 해 주신 이후로는 더 이상 쥐는 보이지 않았다. 이 일로 아내는 정말 큰 충격을 받은 것 같았다. 사실 아내에게 말은 못 했지만 어릴 적 나의 가정 형편은 무척이나 어려웠다. 초등학교 2학년 때 우리 가족은 인천의 작은 아파트에서 거주하다가 서울의 10평 정도 되는 오래된 무허가 주택으로 이사를 했다. 도로 바로 옆으로 현관문이 있었고 정말 허름했다.

손가락만 한 크기의 바퀴벌레가 방 안을 누비며 날아다녔고 정말 어린 나이에 식겁한 적이 한두 번이 아니었다. 어느 날은 아버지께서 화장실에 쥐덫을 설치하였는데 얼마 지나지 않아 어른 손바닥 크기만 한 쥐를 잡고 밖으로 들고 나간 모습이 기억이 난다. 그러고는 화장실 벽면에 뚫린 구멍을 시멘트로 막으셨다. 그때 화장실에는 귀뚜라미 보일러가 설치되어 있었는데 항상 귀뚜라미 소리가 나서 귀뚜라미 보일러인 줄 알았다. 그런데 이제 와서 생각해 보니 진짜 귀뚜라미가 살고 있었던 것이었다. 심지어 종종 화장실에서 마주친 기억이 난다.

모아 둔 돈은 하나 없고, 몸은 고단하고, 살고 있는 집 환경도 이렇다 보니 내 몸과 마음은 점점 지쳐만 갔다. 결국 나는 아내의 공무원 준비 3년 차가 될 때쯤 아내에게 조심스럽게 말했다.

"그동안 공부해 온 공무원 준비, 이제 그만하자."

필기도 합격해 보았던 아내는 고지가 얼마 안 남은 것 같은 때에 내가 이런 말을 꺼내자 눈시울이 붉어졌다. 지금 생각해 보면 그때 내 말 한마디가 아내에게는 청천벽력 같지 않았을까 싶다. 그렇게 난 끝내 아내의 꿈을 이루게 해 주지 못했다. 이런 일을 지나고 난 후부터 아내의 자존감은 급격히 떨어져 갔다. 생활 형편도 너무 어렵고 아내마저 공무원 준비를 포기하게 만들다 보니 내 마음은 미안함과 무언가 모를 답답함과 두려움에 사로잡혔다. 가정생활이 무너지니 회사 생활 또한 집중하기 힘들었다. 이 때문이었을까? 그 무렵 나는 극심한 우울증 진단을 받았다.

병원에서는 아내에게 하루빨리 나를 정신병원에 입원시켜야 한다고 했다. 하지만 아내는 나를 정신병원에 보내지 않았다. 그때까지만 해도 아내는 나의 상태가 그 정도까진 아닐 거라고 믿고 싶었나 보다. 아니면 병원비조차 감당할 수 없는 상황이었기 때문일지도 모른다. 나는 이 세상이 너무 두려웠고 무엇보다 보잘것없는 나란 존재가 정말 싫었다. 그때 병원장의 권유를 가볍게 넘겨서는 안 됐었다. 나는 얼마 지나지 않아 이 지독한 삶을 끝내기 위해 내 몸을 자해했다.

하지만 이번에도 하늘은 내 뜻대로 날 내버려 두지 않았다. 수술대에 올라 전신 만취 후 오랜 수술 끝에 난 또다시 눈을 떴다. 이때 가장 처참하고 나약한 나의 쓰라린 모습을 보게 되었다. 참 많은 고뇌와 여러 말 못 할 생각들이 내 머릿속을 감쌌다. 몸과 마음 모두 지친 나는 아내의 권유로 어쩔 수 없이 당분간 쉬어 가기로 했다. 쉼을 가지면서 앞으로 어떻게 살아가야 할지 천천히 생각해 보기로 했다. 무엇보다 건강 회복이 우선이었다.

회사에 부탁하여 너무 길지 않게 몇 달만 쉬고 싶다 하였고 감사하게도 사장님은 흔쾌히 허락해 주셨다. 이렇게 부족하고 능력 없는 내가 너무 싫고 화가 났지만 내가 인생을 왜 살아야 하는지 의미를 먼저 찾아보고 싶었다. 그때 내 머릿속에 드는 생각이 있었다. 더 멋진 내가 되는 것, 더 능력 있는 가장이 되고 싶었다. 지금은 어려운 환경에 처해 있지만 나는 살기 위해 공부를 더 해 보기로 결단했다. 아픈 나를 간호하던 아내도 점차 의욕을 되찾는 내 모습을 보며 같이 회복돼 갔다.

'좋아! 그토록 원했던 대학원에 한번 진학해 보자! 그리고 나를 시험해 보자! 우리 가족의 미래를 위해, 내 인생을 위해 말이야!'

대학원에 가서 석사학위도 받고, 지금 하고 있는 업무 관련 자격증 공부까지 1년 동안 죽어라 했을 때 과연 몇 개의 자격증을 취득할 수 있을까? 아내에 대한 미안함은 내 마음속 또 다른 열정의 씨앗이 되었다.

커피 전문가로의 터닝 포인트

나는 죽어라 일과 공부를 병행하여 하루빨리 성공하여 아내에게 더 잘해 주고 싶은 생각뿐이었다. 한 달에 하나씩 하여 1년 동안 총 열두 개의 자격증 취득을 목표로 세웠다. 목표를 이루고 나면 분명 더 멋진 내가 되어 있을 것만 같았다. 과거의 내 모습은 무엇을 배워도 오래 하지 못하고 자격증 하나 취득하지 못했을 만큼 끝맺음이 무척이나 부족했다.

'그런 내가 열두 개의 자격증을 취득한다면?' 생각만 해도 너무 행복했다. 1년 뒤 내 모습은 어떻게 변해 있을까? 한번 1년 동안 죽을 작정으로 내 모든 걸 걸고 공부해 보기로 했다. 그동안의 게으른 내 모습은 전부 버리기로 다짐했다. 무엇보다 아내를 위해, 더 멋진 가장이 되기 위해, 새로운 나로 다시 태어나 보고 싶어졌다. 2016년 한 해 동안 죽기 살기로 열두 개의 자격증을 하나둘씩 취득해 보기로 했다.

가장 먼저 지금 내가 하고 있는 커피 업무 관련 자격증을 취득하기 위해서는 학원을 다녀야만 했다. 커피 관련 자격증은 국내 바리스타 자격증도 있었지만 추후 바리스타 강사나 커피를 가르치는 일을 하기 위해서는 아무래도 더 많은 국외 자격증이 필요했다. 이 많은 자격증을 취득하기 위해서는 단연 비싼 수강비가 필요했다. 지금 당장은 대학원 입학금도 대출로 마련해야 했다. 돈이 없어 어떻게 해야 할지 목표는 세웠으나 당장 눈앞의 현실은 어둡기만 했다.

몇 달이 지나고 나의 상태는 많이 호전되었고 다시 큰 꿈을 안고 회사에 복귀했다. 사장님 내외분은 나를 무척 반겨 주셨다. 이런저런 이야기를 나누고 새로운 내 목표에 대해서 말씀드리기도 했다. 나는 이 커피 회사를 위해 열심히 일했고 미래의 내가 차릴 카페를 생각하며 직접적인 여러 경험들을 몸소 체험했다.

여느 날과 같이 출근 후 오늘 하루 어떤 업무를 해야 할지 책상에 앉아 정리하고 있을 때였다. 사장님 내외분이 보통 때와는 다르게 나를 불렀다. 그리고 내게 말씀하셨다.

"임 주임, 이거."
"네? 이게 뭔가요?"
"열심히 해!"
나는 조심스럽게 봉투를 열어 보았다. 그 안에는 대학 등록금 정도의 금액이 수표로 가득 차 있었다. 그리고 사장님 내외분은 내게 말씀하셨다.

"학원도 다녀! 학원비는 별도로 내게 청구하고! 회사에서 지원해 줄게."

"사장님……."

우리 부모님도 못 해 주는 일을 피 한 방울 안 섞인 누군가가 이렇게 호의를 베풀어 주신다는 것이 너무 믿기지가 않았다. 이런 주변의 도움으로 나는 정말 한 해 동안 회사, 학원, 학교, 집만을 오가며 밤낮없이 공부와 일에 매진하였다. 지금 와서 생각해 보면 그런 초인적인 힘이 어디서 났는지 모르겠다. 내 인생에 있어 이토록 공부와 일에 미쳐 본 적이 있을까? 그때는 정말 살기 위해 했던 것 같다. 그렇게 한 해가 지날 무렵 나는 열두 개 자격증이 아닌 그보다 더 많은 열세 개의 자격증을 취득하게 되었다. 그리고 내 인생은 완전히 변했다.

'무엇이든지 꿈꾸고 행하면 된다고 말이다.'

김밥으로 승부를 건 카페

계산에 서툰 내가 매출 정리에 한창 집중하며 계산기를 두드리고 있을 때였다. 갑자기 사장님의 호방한 웃음소리가 들려왔다. 무슨 일인지 어리둥절한 나에게 이사님께서 내 옆구리를 살짝 찌르며 귀띔하였다.

"오늘 입찰 결과가 좋은가 보다."

서울 시내 지하철역 내 카페로 입점하게 된 것이었다. 유동 인구도 꽤 많은 위치였다. 사장님이 말했다.

"우리 카페에서 김밥이나 팔아 볼까?"

'생뚱맞게 김밥이라니?'

커피만 취급하고 있는 우리가 음식을 판매한다는 것이 무척이나 당황스러웠다. 김밥 카페 소리에 모든 직원은 순간 얼음처럼 얼어 버렸다. 사장님이 하시겠다니 난 결정권도 없고, 그럴 만한 위치도 아니고……. 심란하기만 했다. 그 후로 사장님은 매일 직원들에게 김밥 시식을 시켰다. 아직까지 기억에 남는 특이한 카레 김밥까지도. 정말 오랜 시간 우리들의 점심은 김밥이었다.

오픈 당일.

쇼케이스에 먹음직스럽게 종류별로 김밥을 전시해 놓고 판매 준비를 하였다. 커피와 세트로도 구성하여 객단가도 한층 더 높였다. 직원들은 모두 김밥이 잘 안 팔릴 것을 알면서도 사장님 지시에 속수무책이었다. 그러나 유동 인구가 많아서였을까. 대다수 직원들의 예상과는 달리 많은 손님들이 김밥에 관심을 보였다.

"이거 무슨 맛이에요?"

"달콤한 양판 절임이 들어간……."

"진짜 특이하네요. 그거 한 세트 주세요!"

말이 끝나기도 전에 김밥부터 빨리 달라고 한다.

첫날, 점심시간이 되자마자 만들어 놓은 모든 김밥이 완판되었다. 직원 모두 이런 상황이 얼떨떨한지 아무 말 없이 서로의 얼굴만 넌지시 바라보고 있었다. 사장님은 그저 그런 우리를 보고 넌지시 웃고 있을 뿐이었다. 한참 지나고서야 알게 된 사실인데, 이미 사장님께서는 역 주변 노점에서 김밥이 잘 팔리는 것을 보고 판매 가능성이 있다는 걸 확신한 것이었다. 커피뿐만 아니라 그 자리의 특성에 대한 메뉴 구성도 크게 한몫한다는 걸 깨닫게 되었다.

'역시는 역시구나! 참으로 무림엔 고수가 많다.'

위기를 넘겨준 고마운 큐브라테

퇴근길, 일전에 집 근처 북 카페에서 바리스타를 모집한다는 공고를 보고 지원했는데 면접을 보러 오라고 전화가 왔다. 서둘러 북 카페로 향했다.

"카페 아르바이트 경험은 없으신데 잘할 수 있겠어요?"
"네. 물론입니다. 정말 제 일처럼 일하겠습니다."
사장님은 약간 주저하듯이 고개를 갸우뚱하시더니 잠시 뒤 내게 말했다.

"좋습니다. 이번 주말부터 같이 근무해 봐요."
사실 내 가게를 오픈하기 전 다양한 경험을 쌓고 직접 매장 근무도 경험해 보고 싶었다. 이런 계산을 해 두고 시기를 기다렸던 중이었다. 생각보다 즉석에서 알린 합격 소식에 하늘을 날 것만 같이 너무 기뻤다. 일하기로 한 시간은 5시간으로 주말 저녁 타임이었다. 카페 운영에 있어서는 가장 손님이 많이 몰리기에 빠르고 능숙한 직원이 필요했을 터였다. 하지만 나는 바리스타 경험도 없던 터였고, 촌스러울 만큼 긴장하면서 면접을 봤음에도 내 무엇이 사장님 마음에 들었는지는 아직도 미스터리하다.

'나의 무엇을 보고 뽑은 것일까?'

걱정은 했지만 그동안 옷 가게, 편의점, 음식점 등 다양한 아르바이트 경험이 있었기에 내심 자신감이 없던 것만은 아니었다. 그러나 그 자신감은 첫날부터 무뎌지기 시작했다. 너무 많은 메뉴들로 인해 머릿속은 금세 포화상태가 되었다. 수많은 메뉴의 이름과 레시피를 외우며 초보 티 없이 능숙하게 주문받는 법을 익히는 중이었다.

손님 두 명이 매장 안으로 들어왔다.

'어라? 옆에 있던 매니저분이 안 보인다. 하필 매니저분이 자리를 비운 사이에…….'

손님을 바라보는 멍한 눈동자는 행선지를 못 찾고 헤매고 있었고 입은 바짝 타들어 갔다. 온갖 속으로 신을 찾아 가며 간절히 기도했다.

'제발 아메리카노…….'

정신 줄을 부여잡고 손님의 입을 응시했다.

"여기서만 파는 특별한 메뉴도 있나요? 추천 좀 해 주세요."

그 짧은 몇 초의 순간 특이하면서도 간단한 메뉴를 찾아야 했다.

"큐브라테요! 에스프레소를 얼려서 넣은 메뉴인데요. 시간이 지날수록 녹으면서 커피 맛이 더욱 진해져요!"

"특이하네요. 그거 두 잔 주세요!"

이미 틀에 얼려 놓은 에스프레소에 우유만 타는 메뉴라 쉽게 제조할 수 있었다. 위기를 넘기도록 도와줬던 큐브라테는 그 이후에도 판매가 잘되어 손님과 직원 모두에게 사랑받는우리 매장의 시그니처 메뉴가 되었다.

외국인 그녀의 SWEET GUY

오늘도 출근 전 마트에 들러 우유 두 팩을 샀다. 제법 일에 적응했을 무렵에 같이 일하는 매니저분이 내게 라테 아트를 가르쳐 주었다. 특별히 카페 사장님께서도 매장에 손님이 없을 때는 틈틈이 스팀 연습을 할 수 있도록 허락해 주셨다. 그 덕분에 중앙에 우유 거품을 모아 미숙하지만 하트를 그리기 전 단계인 중앙 모으기를 하는 실력이 되었다. 일이 능숙해졌을 무렵 매니저분이 식사를 하러 갈 때는 혼자 매장을 지키는 시간이 생기곤 했다. 날씨가 싸늘한 겨울철이면 따뜻한 아메리카노와 함께 카페라테가 자주 판매되었다. 나는 항상 손님이 주문할 때면 따뜻한 카페라테를 시키길 원했다. 그러면 한 번이라도 더 라테 아트 연습을 할 수 있어서였다. 그러던 그때 저 멀리서 외국인 여성 한 명이 가게에 들어왔다.

뚜벅뚜벅 걸어오는 그녀의 발걸음 소리가 내게 들려왔다.

그녀는 내게 다가와 말했다.

"HOT CAFE LATTE."

첫 외국인 손님에게 카페라테라……. 예쁜 하트 모양을 한번 그려 보기로 했다. 포터 필터에 분쇄한 원두를 담고 힘껏 탬핑하였다. 30ml 에스프레소 2샷을 카페라테 잔에 담았다.

치이이익.

스팀 노즐을 한 번 분사한 후 스팀 피처에 우유를 담고 스팀 레버를 작동하였다. 1차 공기 주입 단계를 거쳐 거품을 생성한 후 빠르게 2차 혼합 단계에서 롤링을 하였다. 생각보다 고른 거품이 예쁘게 생성되었다.

왼손엔 카페라테 잔을 잡고 다른 손으론 스팀 피처를 잡았다. 나의 눈은 오로지 카페라테 잔을 응시하고 있었다. 첫 낙차 지점을 잡고 생성된 우유 거품을 부어 잔의 반 정도 양을 채웠다. 그리고 피처는 잔과 마주 닿아 거품을 중앙에 부어 주었다. 우유 거품은 점점 더 중앙에서 커져 가고 있었다. 우유의 양이 잔에 가득 찼을 때 피처를 들어 올려 하트의 꼬리 부분을 만들었다. 마침내 정 중앙에 그토록 원하던 첫 하트가 완벽하게 그려졌다!

'좋아! 이렇게 아름다울 수가…….'

끝으로 애칭펜을 사용하여 글귀를 하나 우유 거품 위에 적었다.

'LOVE.'

그렇게 나의 첫 하트는 그녀에게 전달되었다. 그리고 그녀는 내게 한마디를 남겼다.

"SWEET GUY."

상권에 따라 달라지는 인기 메뉴

아르바이트 근무 중 유난히 판매가 좋은 세트 메뉴가 하나 있었다.

'볶음밥+아메리카노'.

브런치 카페도 아닌 북 카페에서 밥 종류를 판매한다는 것이 어울리지는 않아 보였다. 그러나 내 생각과는 달리 공부를 하는 학생들이 밀집해 있는 곳이어서인지 심심찮게 컵밥처럼 간단하게 식사를 할 수 있는 메뉴가 인기를 끌었다. 더구나 빅 사이즈 아메리카노를 세트로 구성하여 좀 더 저렴한 가격에 판매하니 매일 꾸준히 주문이 들어왔다. 나는 이 메뉴를 회사에서 새로 오픈하는 카페에도 전면 메뉴로 팔아 보면 좋을 것 같단 생각이 들었다. 판매할 장소는 바로 N 수산시장! 워낙 많은 인기를 끌었던 세트 메뉴인 만큼 이곳에서도 분명 판매가 잘될 거라 확신했다. 오픈 날에 맞춰 세트 메뉴 홍보 배너를 매장 근처 곳곳에 배치하였다.

드디어 오픈 당일.

바람이 몹시 불고 쌀쌀한 날씨임에도 이른 아침부터 많은 인파들로 붐볐다. 값이 너무 비싸다고 가격을 흥정하는 사람. 부쩍이나 물가가 많이 올랐다고 한탄하는 사람. 싹둑! 싹둑! 요령껏 생선을 분해하는 해산물 가게 상인. 그리고 여기 커피집이 생겼다고 의아해하는 사람까지……. 매장 주변으로는 해산물 특유의 향에 짙은 커피 향이 더해졌다. 이른 아침부터 할인 판매하는 모닝커피는 상인들뿐만 아니라 일반 고객들에게까지 큰 인기몰이를 하였다. 아침의 커피 한 잔은 방문하는 카페 손님들에게 큰 활력을 더해 주었다. 잠시나마 쉬어 갈 수 있는 곳이 생겼다는 이유 하나만으로도 모두 기쁜 표정을 지었다.

한 달이 지나 메뉴별 매출 정리를 하고 있을 때였다. 예상과는 달리 '볶음밥+아메리카노' 세트는 가장 안 팔린 하위 순위에 머물러 있었다. 그 밖의 몇몇 추천 음료들도 정반대의 결과로 나타났다. 예상과 전혀 다른 결과에 참으로 당혹스러웠다. 아무래도 상인들은 카페에서 잠시나마 쉬어 갈 뿐이지 밥까지 먹을 여유는 없었나 보다.

'음……. 생각보다 상권에 따라 이렇게까지 인기 메뉴가 달라지는구나!'

오늘도 난 '커피인(人)'이 되기 위해 실전 경험을 쌓는 중이다.

찾았다! 코스타리카 따라주 CUP OF EXCELLENCE

누구나 그렇지만 나에게도 20대는 고민과 방황으로 가득 찬 시기였다. 친구들에 비해 일찍이 가장이 된 것도 더 큰 부담감으로 느껴지기도 했다.

그때마다 나는 무언가 마시는 걸로 스트레스를 풀어 왔다. 아내를 위해 만든 깔루아 리큐어에 살짝 더치커피 원액을 섞은 우유는 우리 부부를 잠시나마 아무 걱정 없이 행복하게 해 주었다. 아내와 나는 서로 통하는 연결고리가 하나 있었는데 그게 바로 커피였다. 일이 고단하고 지칠 때면 가끔 집 근처 커피숍을 찾았다. 이때부터 나에게는 유독 특이한 취미이자 재주가 하나 있었다. 그것은 커피숍에 가서 커피를 마시고 어떤 나라의 원두가 블렌딩된 것인지 맞춰 보는 것이었다.

먼저, 커피 블렌딩을 맞추기 위해서는 커피의 향과 전체적인 맛에 근거하여 나라를 유추해 본다. 그다음 나라별로 단맛과 풍미, 그리고 바디감까지도 고려하며 내추럴 커피와 워시드 커피를 구분해 보는 식이다. 여러 가지 복합적인 맛이 나면 몇몇 나라가 섞여 있는지를 나름 맞춰 보는 것이다. 그렇게 내 맘속으로 나라를 정해 놓고 나가기 전 이 카페는 무슨 나라의 원두를 블렌딩하여 사용하고 있는지 물어보면서 답안을 찾곤 했다.

그러던 중 집 근처 번화가에 새로운 커피숍이 들어온 것을 알고 매장을 찾아갔다. 특히나 이곳은 로스팅을 직접 하기에 품질 좋은 커피를 팔 것이란 기대감에 가득 찼다. 문을 열자마자 커피 향이 그윽하게 느껴졌고 눈앞에는 혼자 커피를 마실 수 있도록 바 테이블이 보였다. 자연스럽게 바 테이블에 앉아 메뉴판을 보았다. 그리고 앞에 있는 직원에게 부탁하였다.

"진짜 좋은 커피를 마셔 보고 싶어요."

직원은 씩 웃더니 말했다.

"잠시만 기다려 주세요."

몇 분 뒤…….

'어? 이게 무슨 향이지? 화사한 꽃 향과 함께 감귤 같기도 하고 산미가 무척 강한데…….'

나는 이 커피가 어느 나라인지 좀처럼 가늠이 안 갔다. 도저히 모르겠다. 직원에게 물었다.

"이 커피……. 어느 나라 커피죠?"

"코스타리카 따라주 CUP OF EXCELLENCE."

나가는 길에 원두 한 봉을 구매하면서 재차 물었다.

"어떻게 하면 가장 맛있게 커피를 내릴 수 있을까요?"

"정해진 건 아무것도 없습니다. 느낌 가는 대로 편하게 내리세요!"

뒤늦게 알고 보니 그때 그 직원은 여러 커피 대회에서 입상 경력이 있을 정도로 커피 업계에서 두각을 드러내던 커피숍 사장님이었다.

'아……. 배움에는 끝이 없구나! 내가 내려도 똑같은 커피 맛이 날까?'

나도 누군가에게 감동을 주는 커피를 만들어 보고 싶단 생각이 든 날이었다.

<카페인(IN) 커피인(人)의 일기>

나만의 꿈 카페를 차리기 위한 노력의 시간

나의 꿈은 비교적 내게 빨리 찾아왔다. 내가 어딜 가거나 무엇을 보거나 듣거나 했을 때 느끼는 모든 것들이 내 인생에 있어 하고자 하는 꿈을 꿀 수 있도록 돕는 선물과도 같았다. 나 역시도 생각지 못하게 TV라는 미디어를 통해 첫 꿈을 꾸었으니 말이다. 그러나 꿈과 현실은 내가 생각했던 것보다 훨씬 더 거리감이 있었다. 내가 꿈꾸던 일을 직접 해 보았을 때 좋아하는 열정만 가지고서는 잘하기 힘들었다. 어쩌면 애당초 열정 하나만 가지고서 될 문제는 아니었던 것 같다.

좋아하는 일을 해야 하는 것인가? 아니면 잘하는 일을 다시 찾아야 하는 것인가? 선택의 귀로에 서게 되었다. 고심 끝에 잘하는 일을 한번 찾아보기로 결정했다. 막상 잘하는 일을 떠올려 보니 생각이 잘 나지 않았다. 그렇기에 더더욱 20대 시절은 다양한 경험을 해 볼 필요가 있는 것 같다. 어쩌면 선택의 폭을 넓히려 다양한 곳에 가 보고 느끼고 생각하는 것이 쉼이자 내 꿈을 찾는 첫 도전의 시작점일지도 모르겠다.

시간이 지나 생각지도 못하게 군대에서 처음으로 내가 좋아하면서 잘하는 분야를 찾게 되었다. 그것은 바로 마실 거리와 관련 있는 식음료 관련 업종이었다. 그리고 나는 관심사를 하나둘씩 공부하기 시작했다. 커피를 주로 와인과 칵테일까지 관련된 모든 자격증을 취득했다. 자격증 취득을 통한 배움의 시간들은 내 스스로 일목요연하게 정리가 되었고 나 자신에게 성취의 뿌듯함과 보람참을 느끼게 해 주었다.

내가 배움의 시간을 갖고 성취하면서 한 가지 깨닫게 된 것은 그 분야의 전문가가 되려고 노력해야 한다는 것이었다. 꿈을 크게 가져야 그 꿈을 이루거나 그렇지 않더라도 그 근처까지 갈 수 있기 때문이다. 그렇게 나는 마실 거리 중에서도 가장 많이 사랑을 받고 있는 커피를 취급하는 회사 본사에 입사하여 열심히 일하며 실직적인 경험을 쌓았다. 그 기간 동안 회사 생활을 하면서 여러 생각을 적어 두었던 아이디어 노트 2권이 만들어질 때 즈음 나만의 꿈 카페를 차리기로 결심했다. 나도 누군가에게 감동을 주는 커피를 만들고 싶다는 생각에 잠을 이루지 못했다.

PART 2

그럴싸한
카페 사장이 되고 싶다

그 여름 노란 트럭

내 매장을 차리기 위해서는 내가 잘 알고 있는 지역에서 상권도 분석해 보고 가게를 여는 것이 안정적이라 생각했다.

'지피지기면 백전백승이라고 했지!'

'좋아! 내가 잘 알고 자신 있는 지역에 카페를 차려 보는 거야! 이미 너무 번화한 상권은 임대료가 지나치게 비싸고 경쟁도 치열해서 부담스럽고 개척할 만한 상권이 좋겠어!'

멀지 않은 내가 잘 알고 있는 지역을 몇 군데 선정해 보았다. 틈만 나면 관심 있던 지역을 오가며 동태를 살피곤 했다. 그중에서도 가장 관심 있었던 곳은 주변에 대규모 주택단지는 없었지만 관공서가 밀집해 있어 공무원들이 많이 올 것 같은 곳이었다.

내가 선택한 곳을 집중적으로 동서남북 몇 블록씩 곳곳을 살피고 있던 어느 날이었다. 오렌지빛이 살짝 감도는 병아리를 닮은 귀여운 노란 차 한 대가 눈에 띄었다. 인상 좋은 남녀 커플이 커피 트럭을 운영하고 있었다. 커피 메뉴도 생각보다 다양하고 디저트도 판매하고 있었다. 커피 가격은 그리 비싸지 않았고 계절에 맞는 시원한 생과일주스를 손질하는 모습도 보였다.

"아이스 아메리카노 한 잔 주세요. 주변에 카페가 없어서 장사 잘되시죠?"

"좀 들쑥날쑥하긴 한데……. 둘이 나와서 밥 사 먹을 정도는 돼요. 근데 여기선 오늘이 처음이에요."

나는 다시 물었다.

"저기 앞으로 좀만 더 가면 관공서가 있어서 커피 찾는 사람들이 분명 많이 몰릴 거예요."

"아, 정말요? 그걸 어떻게 아세요?"

"네. 저도 커피와 이 상권에 관심이 많아서요."

"내일은 한번 그쪽에서 영업을 해 봐야겠네요."

나의 제안으로 다음 날 영업은 셋이서 같이 해 보기로 했다.

다음 날 아침. 커피 트럭으로 다양한 커피 및 음료를 판매해 보기 위해 집을 나섰다. 개나리가 우거진 오솔길을 걸으면서 눈부신 하늘을 바라보았다. 햇빛이 쨍쨍하고 시원한 바람도 부는 것이 장사가 잘될 것만 같았다.

"사장님이 여기 있는 동안 저도 저 앞에 나가 사람들한테 홍보해 볼게요!"

이른 아침부터 출근하는 직장인들이 오가면서 커피를 주문하기 시작했다. 등교하는 여고생들도 노란 커피차에 관심을 보이기 시작했다. 짧은 순간 많은 사람들이 몰려 분주했다. 정신없는 와중에도 손님들이 무슨 메뉴를 시키는지, 어떤 메뉴를 좋아하는지, 유동 인구는 어떻게 되는지 잊기 전에 공책에 빠짐없이 모두 적었다. 오늘 하루 영업해 보니 고객들은 빨리 나오는 메뉴를 좋아한다는 것을 알 수 있었다.

내가 나중에 카페를 열게 된다면 커피가 빨리 제공될 수 있게 해야겠다는 생각이 들었다. 홍보만 계속한다면 충분히 사업적인 가능성이 있어 보였다. 젊은 커플에게도 이곳을 추천해 준 보람이 있었다. 이후에도 몇 차례 커피 차량을 다시 섭외하여 계절별로 판매를 해 보았다. 이렇게 하여 카페 운영에 대한 좀 더 구체적인 창업 계획을 세울 수가 있었다.

푸드트럭으로 창업 전 관심 상권에서 판매해 본 모습

창업이란 도박

여러 커피 매장을 관리하는 슈퍼바이저 업무를 할 때이다. 매장을 나가면 온갖 불평 사항을 다 들어 줘야만 했다. 듣다 보면 머리가 지끈지끈 아프기도 하고 어지럽기까지 했다. 무언가 하나의 작은 문제라도 발생하면 또다시 매장으로 이동하여 바리스타들이 근무할 수 있도록 뒤처리를 해 줘야 했다. 이런 업무의 반복적인 나날들이 이어졌다. 내 사업이 아닌 직장 일을 하면서 점점 답답함은 커져 갔고 자존감은 많이 떨어졌다. 자리가 사람을 만든다. 언제까지 일개의 직원으로만 살아야 하는가. 모든 사람은 하루 동일한 24시간을 부여받는다. 그런데 그 똑같은 시간 동안 누구는 큰돈을 벌고, 명예를 얻고, 더 큰 성취감을 얻는다. 정말 삶의 돌파구를 만들고 싶은 마음은 간절해졌고 나만의 일을 하고 싶은 생각은 더욱 커져만 갔다.

20대 중반 조금 넘어 가장이 되었다. 부양할 가족은 있지만 모아 둔 재산은 없었다. 지금 가진 것이라곤 30년이 다 되어 가는, 사천만 원 전세로 얻은 무너져 가는 집과 청약통장뿐이었다. 우리는 너무 빈곤했다. 20대 중반의 이른 나이에 아내를 만나 아무런 경제적인 준비도 안 된 상태에서 신혼생활을 시작했으니 말이다. 서울 시내에 사천만 원 전세가 있다는 것이 그저 신기할 뿐이었다. 얼마나 낙후된 건물인지, 살면서 매일 끔찍한 나날들을 경험했다. 엄지 손가락만 한 바퀴벌레가 날아다니고, 천장에서는 쥐들이 기어 다니며 벽지를 긁어모으고 있다. 사람이란 동물이 정말 신기한 것은 그런 생활도 한두 달 하다 보면 적응이 된다는 사실이었다.

우리 부부는 돈이 없어 결혼식을 제때 못 올렸다. 양가 부모님들이 지원해 줄 수도 있었겠지만 당사자인 우리 부부의 힘으로 해 보고 싶었다. 이런 생활을 악착같이 버티고 자금을 모아 1년 뒤 결혼식을 올릴 수 있었다. 웨딩플래너 경험이 있던 나인지라 최대한 비용을 아끼면서 웨딩 업계 지인들을 통해 가격도 절충하고 중요한 부분만을 진행하고자 했다. 그리고 남은 결혼식 비용은 신혼부부 무주택자 특약으로 당첨된 아파트에 전부 계약금으로 넣어 버렸다. 그리고 한 해 동안 더 악착같이 돈을 모았다. 그래도 무언가 내 사업을 하기에는 한없이 모자랐다. 이런 상황임에도 나는 카페 창업의 꿈을 포기하지 않았다.

그러던 어느 날 아내에게 한 가지 의미심장한 제안을 했다.

"우리 처갓집에 들어가고 전세금으로 수원에 카페 하나 차리자!"

이렇게 집을 팔아 장사 자금을 마련하겠다는 어이없는 발상에 아내는 그저 허탈한 웃음을 지을 뿐이었다. 몇 년 동안 공무원 준비를 하고 있던 아내로서는 답답함과 미안한 마음이 많아서였을까 끝내 내 제안을 승낙해 주었다.

우리는 그간 너무나 힘들었던 서울을 떠나 수원에서 인생 2막을 시작하기로 했다.

퍼스트 펭귄, 이 시대 진정한 커피인을 꿈꾸다

선구자 및 도전자라는 의미의 퍼스트 펭귄이란 관용어가 있다. 이는 무리 중에 처음으로 바다에 뛰어든 용기 있는 펭귄을 뜻한다. 남극의 펭귄들은 사냥을 하기 위해 바다로 뛰어들어야 하지만 두려움 때문에 그 누구도 쉽사리 먼저 뛰어들지를 못한다. 그러나 한 펭귄이 용기를 내어 바다로 뛰어들면 비로소 그때 다른 펭귄들도 연달아 뛰어내린다.

내가 커피 회사에서 직장 생활을 하고 있을 당시 나만의 카페를 창업하겠다는 굳은 의지를 불태우던 시기가 있었다. 그 당시에는 이전과 다르게 카페가 우후죽순 많이 생겨나고 있을 때였다. 우리나라도 커피가 대중화되었고 프랜차이즈형 카페가 크게 성장하고 있었다. 1998년 6월 할리스커피 강남점이 들어선 이래 우리나라의 프랜차이즈 커피 시장이 점증적으로 열리기 시작했다. 다음 해인 1999년 이화여대 인근에 스타벅스 1호점이 생기고 현재의 카페 형태인 에스프레소 커피가 본격적인 전성시대를 알리기 시작했다.

그러고도 20여 년 이상이 흘렀으니 카페 시장은 레드오션 그 자체가 되었다. 한창 이 고민을 하고 있을 당시 멘토였던 형이 처음으로 퍼스트 펭귄이란 관용어를 말해 주었다. 펭귄은 많지만 용기 있는 첫 번째 퍼스트 펭귄은 오직 한 명이라고 말이다. 그러고는 내게 말했다.

"네가 생각하는 하고 싶은 일을 하는 사람은 많을지 모르겠지만 그 일 중에서도 다른 길을 걸을 수 있는 너만의 퍼스트 펭귄이 되어 봐!"라고 말이다. 그리고 그 자리에서 나는 결심했다. 남들은 커피를 판매하는 다 같은 카페라고 볼 수 있겠지만, 그 매장 안에서의 나는 다른 사람이고 싶었다. 아직 꿈이 없는 청소년들에게는 커피 직업군의 꿈을 갖게 해 주고 싶고, 나만의 꿈 카페를 창업하고 싶어 도움이 필요한 사람에게는 멋진 바리스타로 양성해 주고 싶었다.

커피 안에서 꿈을 찾고 꿈을 키우고 그 꿈을 이룰 수 있도록 돕는 커피 교육자의 길을 걷는 이 시대 진정한 '커피인(人)'이 되고 싶어졌다.

아내의 이름을 딴 독특한 카페

지금까지도 대중화된 〈스타벅스(starbucks)〉 커피가 많은 관심을 받고 있지만 점차 새로운 커피를 경험하고 싶은 고객과 풍미가 좋은 스페셜티 커피를 찾는 사람들 또한 늘어 가고 있다. 최근 다양한 로스터리 숍에서는 커피 한 잔에 철학이 깃들어 있어야 하고 로스터의 신념이 들어간 커피를 제공하기 위해 부단히 노력하고 있다. 시대가 급변화하면서 제1공간(가정)과 제2공간(직장)을 넘은 제3공간(문화, 휴식 공간)의 중요도가 점차 높아졌다. 어쩌면 지금은 더 특별한 공간에서의 쉼을 원하는 새로운 개념의 휴식 공간이 필요해 보인다.

역사적으로 오래된 커피숍은 각 기업들만의 특별함을 지니고 매장을 운영해 가고 있다. 일본의 전통 기업 〈사자커피〉가 그러하듯이 그 브랜드만의 연상되는 이미지와 인테리어가 있는데 그 회사만의 이상적인 형상적 가치를 함께 반영하기도 한다. 이렇듯 나 또한 로스터로서의 내 철학인 깃든 생애 첫 카페를 오픈하고 싶었다. 개인 카페를 오픈하기 전 먼저 가게의 상호와 로고를 생각해 보았다. 어떤 이름을 지어야 아내와 내게 의미가 있을지 정말 많은 고민을 했다. 나는 곰곰이 생각해 본 끝에 아내에게 내가 하고자 하는 카페 상호를 조심스레 말해 보았다.

"이미지웨카."

아내는 내게 물었다.

"왜 이미지웨카야?"

"너 이름하고 내 이름을 합친 거야."

"그럼 네 이름은 왜 웨카야?"

"내가 원래 웨딩플래너였었잖아. 플래너 생활 할 때 웨딩 컨설팅 카페를 차리고 싶어서 그때부터 줄여서 닉네임도 웨카로 지었고."

"아, 그랬었지."

"너와 나의 카페 바로 이미지웨카야! 이미지임승훈은 이상하잖아?"

"으음……. 이미지웨카 좋은 것 같기도 하다."

아내의 조금은 떨떠름한 답변이었지만 일단 상호는 밝혔으니 이제 로고를 본격적으로 구상해 보기로 했다. 혼자 열심히 생각해 보던 중 이미지의

IMG 영문을 가지고 무언가 커피 그림이 그려지진 않을까라는 생각이 문뜩 들었다. 정말 수백 번을 종이에 그려 보았다. 영어 문체를 달리해 보기도 하고 글자를 뒤집어 보기도 하고 눕히기도 했다. 수많은 생각과 그리는 과정을 통해 드디어 커피잔 모양을 형상화한 IMG 로고를 만들 수 있었다. 이미지웨카 상호와 IMG 로고까지 이 모든 것은 우리에게 큰 의미를 담은 결과물이었다.

직접 그려 만든 로고 패턴

로스터리 카페를 향한 다부진 포부

우리 부부는 수원으로 떠나 예산에 딱 맞는 가게 한 곳을 찾았다.

"자. 마지막으로 이곳에 서명하시면 됩니다."

떨리는 손목을 잡아 가며 이름 석 자를 계약서에 적는다.

"수고하셨습니다."

생각보다 간단한 절차로 계약을 끝마쳤다.

"우리 어떤 카페 만들까?"

볼이 상기된 아내의 목소리는 살짝 떨리고 있었다.

"로스터리 카페 해 보고 싶은데……."

"근처 직장인들은 어떤 커피를 좋아할까?"

"무엇보다 저렴하게 판매해야 하지 않을까? 그리고 로스터리 카페니까 커피 블렌딩 종류도 하나가 아닌 여러 가지로 만들면 어떨까? 일반 카페와 차별화되게 말이야."

"그럼……. 아메리카노도 맛을 선택할 수 있게 말이지?"

"응. 신맛 나는 커피, 쓴맛 나는 커피, 고소한 맛 나는 커피처럼 말이야."

"무언가 흥미로울 것 같아. 좋아! 한번 잘해 보자!"

이제 우리 카페의 위치도 정해졌다. 실내디자인을 전공했던 나는 그 끼를 살려 시간 나는 대로 내 머릿속에 있는 카페를 직접 도화지에 그려 보곤 했다. 다부진 포부와 함께 빌딩 몇 채 들어선 머릿속엔 희망과 기대가 자리를 잡고 있었다.

직접 그린 입면도

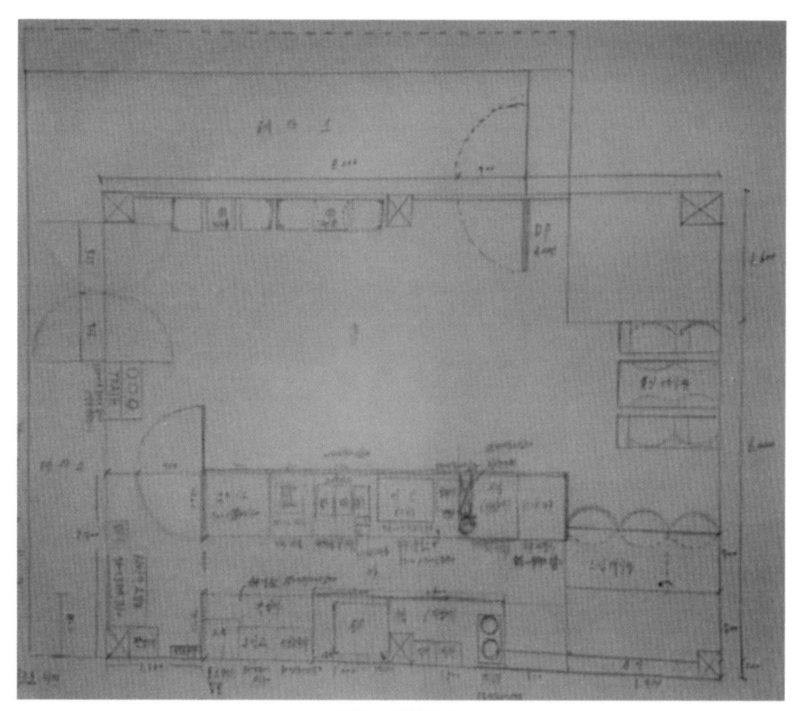

직접 그린 평면도

금테 두른 로스터기

지이이잉 지이이잉.

아침부터 드릴 소리가 요란히 크게 들렸다. 매장 안은 온통 뿌연 연기로 가득 찼다. 하루하루가 다르게 점점 실내는 카페 느낌이 물씬 나기 시작했다. 밤새 그린 수정 도면을 인테리어 소장에게 건넸다.

"바 높이는 890mm에 상판은 원목으로 해 주세요!"

"그렇게 하시죠."

"아……. 매장이 협소하긴 하지만 로스팅 할 공간만큼은 조금 여유로웠으면 좋겠어요."

"몇 kg 로스터기를 쓰실 건가요?"

"2.5kg요."

"매장 규모에 비해 큰 거 들여놓으시네요?"

"네. 나중에 원두 납품할 일이 생길 수도 있을 테니까요."

"참, 로스터리 바닥에 글씨 몇 글자 적어 보시는 건 어떠세요? 요즘 많이들 의미 부여 차 에폭시 작업하기 전 적어 놓거든요."

"아, 정말요? 어떤 문구를 적을지 생각해 볼게요."

아내와 나는 그렇게 며칠 곰곰이 생각해 보기로 했다. 일반 카페에서는 1kg짜리 로스터기를 많이 사용하지만 여러 이유로 비용을 더 들여 2.5kg짜리 하스가란티 로스터기를 들여놓았다. 금색 도장의 로스팅 기계는 정말 귀티가 났다.

'음……. 인테리어 효과까지 금상첨화군!'

뿌연 연기 속에서 희미한 미소가 번져 갔다. 그리고 아내와 나는 로스팅실 바닥에 이러한 문구를 적어 놓았다.

'최상의 원두가 만들어지는 곳 로스터실 흥해라!'

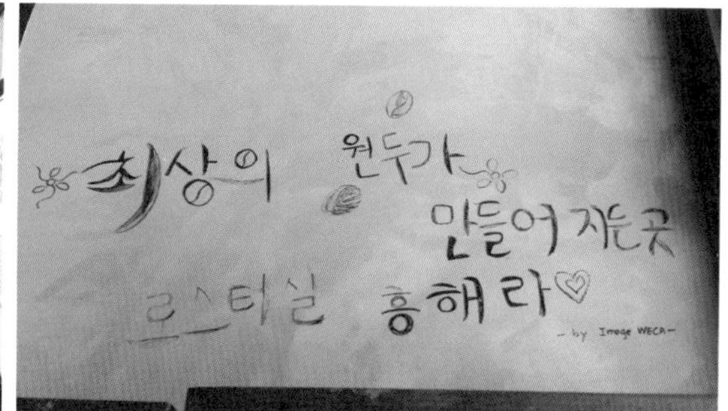

로스팅실 모습

첫 매장의 이름은 이미지웨카

2016년 11월 14일 바람이 몹시 세게 부는 월요일이었다. 가게 문이 살짝 열렸다.

"여기 뭐 생겨요?"

"로스터리 카페요."

"그게 뭐예요?"

"네. 저희가 직접 생두를 볶아 고품질의 신선한 커피를……."

"아……. 수고하세요."

떨떠름한 표정으로 뒤돌아서는 중년의 뒷모습을 보니 살짝 불안해지기 시작했다.

오지 않는 손님을 기다리며 아내와 나는 하염없이 유리창만 닦고 또 닦았다.

'제발 한 사람만이라도…….'

저 멀리 단아한 원피스를 입은 여성이 조심스러운 걸음걸이로 주위를 둘러보며 걸어오고 있었다. 조금은 더워 보였다.

'제발 들어와라!'

'어? 들어올 것 같은데?'

그러나 그녀는 눈길 한번 주지 않고 우리를 스쳐 지나가 버렸다.

'아……. 사람 구경하기가 왜 이렇게 힘들까?'

문은 열었지만 오전 내내 손님은 한 명도 오지 않았다. 맥이 풀린 아내와 나는 어느덧 서로 마주 보고 앉았다. 소리 없는 대화가 눈빛으로 오가고 있었다.

"첫술에 배부를 수 있겠어. 시간이 지나면 괜찮아지겠지."

"홍보가 너무 안 돼서 그런가 봐. 무언가 좋은 방법을 생각해 보자!"

아내의 격려에도 처진 어깨에는 좀처럼 힘이 들어가지 않았다.

그날 최종 매출은 아메리카노 한 잔이었다.

둘째 날. 나는 다섯 테이블을 닦았다.

셋째 날. 여섯 건의 주문을 받았다.

넷째 날. 점심쯤 카운터 앞으로 두 명의 젊은 여성이 다가왔다.

"아메리카노 한 잔, 카푸치노 한 잔 주세요!"

지지지지직.

커피 원두를 갈아 포터 필터에 담았다. 레벨링을 한 후 좌우의 균형을 잘 맞춰 탬핑하여 신속하게 머신에 장착하였다. 심호흡을 한 번 한 후 추출 버튼을 눌렀다. 쫀득한 황금빛의 커피 원액이 샷 잔에 담겼다. 정성껏 잔에 옮긴 후 한 방울이라도 흘릴세라 임금님께 바치듯 성심성의껏 서빙했다.

몇 분 후.

"죄송한데요. 이 커피 더 못 마시겠어요."

"무슨 문제라도 있나요?"

"아니요. 그냥 제 입맛에 안 맞아서요."

"혹시 커피 맛이 별로인가요?"

"너무 신맛이 강해요. 그리고 뭐랄까? 풋내가 나는 것 같기도 하고요."

'아뿔싸! 약한 배전의 로스팅. 화사한 향미와 적정한 산미. 너무 무겁지 않은 바디감. 쓴맛을 최소화하고 산미와 단미를 강조한 산뜻한 커피.'

내가 추구하는 커피는 이런 성향인데 고객은 대놓고 못 마시겠단다. 그제야 그동안의 손님들이 아메리카노를 남겼다는 사실이 떠올랐다. 머릿속은 하얘졌고 깊은 고민에 빠질 수밖에 없었다. 당황한 나머지 떠나가는 손님에게 대처와 인사도 못 했던 것 같다. 잠들 수 없는 밤이 나를 기다리고 있었다.

카페 외부 스케치

포켓몬이 아닌 웨카 로고를 찾아라!

2017년쯤 한창 유행했던 '포켓몬고'라는 모바일 게임이 하나 있었다. 마침 속초에 놀러 갈 일이 있었는데 속초 시내는 이미 포켓몬고로 정말 난리였다. 포켓몬이 숨어 있는 매장은 사람들이 엄청 길게 줄을 서서 기다릴 정도였다. 눈앞에서 핸드폰을 돌려 가며 서로들 포켓몬을 찾기 위해 애쓰는 모습이 심심치 않게 보였다. 포켓몬고를 하다가 포켓몬이 나와 잡게 되면 경품을 주곤 했는데 그 매장은 엄청난 인기몰이를 하였다.

나는 이 상황이 꽤 인상적이었다. 휴가 복귀 후 매장에서 문뜩 이벤트 하나가 머릿속에 떠올랐다.

'포켓몬을 찾는 것처럼 웨카 로고를 찾는 것은 어떨까?'

나는 곧바로 컴퓨터를 켜서 백 원부터 천 원까지 사각형 모양으로 쿠폰을 50여 개 만들었다. 그러고는 코팅을 한 후 재단하였다. 저 멀리 300m 정도 떨어진 우정청 건물에서부터 우리 매장까지 오는 길에 하나씩 전봇대에도 붙이고 나무 사이에 붙이기도 하였다. 카페 외부 문 위라든지 테라스에도 숨겨 놓았다. 찾기 어려운 곳이나 높은 곳이면 더 비싼 쿠폰으로 숨겨 놓았다. 내부에도 역시 곳곳에 웨카 로고 쿠폰을 숨겨 두었다. 그리고 홍보했다.

"숨겨진 웨카 로고 쿠폰을 찾아라! 최대 천 원 즉시 할인."

고객들은 너무 신기해했고 재미있어 했다. 매장 내부를 뒤지면서 웨카 쿠폰을 찾으려고 많이들 애썼다. 어떤 한 남성 경찰관은 내가 사다리까지 타고 매장 외부 간판에 붙여 놓은 천 원 할인 쿠폰을 찾아 끝내 그 쿠폰을 쟁취하기도 하였다. 그 자리에 있던 모두가 한바탕 웃었고 고객들은 폭발적으로 좋아했다. 이렇게 웨카 쿠폰 이벤트로 정신없는 한주가 지나갔다.

웨카 로고를 찾아라! 이벤트

2. 오픈 2~3년 차, 살아남기 위해 안간힘 쓰다

무인도 카페로의 내비게이션

카페를 운영하고 있는 지인들에게 조언을 구해 매장 커피 맛에 변화를 주었다. 조금 더 강하게 커피를 볶아 신맛을 줄였고 보다 대중적으로 알려진 메뉴로 재편성하였다. 특별히 색다른 커피를 원하는 고객을 위해 싱글 오리진 커피(한 나라의 단일 커피)를 추가적으로 선보였다. 선배 지인들의 조언이 효과를 본 것일까? 커피를 남기는 손님이 줄어들고 재방문하는 고객이 늘어 가기 시작했다.

'좋아! 일단 커피 맛에 대한 고민은 50% 해결된 것 같다.'

또 다른 문제는 없는지 살펴보기 시작했다. 그중 지리적인 문제가 관건이었다. 지금 매장 위치는 주변에 논밭에 없는 단독 건물의 무인도와 같은 카페였다. 반드시 커피를 마시고야 말겠다는 의지를 갖고 오지 않는 이상 찾아오기 힘든 다소 외진 위치였던 것이었다. 무언가 홍보할 방법이 필요했다. 아내와 나는 테이블에 앉아 한참 동안 방법을 궁리했다.

아내가 말했다.
"유동 인구가 많은 곳에 카페 위치를 홍보해 보는 건 어떨까?"

나는 답했다.
"우리 카페 주변에 있는 사람들 다수가 모여 있는 곳이 있을까?"

이어서 아내가 말했다.
"혹시……. 버스 정류장이라면?"

나는 바로 카페 약도를 작게 프린트하여 비에도 젖지 않도록 코팅하였다. 수십 장을 만들어 매장 주변 버스 정류장마다 설치되어 있는 벽면 지도에 카페 위치가 잘 보이도록 자그마한 카페 약도를 붙여 놓았다.

다음 날 가게 문을 열자마자 20대로 보이는 여성 두 명이 들어왔다.
"여기 카페가 있었네요? 어제 버스 정류장 약도 보고 알았어요!"
"아, 정말요? 와 주셔서 감사합니다."
"카페가 너무 예뻐요. 자주 올게요."

버스 정류장에 붙여 놓은 카페 약도가 꽤 홍보가 되었나 보다. 그때 나와 아내는 홍보의 중요성을 알게 되었다.

카페 외관 모습

벚꽃 핀 봄날 여고로 가는 길

화사하게 핀 핑크빛 벚꽃이 따뜻한 봄날을 알렸다. 만개한 목련 꽃과 함께 저 멀리 아른하게 하얀 꽃잎도 날렸다. 잠시 답답한 가게를 벗어나 밖으로 나가 벚꽃 나뭇가지 두어 개를 꺾었다. 유리잔에 반 정도 물을 담고 자그마한 조약돌을 넣었다. 벚꽃 나무를 잔에 담가 테이블에 올려놓았다.

누군가 매장에 들어왔다.

"사장님, 안녕하세요! 옆에 여고에서 왔는데요. 이번에 학생들을 대상으로 커피 동아리를 하나 만들어 보려 하는데 괜찮으시다면 아이들에게 커피를 가르쳐 줄 수 있으실까요?"
"학생들을요?"
"네. 아이들이 좀 더 학교에 흥미를 가지고 학업 생활을 즐겁게 할 수 있도록 커피 동아리를 만들어 주고 싶어서요. 기존에는 선생님 중에 커피를 좋아하시는 분이 계셔서 활동했는데 아무래도 장비도 부족하고 전문가에게 부탁하면 더 많은 경험을 아이들이 할 수 있을 것 같아서요. 무엇보다 이렇게 근사한 매장이 있으니 아이들은 정말 좋아할 것 같아요."

"네. 점심시간 지나서라면 가능할 것 같아요."

"정말 감사합니다. 점심시간 이후 시간으로 협약서 준비하여 다시 찾아뵐게요."

별 기대 없이 오셨는지 내 동의에 선생님은 몹시 기뻐하는 기색이었다. 몇 주 지나 협약을 마치고도 또다시 시간은 흘렀다.

드디어 첫 수업 날이 되었다. 저 멀리 학교 정문을 지나 우리 카페로 걸어오고 있는 몇몇 여학생들이 눈에 띄었다. 웃음꽃을 피우며 대화를 나누는 모습이 어찌나 예쁘고 귀엽던지…….

"사장님, 안녕하세요!"

아이들은 너무 반갑게 내게 먼저 인사했다.

"네. 어서 와요. 오늘 수업은 정말 재미있을 거예요."

"네. 너무 좋아요!"

학교 밖을 나온 학생들은 그것만으로도 쉼이 되는 모양이다.

"자……. 오늘은 핸드드립을 가르쳐 줄 거예요. 주전자같이 생긴 건 드립 포트예요. 원두를 갈아서 이렇게 담은 다음에 동그랗게 물을 부어 주는 거예요."

커피 거품이 마치 초코머핀처럼 올라오자 학생들이 환호했다. 격한 반응에 내가 연예인이 된 것 같은 느낌마저 들었다.

"이렇게 거품이 솟는다는 건 원두가 신선하다는 증거예요."

수업 전 걱정한 것과는 달리 학생들은 수업에 흥미를 느꼈고 내게 질문하는 횟수도 늘어났다. 무엇보다 학생들의 뜨거운 반응에 놀랐고 열기가 강하게 느껴진 시간이었다. 학생들은 역시 마실 거리에 관심이 많았는데 커피 맛을 보면서 달고 맛있다고 한 친구도 여럿 있었다. 나는 고등학생 때 커피 맛도 모르고 쓰다고만 생각했는데 한편으로는 이 친구들이 대단하게도 느껴졌다.

커피라는 주제 하나로도 수업 중에는 모두가 한마음이 되었고 함께 실습을 해 가면서 쏠쏠한 재미도 있었다. 이번 동아리 시간을 통해 커피를 가르친다는 것이 너무 흥미로운 일이라는 것을 새삼스레 느끼게 되었다.

이를 계기로 나는 학교에서 바리스타라는 커피 관련 직업군을 알리는 출강 수업도 함께 진행하게 되었다. 수업이 있는 그때마다 교문을 들어서며 내 머릿속은 예전 학창 시절의 추억들로 가득 찼다.

여고 바리스타 수업 모습

인생의 나침반이 되어 준 나

초등학교 저학년 때 매주 토요일 오후면 친구들과 함께 집 앞 공원을 찾은 기억이 난다. 매주 근처 교회에서는 주변의 아이들을 전도하기 위해 공원에서 아이들과 재미있는 놀이를 하며 예배를 드렸었다. 늘 마지막에 간식 기도가 있었고 예배 시작 후 1시간 정도면 모든 활동이 끝났다. 나와 내 친구 몇 명은 공원 근처에서 실컷 놀다가 꼭 나중에 기도할 때가 되면 살며시 자리로 들어갔다. 모두가 눈을 감고 있을 때 몰래 자리에 앉아 기도가 끝나면 맛있는 간식을 얻어먹었다.

지금 내가 가르치고 있는 학생들 가운데는 커피 수업 덕분에 학교를 보다 재미있게 다니는 친구가 여럿 있다. 이 친구들은 학교 내에서 재미있는 일을 찾아 늘 배회했었고 그중에서도 아직 진로를 결정하지 못한 학생들이 대부분이었다. 커피 수업을 하면서 나는 학생들에게 진로와 관련하여 이것저것 물어보기도 했다.

학생들은 학교 선생님보다는 나를 더 편하게 생각했다. 무엇보다 먹을거리와 마실 거리를 만들어 주다 보니 내게 참 호의적이었던 것 같다. 학생들에게 커피와 관련한 직업군에 대해 자세히 설명도 해 주고 자연스럽게 커피와 관련하여 체험할 수 있도록 도와주었다. 이 수업을 통해 학생들은 10대의 나이임에도 불구하고 커피를 직접 맛보고 나름 평가도 해 볼 수 있었다.

특히나 이번 수업을 기회로 종종 등교할 때마다 카페에 들려 아메리카노를 즐기는 학생도 생겼으니 말이다. 커피를 추출하는 바리스타라는 직업과 생두를 볶는 로스터라는 직업군을 비롯하여 여러 커피와 관련한 직업에 대해 매시간 전하기 시작했다. 커피 수업은 교실 안에서 이론만을 수업하는 과목과는 달랐다. 맛있는 것을 먹거나 마실 것들이 많은 커피 실습은 학생들에게 학교에서 느꼈던 답답함에서 잠시나마 벗어날 수 있는 쉼터였다.

학생들은 마치 나의 어릴 적 모습과 많이 흡사했다. 모두가 커피에 관심 있어서 수업을 들은 게 아니더라도 잠시 간식을 먹고 쉬어 가는 것을 위해 온 친구들도 있을 테니 말이다. 특히나 수업 중 학생들이 만든 아샷추라는 메뉴가 하나 있었다. 등교 때마다 아이스티에 에스프레소 1샷을 추가해서 먹는 아이스티 커피는 학생들 사이에서 큰 인기몰이를 했다. 그 이후로도 학생들은 학교 선생님에게까지 이 메뉴를 추천하여 톡톡히 매장 홍보까지

해 주었다.

심지어 교장 선생님까지 카페에 와서 드셔 봤을 정도니 말이다. 짧은 시간이었지만 아이들과 함께한 이 수업은 큰 의미가 있었다. 학생들에게 있어서는 잠시나마 진로에 대해 생각해 보고 길을 정하게 되는 인생의 나침반과 같은 시간이 되었을 것이다.

커피 해결사인 내게로 오라!

새로운 커피 메뉴를 알아보기 위해 인터넷을 검색하던 중 우연히 동네 카페 글 하나를 보게 되었다. 재료비만 받고 십자수를 가르쳐 주는 재능 기부 글이었다. 생각보다 높은 조회 수와 신청을 원하는 댓글들이 많이 달려 있었다.

나는 아내에게 말했다.
"우리도 한번 온라인 쪽으로 홍보해 볼까?"
설렘으로 가득 찬 내 목소리는 평소와 다르게 들떠 있었다.

아내는 답했다.
"원데이 클래스 같은 거? 노느니 커피라도 가르치면 좋지 않을까?"

나는 답했다.

"여기 보니 커피는 없네."

처음으로 지역 카페에 가입하여 재료비만 받고 무료 원데이 클래스 글을 올렸다.

1시간 후.

벌써 조회 수가 삼백 명이 넘었고 신청자도 나타났다.
예상했던 것처럼 사람들은 관심을 보였다.

'세상에……. 네 명 정원이 벌써 모였다.'

매장 주소를 직접 노출시킨 것은 아니었지만 단시간에 이룬 엄청난 홍보였다. 이후로도 나는 지역 카페를 통해 주기적으로 재능 기부 형식으로 강의를 열어 보았다. 모집하는 글을 올릴 때마다 저렴한 비용에 커피를 배울 수 있다는 것에 큰 매력을 느낀 것일까? 젊은 어머니들에게 특히나 인기가 많았다. 커피도 마시고 잠시 쉬는 시간에 수다도 떨고 무엇보다 맛있는 커피를 내리는 방법도 배우고 그야말로 일석삼조였던 것이다.

드디어 첫 수업 날이 되었다.

나는 조심스럽게 재능 기부 수업을 찾아 주신 수강생들에게 말했다.

"카페에 가서 마시면 커피가 맛있는데 왜 집에서 내가 내리면 그 맛이 안 날까요? 오늘은 집에서도 나만의 맛있는 커피를 내리는 방법을 전수해 드릴게요. 그럼 한 분씩 이 수업에 참가한 이유를 먼저 물어봐도 괜찮을까요?"

한 중년 여성이 먼저 대답하였다.
"우리 신랑은 제가 커피를 내려도 맛없다고 안 마신대요. 그래서 한 수 배우고자 왔습니다."

또 다른 젊은 여성이 대답하였다.
"저는 아이를 키우면서 늘 집에 있으니깐 답답하더라고요. 집에서 뭐라도 해 보고 싶어서 핸드드립을 취미로 가져 보려고요."

돌아가면서 서로 이곳에 온 이유를 말하기 시작했다.
"전 나중에 공방을 하나 차리고 싶어요. 그때 핸드드립 커피도 내려 주고 싶어서요."

또 다른 여성이 말했다.
"음……. 저는 지금 디저트 공방을 운영하고 있는데 핸드드립 커피도 같이 판매해 보고 싶어서 소식 듣고 바로 신청했네요."
각기 다른 네 명의 여성 수강생들은 돌아가며 자기소개를 했다. 모두 카페 근처에 거주하고 있었고 연령대도 큰 차이가 없어 스스럼없이 대화가 오갔다. 너무나도 간절히 커피를 배우고 싶은 마음에 유모차를 끌고 온 수강생이 기억에 참 많이 남는다. 많은 수강생들은 예상했던 바와 같이 분쇄한 커피를 담고 물을 넘치기 직전까지 한 번에 막 갖다 부었다.

"자……. 나라마다 추출하는 방법도 달라져야 합니다. 그런데 우리는 어떻게 추출하고 있나요? 그냥 물을 막 부어 추출하고 있지 않나요? 바로 이것이 문제였던 거예요."

생각지 못한 문제를 말하자 모두가 놀라 했다.

"핸드드립에서는 크게 두 가지를 생각하면 좋아요. 첫 번째는 농도예요. 농도를 흔히 TDS(Total Dissolved Solids)라고 하는데요. 물속에 녹아 있는 커피 성분의 양을 말해요. 즉 농도가 진하다는 것은 커피 성분이 많아 진하게 느껴진다는 것이에요. 우리가 추출한 커피 안에 커피 성분이 많이 녹아들어 있다는 거죠. 우리가 물의 양을 늘리거나 줄임으로 쉽게 농도를 조절할 수 있어요."

단순하게 진한 커피와 연한 커피만을 이야기했던 수강생들은 이렇게 내용을 풀어서 이야기해 주니 바리스타를 꽤 근사한 직업같이 보는 것 같았다.

"두 번째는 추출 수율(Extraction Yield)이에요. 추출 수율은 커피 한 잔을 추출할 때 내가 사용한 커피의 양 중에서 얼마만큼의 커피 성분이 물 안에 녹았는지 나타내는 비율을 말해요. 수율이 낮으면 날카로운 산미가 느껴질 수 있고 반대로 수율이 높으면 거친 쓴맛이 날 수 있어요. 수율은 온도와 추출 시간 등 다양한 요소에서 영향을 받아요. 그래서 우리가 핸드드립 할 때 막 붓는 것이 아니라 처음에는 뜸 들이기(불림)를 하는 것부터 시작해요."

한 잔의 커피 안에서 수율 이야기를 하니 꽤 전문적으로 느껴지고 핸드드립을 하는 것이 얼마나 근사한 취미인지 수강생들은 다시 한번 느끼는 것 같았다.

나는 이어서 설명했다.

"서버에 커피가 한두 방울 떨어질 정도로만 신속하게 분쇄된 원두의 표면을 물로 적셔 주는 거예요. 그다음 여과지 가운데 오백 원짜리 동전이 있다 생각하고 안에서 밖으로 다시 밖에서 안으로 최대한 천천히 원을 그리며 물을 부어 주세요. 물줄기는 최대한 얇게요. 그리고 처음부터 한 번에 끝까지 물을 붓고 끝내는 것이 아니라 최소한 두세 번 정도는 나누어 물을 부어 줄 거예요. 우리는 가장 완벽한 커피 한 잔을 추출하기 위해 저울을 이용하여 초를 재면서 몇 g의 커피를 몇 분 몇 초 동안 핸드드립 했는지 하나하나 모두 적어 나만의 레시피를 만들 거예요."

핸드드립에 이런 여러 가지 공식이 있다는 것을 알게 된 수강생들은 그제야 비로소 커피가 왜 과학인지를 이해한 것 같았다. 이 외에도 화사한 산미의 달달한 향이 느껴지는 에티오피아 내추럴 커피! 강인한 스모키 향에 무거운 바디감이 느껴지는 강하게 볶은 과테말라 커피까지! 각자의 입맛에 맞는 나라의 커피를 찾느냐 모두 정신이 없었다. 첫 수업이라 빠짐없이 잘 가르쳐 준 것인지 기억도 가물가물했다. 단 하루 만에 꽤 많은 정보를 얻고 기뻐하는 수강생들의 모습을 보니 정말 보람찬 시간이었다.

확실히 나 홀로 놀고 있는 것보단 가게도 홍보하고 수업 이후에도 커피를 배운 분들이 지인들과 함께 매장에 재방문도 해 주니 정말 감사했다. 앞으로 매장에서 커피 교육도 할 수 있는 기초 발판을 만들어 가고 있단 생각에 행복했다. 그리고 내게 외쳤다.

'커피 해결사인 나를 찾아 줘!'

첫 재능 기부 수업

일단 팔고 보는 박리다매 전략

커피 시음회도 해 보고 열심히 다각적으로 홍보도 했지만 원하는 매출에는 도달하지 못했다. 무엇이 부족한 것일까? 도무지 방법을 모르겠다. 그때 내 머릿속에 한 사람이 떠올랐다. 이분이라면 지금 카페의 상태를 정확히 진단해 줄 수 있을 것 같았다. 나는 서둘러 집 앞에 20평 남짓한 동네 마트를 찾았다.

"삼촌, 고민이 하나 있어서요. 카페 매출이 도통 안 오르는데 뭐 좋은 방법 없을까요?"

"한번 파격적으로 커피 가격을 내려 봐!"
조금은 냉랭한 말투로 생각보다 간단하게 삼촌이 말했다.

"지금보다 커피 가격을 더 내리라고요?"

"그래, 인마. 내가 장사 경력이 몇 년째인데 일단 내 말대로 무조건 싸게 팔아 봐! 그래야 한 잔 사 먹을 손님이 두 잔 사 먹을 거 아니냐?"

다소 불안한 마음은 들었지만 다른 방법이 없던 나는 눈물을 머금고 아메리카노 50% 할인이라는 파격적인 이벤트를 하기로 했다. 주말을 이용해 행사 현수막을 카페 근처 곳곳에 달아 놓았다.

월요일 아침.

파란 줄의 사원증을 목에 찬 중년 남성 한 명이 매장으로 들어왔다.

"혹시 배달도 되나요?"
"아……. 몇 잔 정도요?"
"사십 잔이요."
"사, 사십 잔이요? 언제 어디로 가져다드리면 될까요?"
"내일 아침 행사가 있어서 오전 10시까지 저 우체국 정문 앞으로 가져다 줄 수 있으실까요?"
"그럼요. 그렇게 할게요."

그리고 다음 날, 여느 때와 달리 아침 일찍 출근하였다. 오전 10시까지 늦지 않도록 매장 정비를 먼저 마친 후 포장 준비를 하였다. 커피를 정성스레 추출하여 포장까지 무사히 정해진 시간에 맞춰 음료를 전달하였다.

오늘 하루 몸은 고되었지만 확실히 매출은 올랐다.

'아……. 이게 적게 남아도 많이 팔아 수익을 낼 수 있는 박리다매 전략이구나!'

몸은 더 힘들어도 바쁘게 일한 만큼 수익도 함께 오르니 힘이 났다. 이후로도 종종 단체 주문이 들어오곤 했다. 그제야 삼촌의 말을 이해하게 되었다. 그달 말 나는 3개월간 밀린 월세를 깔끔히 정리하였다.

아메리카노 50% 할인 이벤트

교육은 매출을 싣고

며칠 뒤 수강생 두 명이 찾아왔다.

"선생님, 원두 추천 좀 해 주세요. 바디감 좋은 거로요. 교육 시간에 선생님께 배운 대로 집에서 남편한테 커피 타 주니깐 진짜 맛있다고 하네요.

"저도 이번엔 정드립(일본식 나눠 붓기 드립법)으로 진하게 한잔 타 보려고요."

수강생 모두 핸드드립으로 커피를 내릴 생각에 들떴는지 목소리에 기쁨이 담겨 있었다.

"바디감 하면 바로 인도네시아 만델링 G1이죠."

"저희 원데이 수업 말고 좀 더 커피를 배워 보고 싶어요. 선생님한테 배우니깐 커피가 재밌어요."

"음……. 그럼 회기를 조금 늘려 핸드드립을 더 깊이 있게 가르쳐 드릴게요."

생각지도 못한 수강생들의 원두 구매에 연이은 수업 요청에 어안이 벙벙했다. 그 이후로 커피 원데이 클래스에 이어 취미반, 실무반을 개설했다. 수강생들 중에서는 일회성으로 배우는 특강을 듣고 좀 더 관심이 생겨 취미반 수업을 듣는 경우도 생겼다. 무엇보다 매장 운영에 있어 한가한 시간에 교육을 진행하니 매출도 오르고 일석이조였다. 교육은 내게 또 다른 수익구조를 만들어 주는 중요한 매출 수단이 되었다.

배움의 증표 커피 수료증에 담다

커피를 배우기 위해 문의하는 학생 수가 점차 늘어나기 시작했다. 수강생들은 핸드드립 수업뿐만 아니라 더 다양한 커피 수업을 배우고 싶다고 요청하기도 했다. 그 말에 힘입어 커피를 내리는 수업 이외 더 많은 반을 구성했다. 그중 많은 문의가 들어왔던 바리스타 자격증반이 인기가 좋았다.

매장에 전화벨이 울렸다.

"혹시 카페를 창업할 계획인데 창업 컨설팅도 해 주시나요?"

중년 여성의 목소리에서 조금의 걱정스러움이 느껴졌다.

"네. 매장을 오픈하기 위한 교육도 하고 있습니다."

"오늘 가게 계약을 했는데요. 사정이 있어서 단기간에 교육을 받고 싶어서요."

어떤 사정인지는 아직 정확하게 모르겠으나 카페를 빨리 오픈해야 하는 간절한 상황임은 직감적으로 알 수 있었다.

교육 첫날.

매장을 차리기 위해 확인해야 할 부분들을 하나둘씩 안내해 주었다. 그런데 갑자기 이 중년 여성의 혈색이 어두워지고 식은땀을 흘리기 시작했다.

"안색이 안 좋으신데 어디 불편하신가요?"

"선생님…… 어떻게 하죠? 아무래도 계약한 곳에 문제가 있는 것 같아요."

카페를 영업하기 위해서는 근린시설이자 면적대비 정화조 용량까지도 기준에 적합해야 하는데 허가가 나지 않은 무허가 건물이라 서류상으로 문제의 소지가 있던 것이었다. 알아볼 당시에는 편법으로 다 할 수 있다고 했지만 막상 문제의 소지가 있다는 것을 정확히 알고 나니 매우 걱정스러운 눈빛이었다. 그렇게 수업을 마치고 떠난 그 중년 여성은 더 이상 연락이 되지 않았다.

며칠이 지나고 어김없이 마감 청소를 하고 있을 무렵이었다.

"저…… 여기 커피도 가르쳐 주나요?"

어깨에 닿을 정도의 긴 머리에 파마를 한 젊은 감성의 중년 남성이 찾아와 물었다.

"네. 커피 수업에 관심 있으세요?"

"취미로 커피를 한번 배워 보고 싶어서요. 집에 가정용 머신도 있는데 커피에 대해 제대로 알고 마시면 더 맛있을 것 같아서요."

온라인상에 글을 올리고 블로그를 운영한 것이 주변 사람들에게 홍보가 되고 있던 것이었다. 그리고 그는 내게 물었다.

"사장님, 제가 머신을 구매할 때 찾아보니깐 가정용 머신의 추출 압력은 16bar라고 하는데 상업용이 보통 10bar 정도면 가정용이 더 압력도 높고 커피 맛도 더 좋은 것 아닌가요?"

"머신의 추출 압력과 맛의 상관관계라……."

나는 잠시 생각에 잠겼다.

커피 머신의 기압은 지나치게 높으면 카페인 함유량이 높아져 불필요한 잡다한 맛과 쓴맛의 비중 또한 높아진다. 반대로 기압이 지나치게 낮으면 크레마 형성이 원활하지 않아 신선도를 비롯한 커피 맛의 깊이와 농도가 옅어진다. 나는 이를 어떻게 설명해야 할지 고민이었다. 생각보다 예리한 질문을 해서인지 아직까지도 그 수강생이 기억에 많이 남는다. 모든 수업이 끝나 갈 무렵 수강생은 내게 또 물었다.

"이렇게 사장님께 많은 걸 배웠는데 증서 하나는 주셔야 하는 거 아닌가요?"

"수료증 같은 걸 말씀하시는 거죠? 드리고 싶은데 아직 준비된 것이 없네요."

"제가 디자인 회사 대표인데 그럼 하나 만들어 드릴게요."

이렇게 디자인 회사 대표의 도움으로 커피 클래스 첫 번째 1호 수료증을 증여할 수 있었다. 이를 시작으로 하여 이후 다양한 커피 클래스를 수강한 수강생들에게 모든 교육을 마치고 나면 해당 과목의 수료증을 제공할 수 있게 되었다. 일천 번째 수강생에게 수여되는 그날까지 교육을 계속하겠다는 굳은 의지를 마음에 다시 한번 깊이 새겼다.

WECA - 18-053100001

Certificate

Of Completion

CERTIFICATE OF COMPLETION

Barista Master Foundation

THIS IS TO RECOGNISE THAT

This is to certify that afore-mentioned person has completed the training program offered by Cafe " ImageWeca "

ISSUE NUMBER: 00001
DATE: 05-31-2018

CAFE IMAGEWECA OF KOREA

LIM. SEUNGHUN
AUTHORISED TRAINER

디자인 대표 수강생이 만들어 준 수료증

핑크 포르쉐의 유혹

평일 점심시간이 지난 한적한 오후였다. 고요함 속에서 울린 전화벨 소리는 한층 더 크게 들렸다.

"카페를 하나 차리려고 하는데 가르쳐 주시나요?"

젊은 남성의 목소리는 살짝 떨렸다.

"언제쯤 오픈할 예정이신가요?"

"3주 뒤요."

"그렇군요. 내일 오전 괜찮으시면 매장에서 뵐까요?"

다음 날 오전.

약속된 시간에 다다랐을 무렵 카페 앞으로 화사한 파스텔 톤의 분홍색 포르쉐 차량 한 대가 멈춰 섰다. 편안한 흰색 티에 청바지를 입은 20대 초중반으로 보이는 젊은 남녀 커플이 내렸다.

'설마……. 이 커플인가?'

핑크빛 포르쉐 차량에서 내린 젊은 남녀의 편안한 모습에서 무언가 풍요로움이 느껴졌다.

"사장님, 오픈 일까지 3주 남았는데 가능하겠죠?"

"네. 가능합니다."

생각보다 어린 커플이 커피숍을 당장 3주 뒤 오픈한다니 젊은 패기가 정말 놀라웠다. 사실 그보다는 분홍색 포르쉐 차량을 타고 왔다는 것이 더 인상적이었다.

"가게를 저번 주에 계약했어요. 근처에 마카롱 가게가 없어서 마카롱 카페를 해 보려고요."

"마카롱은 직접 생산하시나요?"

이번에는 긴 머리를 뒤로 넘기며 여성분이 대답했다.

"마카롱은 그냥 납품받으려고요."

"좋습니다. 하나둘씩 스토리를 만들고 준비해 볼 텐데요. 혹시 카페를 하려는 이유가 커피가 좋아서인가요? 아니면 돈을 많이 벌기 위해서인 건가요?"

질문이 끝나자마자 남녀 커플은 동시에 대답했다.

"돈이요!"

나는 3주라는 시간 동안 빠르게 커피에 대해 가르쳐 주고 매장을 운영하는 방법까지 알려 주었다. 인테리어 업체를 먼저 선정하고 시기에 맞추어 집기류를 채워 넣었다. 일이 문제없이 일사천리로 진행되다 보니 생각보다 별문제 없이 예정된 오픈 일에 맞춰 매장을 열 수 있었다.

오픈 첫날.

나의 예상과는 달리 오픈 날부터 마카롱은 폭발적인 인기를 끌었다. 10평 정도 되는 작은 가게에서 처음 보는 광경이었다. 물론 직접 생산하는 건 아니고 납품받은 것이지만 이렇게까지 인기가 좋을 것이라곤 생각하지 못했다. 매장의 인기 글들이 온라인상에 많이 올라오기 시작했다. 그런데 이상한 점이 하나 있었다. 납품받은 마카롱이 마치 매장에서 직접 생산하는 것처럼 소개되어 있는 것이었다.

'오늘 새벽부터 만든 따끈한 마카롱.'

'묵직한 단맛의 페레로로쉐, 말랑말랑한 연유가 일품인 말랑카유, 산뜻한 단향의 복숭아 요거트 모두 매장에서 만든 수제 마카롱입니다.'

바리스타를 가르치고 양성하는 나의 신념과 맞지 않았다. 그런데 이 마카롱의 인기는 식을 줄 몰랐다. 심지어 커피 메뉴까지 배달하면서 매출은 더 기하급수적으로 오르는 것이었다. 신기하게도 오픈 이후 하루하루가 지날수록 더욱이 고객들의 반응은 폭발적이었다. 10평도 안 되는 작은 가게의 하루 매출이 내가 예상한 매출의 5배를 넘어선 정말 기이한 경험을 했다. 나 역시도 매장에서 이렇게 광고하고 판매해 볼까 하는 생각마저 들 정도였다. 내가 가르친 제자가 나의 신념과 다르게 장사하여 잘되는 게 꽤 질투심이 났다.

'장사는 이렇게 해야 하는 것인가?'

매출은 세 달 넘도록 지속되었다. 하지만 마카롱이란 아이템이 점차 알려지면서 고객들은 수제 마카롱이 어떤 맛인지 느끼고 평가하기 시작했다. 꼬끄의 식감이 쫀득하지 않고 매장에서 단 한 번도 마카롱을 만드는 것을 본 고객들이 없으니 의심하는 눈치였다. 이슈가 된 듯 많은 고객들이 마카롱 카페에 방문했지만 오픈 후 불과 4개월이 안 된 시점에서 매출은 곤두박질치기 시작했다. 주변에 마카롱을 판매하는 곳이 새로이 생긴 것도 아니었지만 자연스럽게 손님은 떠나갔고 이 가게는 고객들의 기억 속에서 점점 사라져 갔다.

그렇게 6개월이 지난 어느 가을날 그 앞을 우연히 지나가는데 다른 가게로 간판이 바뀐 걸 볼 수 있었다. 커피를 좋아하지 않았던 그들이 내게 남긴 말이 하나 떠올랐다.

'6개월 만에 벌 거 다 벌고 빨리 빠지는 게 사업가의 수완이라고…….'

카페 사장으로 거듭난 나의 아르바이트생

기존 아르바이트생이 그만두고 나는 새로운 아르바이트 채용 공고를 올렸다. 여러 명과 면접을 진행했지만 채용하고 싶은 사람을 아직 만나지 못했다. 그러던 중 매장에 전화벨이 울렸다. 특별히 이분은 온라인상으로 이력서를 넣기 전 내게 전화를 먼저 걸어왔다. 본인을 간단히 소개했고 꼭 한번 면접을 보고 싶다고 했다. 그녀의 목소리는 상당히 야무졌고 군더더기가 없었다. 왠지 모르게 나는 끌렸다. 40대 초반 정도로 큰아이가 고등학생이었던 거로 기억이 난다.

아이들도 어느 정도 커서 손이 많이 가지 않는다고 했다. 과거 건축설계 일을 했다고 했고 아이를 키우면서는 아무 일도 할 수 없었다고 했다. 커피가 너무 좋아서 카페 업무를 직접 해 보고 싶다고 했다. 무엇보다 내가 살고 있는 같은 동네에 거주하다 보니 왠지 모르게 더 친근하게 느껴졌다.

나는 그분을 채용했다. 행정타운 특성상 점심시간만 잠깐 몰려 오랜 시간을 일할 수 없는 구조였지만 그럼에도 배운다는 생각으로 나와 함께해 주었다. 나는 이 당시 외부 강의를 계속 알아보고 있었고 불러 주는 곳이라면 어디든 가서 가르쳤다. 다행히 이번에 채용한 아르바이트분은 정말 나의 일처럼 업무를 대신해 주었다. 성실한 아르바이트분이 계셔서 나는 점심시간 이후로 학교 및 기업체에서 외부 강의를 더욱 활발히 할 수 있었다.

어느 정도 카페 일에 적응이 되었을 무렵 나는 이분을 조금씩 더 가르치기 시작했다. 무엇보다 강의에 뜻이 있었던 나를 대신하여 이 매장을 지키고 내 일처럼 일해 줄 수 있는 분신이 필요했을지도 모르겠다. 시간이 나는 대로 바리스타 자격증을 취득할 수 있도록 조금씩 가르쳤다. 아무래도 내가 직접 커피를 가르치고 심사를 하여 평가할 수 있는 바리스타 심사위원으로 있다 보니 가르쳐서 자격증을 취득하도록 돕는 것이 수월했던 것 같다.

그렇게 나는 열심히 일해 준 아르바이트분을 위해 어떠한 보수도 받지 않고 자격증을 취득할 수 있게 도왔다. 꼼꼼한 성격의 소유자인지라 가르친 대로 소화했고 자격증까지도 금방 취득하였다. 더구나 마음씨는 얼마나 따뜻하던지 점심 식사를 잘 챙기지 못하는 나를 위해 오전에 일하는 빵집에서 얻은 빵들을 줄곧 싸 오기도 하였다.

그렇게 시간이 흘러 1년이 지났다. 여느 때처럼 점심에 일을 하고 나서 그녀는 내게 조심스럽게 운을 뗐다.

"사장님……, 저 카페 창업하고 싶어요."

나는 이 말을 들었을 때 떠나보내야 한다는 생각보다는 올 것이 왔다란 생각에 너무 기뻤다. 내게 배워 나와 똑같은 이런 카페를 차리러 간다는 사실이 뿌듯했다. 아르바이트생에서 이제 사장님이 되는 거니 말이다. 그리고 나는 물었다.

"어디에 하고 싶은가요?"

그녀가 답했다.

"제가 사는 동네에 하나 봐 둔 게 있는데 사장님이 한번 봐주세요."

그리고 나는 다시 답했다.

"집에서 멀지 않으니 제가 퇴근하면서 한번 들러 보고 내일 말씀드릴게요."

"네. 감사합니다, 사장님."

퇴근 후 알려 준 장소로 향했다. 2층은 오픈한 지 얼마 안 된 크지 않은 헬스장이 있었고 주변은 너무나도 어두웠다. 1층은 10평 정도 되어 보이는 자그마한 가게였고 이곳에서 카페를 해서 돈 벌기는 쉽지 않아 보였다. 오히려 무인카페나 배달 음식점이면 모를까……. 주변에 어린이집도 있고 아파트 단지도 있었지만 아쉽게도 이곳은 메인 상권의 끝자락이었고 스쳐 지나가는 길목이었다. 물론 아침에도 와서 보고 며칠 지켜봐야겠지만 보증금과 월세 대비해서 투자가치가 없어 보였다.

다음 날, 나는 이 내용들을 아르바이트분에게 전달했고 다행히도 그녀는 내 말에 수긍했다. 섣불리 알아보고 결정하는 것이 아니라 충분히 시간을 갖고 원하는 상가를 찾도록 권면하였다. 아직 우리에게는 시간이 있고 더구나 이곳에서 카페 일을 하면서 많이 배우지 않았는가. 분명 어디를 가서

든 잘할 수 있을 거라고 격려하였다. 그 이후로 몇 군데 더 상가를 찾아 왔지만 내 판단에 적합하지 않다고 생각이 들어 모두 반대하였다.

그럼에도 늘 감사해했고 이 분은 때를 기다렸다. 그리고 몇 달이 지났을까? 아시는 분 소개로 수원 옆 의왕 쪽으로 한 곳을 추천받았다. 기존에 카페가 있었던 자리인데 개인적인 사정으로 인해 커피숍을 양도한다는 것이었다. 권리금과 보증금을 포함한 월세가 매출 대비 적정 이상으로 저렴했고 위치 역시 좋아 보였다. 그리고 나는 그녀에게 말했다.

"저는 이곳 카페를 인수하여 개인 브랜드로 바꾸면 좋을 거 같아요. 원하는 느낌으로요."

그녀가 답했다.

"정말요? 사장님, 저 이제 카페 해도 되는 거예요?"

나는 답했다.

"물론이죠. 기쁜 마음으로 보내 드릴 수 있을 거 같아요."

이곳을 택하여 계약하는 과정에 있어서 나는 많은 조언을 했고 도움을 드렸다. 그리고 내 매장도 후임 아르바이트생을 채용하였다. 헤어짐이 너무 아쉽기도 했지만 그토록 원했던 카페 창업의 꿈을 이룬 모습을 지켜보니 나 역시 기쁘고 행복했다. 앞으로 이런 나의 제자들이 많이 생기길 진심으로 원했다. 1년이 넘는 시간 동안 함께한지라 그녀의 공백이 크게만 느껴졌고 생각도 많이 났다. 아마 자영업을 하는 많은 사장님들이 똑같이 느끼지 않을까 싶다. 정을 많이 주면 줄수록 헤어짐은 더 큰 아픔으로 찾아오는 것을 말이다. 그래도 기쁜 일로 가는 일이라면 난 언제든 찬성이다.

'그동안 고마웠어요. 번창하세요!'

우후죽순 생겨나는 경쟁 카페 속 위기

흔히들 자영업으로 3년을 버티는 것은 힘든 일이라고들 한다. 그만큼 카페 시장은 진입 장벽이 낮아 경쟁 업체도 많을뿐더러 객단가 또한 현저히 낮기 때문에 매장을 유지하는 것이 여간 어려운 것이 아니다. 내가 해당 상권을 선택한 이유는 주변에 관공서가 많았지만 실내에 카페가 단 한 곳밖에 없어서였다. 더구나 실외에는 카페가 한 곳도 없었다. 주변은 온통 논과 밭이었고 그 흔한 편의점 하나 없는 곳이었다. 여름철 비가 오고 난 뒤면 몇 번이나 새끼 청개구리가 카페 앞 테라스에 찾아오기도 했다. 저녁이면 개구리 울음소리가 크게 들리기도 했다. 오픈하고 한 번은 주변 하천에서 이탈한 다섯 마리 오리 가족이 카페 앞을 지나가는 신기한 경험도 했다.

카페 옆쪽으로는 창고로 사용하고 있는 컨테이너가 하나 있었다. 한 번은 컨테이너에 물건을 가지러 갔는데 컨테이너 옆쪽에 누워 있는 생전 처음 보는 동물과 눈을 마주친 적이 있었다. 얼굴은 마치 판다와 같아 보였는데 고양이와 같은 꼬리가 있는 것이 아닌가? 알고 보니 야생 너구리였다. 얼마나 놀랐던지……. 또 장마가 지나거나 비가 많이 오고 난 뒤 급격히 더

워질 때면 야생 모기들과 씨름을 버린 일도 많았다. 어찌나 저녁에 간판과 테라스의 밝은 불빛을 좋아하던지 모기약과 모기향을 정말 많이 사용했던 것 같다.

수원에 개인 브랜드 매장을 창업한 지 3년이 되어 갈 무렵 나에게도 생각지 못한 위기가 찾아왔다. 카페 주변으로 있던 논과 밭이 흙과 시멘트로 채워지면서 바닥 기반을 다지는 공사를 하는 것이었다. 한 달 정도 지나니 카페 옆쪽으로 있던 논과 밭이 모두 사라지고 탄탄한 시멘트 지반이 완성되었다. 그 이후로는 개구리 울음소리를 듣지 못했고, 모기도 전부 사라졌다. 더 이상 청개구리도, 오리도 카페에서는 볼 수 없었다. 도심에서 느끼지 못한 이런 경험들은 이제 나에게 있어 좋은 추억으로 남게 되었다. 기반이 다져지고 난 뒤 건물의 주축이 되는 기둥들이 올라가는 광경을 목격하였다.

"설마……. 무엇이 생기는 것일까?"

그리고 며칠 뒤.

카페로 남성 몇 분이 들어왔다. 공사 관련 이야기를 서로 주고받는 것이 들렸다. 그러더니 한 남성분이 대뜸 내게 말했다.

"잘 부탁드려요. 저 저기 옆에 건물을 짓고 있는 사람인데요."

"아……. 네. 근데 뭐가 들어오나요?"

"네. 1층은 편의점이고요. 2, 3층은 자동차 관련 사무실로 사용할 거에요."

"그렇군요."

난 이때까지도 앞으로 벌어질 일들을 모른 채 별생각이 없었다. 부디 내일 하루도 바빴으면 하는 바람만 있을 뿐…….

다음 날.

"여보! 저기 우리 카페 맞은편 건물 옆으로 이상한 가건물이 생겼어. 한 번 가 봐!"

"정말? 건물이 생겼다고? 거기 그냥 밭이었는데……."

"오랜만에 그쪽으로 출근하면서 보니깐 건물같이 완성되었던데? 설마 카페는 아니겠지?"

말이 끝나자마자 난 그곳으로 향했다. 이게 무슨 일인가? 논과 밭만 있던 이곳이 언제 이렇게 땅이 다져지고 1층짜리 가건물이 올라간 것인가…….

이날 이후로 나는 매일 이 앞을 지나며 어떤 매장이 들어오는지 주시하였다.

"음……. 카페는 아니겠지."

그리고 얼마 지나지 않아 그 건물 외관에 간판같이 자그마한 문구가 하나 달렸다. '휴게음식점'. 그리고 매장 안을 들여다보았다. 정말이지 경악을 금치 못했다. 그 안에는 우리 부부가 그렇게 우려하고 걱정했었던 커피 머신과 커피 관련 집기류가 들어가 있었다. 우리 매장을 중심으로 우측에는 편의점이, 좌측에는 카페가 비슷한 시점에 동시에 들어서게 된 것이었다.

정말 큰일이었다. 카페 좌측과 우측에 위치한 매장을 지나 고객들이 과연 우리 카페까지 올까? 내 스스로도 의구심이 들었다. 분명 큰 타격을 받을 게 눈에 선하게 보였다.

답답하기만 한 하루였다. 우리 매장을 중심으로 우측에는 편의점이 예정대로 들어섰다. 편의점이 들어서자 고등학교 등교 시간에 학생들이 올려주었던 매출은 반 토막 이상으로 떨어졌다. 학생들은 아무래도 카페보다는 더 저렴한 가격에 다양한 메뉴가 있는 편의점을 더 선호했을 것이다.

예전부터 여러 고객들이 카페에서 담배를 판매해라, 라면을 판매해라, 동네 슈퍼마켓이 필요하다고 하소연을 했었는데 그때마다 나는 돈보다는 내가 추구하는 이상적인 카페만을 생각했다. 내가 자신 있고 좋아하는 일을 하면서 꾸준히 원하는 소득을 얻을 수 있다면 얼마나 좋을까. 난 그것이 분명 가능하다고 믿고 있었다. 시간이 필요할 뿐 분명 가능하다고 생각했다. 그런 내 생각이 오만이었을까? 동시다발적으로 우후죽순 생겨나는 경쟁 매장에 내 신념도 점점 달라지고 자신감도 떨어져만 갔다. 그래도 난 이 가게 주인이고 우리 가족을 부양해야 하는 한 가정의 가장이다. 힘을 내야만 했다. 그동안 나는 성공의 사례, 실패의 사례, 카페와 관련한 실무적으로 다양한 경험들을 겪어 왔었다. 이 카페를 지킬 수 있는 방법을 찾아야만 했다. 어쩌면 그보다는 현재의 상황을 정확히 진단하고나서 그 사실을 인정해야 한다는 것이 어려운 것이었는지도 모르겠다. 고객들은 단호했고 냉정했다. 더 저렴한 곳을 좋아했고 단골 고객으로 생각했던 사람들조차 새로운 곳에 가 있었다. 연달아 찾아온 위기들로 인해 참으로 힘든 시기였다.

3. 오픈 4~5년 차, 카페 확장을 준비하다

고소미 아메리카노를 만들다

내 매장을 영업한 지도 4년 차가 되었다. 그간 크고 작은 일도 많이 있었지만 잘 버텨 온 것 같다. 지금까지는 고객보다 내가 원하는 커피를 만들어 왔다. 고급스럽고 산미와 향에 의미를 부여한 커피 말이다. 그러나 많은 사람들은 산미가 있는 것보다는 오히려 익숙한 쓴맛이 나는 커피를 찾았다. 불현듯 어쩌면 고객들은 고품질 커피보다는 가성비 좋은 커피를 원하고 있을지 모른다는 생각이 들었다.

그래서 나는 또 다른 블렌딩된 아메리카노를 새롭게 출시해 보고자 했다. 구수하면서도 신맛이 강하지 않고 보다 저렴한 커피. 일반적으로 아라비카 품종은 로부스타 품종에 비해 카페인 함량이 적으면서도 향미가 보다 뚜렷하고 깔끔하고 가격도 비싸다. 이번에 구수한 아메리카노로 출시할 블렌딩은 고소함을 강조하고 가격을 보다 저렴하게 만들기 위해 로부스타 품종의 원두를 섞어 보기로 했다. 늘 좋은 아라비카 품종만 취급했던지라 로부스타 품종을 블렌딩한다는 것에 대한 걱정스러움도 있었다. 그래도 고객들에게 호응이 있을까라는 궁금증과 함께 한 번쯤은 출시해 보기로 했다. 고소하고 구수한 맛이 특징이라 블렌딩 이름을 고소미 블랜드라고 지어 보았다. 아메리카노로도 선택할 수 있고 구수한 맛 때문인지 달달한 시럽이 들어간 베리에이션 음료에도 꽤 잘 어울렸다.

이렇듯 카페 고객들을 위한 아메리카노 블렌딩 선택지가 하나 더 늘어난 셈이다. 산미와 향을 강조한 베리 아메리카노, 구수하고 보다 저렴한 고소미 아메리카노, 쓴맛과 바디감이 좋은 다크 아메리카노, 매주 한나라의 커피로 특별히 제공되는 싱글 오리진 아메리카노, 디카페인 아메리카노까지 다양하게 준비되어 있다. 여러 종류의 블렌딩을 준비하고 드디어 첫 출시를 했다.

그날 점심 한 여성 고객이 내게 물었다.

"사장님, 커피에서도 구수한 맛이 나나요?"

"네. 고소하면서도 구수한 맛이 느껴지도록 로스팅했습니다."

"혹시 어떤 나라 커피인가요?"

"네. 가장 많이 들어간 게 로부스타 품종인 Vietnam Robusta G1입니다."

"베트남 커피요?"

"네. 베트남은 우리나라에서 특히 수요가 많은 커피의 생산국이에요. 주로 로부스타 품종을 대량 재배 생산하고 있어요. 특히 국내에서는 인스

턴트커피 제조용으로 많이 쓰이고 있는데요. 구수한 맛과 쓴맛이 강한 특징이 있어요. 핸드드립으로 내려 마시면 보리차와도 같은 맛이 나요. 고소미 아메리카노 안에도 들어가 있는데 한번 드셔 보실래요?"

"네. 정말 신기하네요. 고소미 아메리카노 한번 먹어 볼게요!"
"네."

나는 신속하게 원두를 분쇄하기 시작했다. 내가 원하는 그램 수를 확인하고 최대한 담긴 원두 가루의 표면을 평평하게 맞추었다. 원두 가루를 평평하게 해 주는 도구인 모양이 Y 자형인 탬퍼로 가볍게 누른 후 돌려 주었다. 머신에 장착하자 황금빛 색상의 크레마가 샷 잔에 담기기 시작했다.

'조금만 더! 조금만 더!'
크레마 패턴과 에스프레소 양이 정확하게 내가 원하는 시간 때에 떨어졌다. 추출을 마치고 머그잔에 온수를 담았다. 잔을 45도 기울기로 기울여 준 후 크레마가 손상되지 않도록 최대한 신속하게 온수 위에 부어주었다. 갓 추출된 에스프레소 위로 하얀 연기가 피어났다. 나는 커피의 첫 구수한 아로마 향에 취했다.

"주문하신 고소미 아메리카노 나왔습니다."
"네. 감사합니다."
"향과 맛을 음미하면서 드셔 보세요."

"네. 기대되네요."

여성 고객은 커피 한 모금을 마신 후 눈을 감았다. 잠시 후 그녀가 말했다.

"사장님, 정말 구수해요. 보리차 느낌도 나고 고소하기도 하고, 신맛도 있고 신기해요."

"온도가 떨어지면서 커피의 맛도 조금씩 변할 거예요. 그럼 지금 뜨거워서 느끼지 못한 다른 맛들도 느낄 수 있답니다."

"와……. 진짜 신기하네요."

바리스타가 내려 주는 이 커피 한 잔이 누군가에게는 쉼이 되고 잠시나마 평안함을 선사해 주는 귀한 선물이기도 한가 보다. 고객들에게 커피 한 잔으로 기쁨을 준다는 것은 나에게 있어 참 흥미롭고 기쁜 일인 것 같다. 이후로도 많은 고객들은 다른 아메리카노보다 고소미 아메리카노를 제일 많이 찾았다. 그리고 난 또 한 번 몸소 느꼈다. 내가 추구하고 싶은 커피만을 만드는 것이 아니라 고객들이 원하는 커피에도 관심을 갖고 있어야 한다는 것을. 어쩌면 그간 내 모습은 고급 커피만을 추구하고 더 전문성 있어 보이려는 장인 정신으로만 영업을 해 온 것 같다. 그간 고객과의 벽을 두고 카페를 운영했는지도 모르겠다.

마치 내 입맛에 맞는 커피가 제일 맛있는 커피라고 혼자만의 착각을 하고 있었던 것 같기도 하다. 아무리 좋고 비싼 커피도 그 이유를 잘 전달해 주지 못하면 모두에게 맛있는 커피라곤 말할 수는 없을 테니 말이다. 장인 정신과 영업의 철학은 이렇듯 확실히 서로 다른 듯하다. 고객이 원하는 메뉴, 더 나아가 고객이 원하는 카페로 가야만 더 오랜 기간 카페를 유지할 수 있지 않을까란 생각이 들었다.

고소미 아메리카노 출시 기념 이벤트 모습

이번엔 고양이 카페를 만들 차례

점심이 지나 매장에 전화벨이 울렸다.

따르르릉. 따르르릉.

"네. 카페입니다."
어느 중년 여성의 목소리가 들려왔다.
"네. 거기 카페 창업 교육도 하는 곳인가요?"
나는 답했다.

"네. 맞습니다. 카페 창업을 할 수 있도록 교육해 드리고 있어요. 카페 창업 예정이신가요?"

"네. 개인 카페를 해 보고 싶은데 무엇부터 준비해야 할지 막막해서요."

"처음이시라면 다들 어려워하십니다. 언제쯤 창업할 예정이신가요?"

"지금 알아보고 있는데요. 상가 구하는 대로 바로 하고 싶어서요. 혹시 상담이 가능할까요?"

"물론입니다. 매장에서 얼굴 뵙고 이야기 들어 볼게요."

중년 여성에게 미팅할 날짜와 시간을 안내해 주고 통화를 마쳤다. 최근 들어 다시 카페 창업 붐이 일어났나 보다. 올해만 벌써 플라워 카페와 전통 찻집 등의 컨설팅을 진행하였고 이를 이은 다섯 번째 문의이다. 어떠한 형태의 개인 카페를 오픈시킬지 벌써부터 기대가 된다. 나를 찾아오는 사람들 중 왜 체인 사업을 안 하냐고 묻는 경우가 종종 있다. 그럴 때마다 개인적으론 내 브랜드를 체인화시키기에는 아직 부족함이 많다고 생각했다.

직영점 두세 곳 정도가 잘 유지되면 그때에는 체인 사업으로 키워 볼 수 있지 않을까란 생각은 가끔 해 본다. 그래도 난 체인 사업보다는 이렇게 다양한 사람들에게 커피를 가르치는 일이 더 좋다. 카페 창업을 위한 도움을 주고 개인이 원하는 것에 의미를 부여한 꿈의 카페를 실현시키는 것으로 큰 보람과 만족을 느낀다. 사람들은 개개인마다 원하는 매장의 형태가 전부 다르다. 각자가 원하고 잘하는 것을 찾아내어 커피숍에 혼합시켜 나만의 꿈의 카페를 창업할 수 있도록 이끄는 역할을 하는 것이 내 임무이다.

나는 내 자금이 들어가지 않으면서도 다양한 창업 경험을 쌓고 싶었다. 그렇기에 내 자금은 하나도 필요하지 않는 수강생들이 원하는 각양각색의 개인 카페를 창업할 수 있도록 돕고 있는 것이다. 무엇보다 다양한 상권에서 폭넓은 예산과 각기 다른 콘셉트로 카페를 오픈시켜 볼 수 있고 테스트까지 할 수 있으니 무일푼으로 얼마나 좋은 방법인가. 나는 내 기준을 갖고 더 다양한 카페를 오픈해 보고 경험치를 쌓는 훈련 중인 것이다.

최근에 창업이 진행되었던 상담자는 20대 젊은 여성이었는데 꽃집 일을 하다가 개인이 커피숍과 플라워 매장을 같이 해 보고 싶어 나를 찾아왔었다. 대부분 업장을 운영하고 있으면서 부업으로 커피를 같이 판매해 보고 싶은 분들이 꽤 많았었다. 젊은 나이였기에 자본금이 많이 부족하였지만 발품을 최대한 팔아 자그마한 기존 카페를 인수하는 조건으로 사천만 원이 채 안 되는 금액으로 플라워 카페를 오픈할 수 있었다. 여기에는 권리금과 보증금을 포함한 모든 기기와 집기류까지 들어가 있었다. 불가능할 것만 같았던 그녀의 꿈이 이루어지는 그 순간 그녀 얼굴의 미소가 어찌나 그리 행복해 보이던지……. 아직도 그 활짝 웃는 미소가 기억에 많이 남는다. 나는 이렇게 각자가 원하는 꿈의 카페를 이룰 수 있도록 돕는 일이 너무 기쁘고 행복했다. 이번 중년 여성분은 어떤 카페를 꿈꾸고 있을지 벌써부터 너무 설렌다.

다음 날, 점심시간이 지날 무렵 매장의 문이 열렸다.

“실례합니다. 사장님이실까요?”

자매로 보이는 두 중년 여성 중 한 명이 내게 말을 걸었다.

"네. 안녕하세요. 카페 창업 관련하여 미팅 오신 걸까요?"

"네. 맞습니다."

"옆에 앉으시겠어요?"

"네. 감사합니다."

두 중년 여성은 창가 쪽 자리에 앉았다. 나는 다시 물었다.

"개인 카페를 창업하려는 이유가 따로 있으실까요?"

"네. 평상시에도 커피를 좋아하기도 하고 이젠 제가 하고 싶은 일을 해 보려고요."

"프랜차이즈가 아닌 개인 카페를 생각하신 이유는요?"

"금액적으로도 그렇겠지만 그보단 제 마음대로 본사에 구애받지 않고 일하고 싶어서요."

"그러시군요. 혹시 어떤 카페를 하고 싶으신지 구상해 놓으시거나 생각한 것이 있으실까요? 편히 이야기해 주세요."

"아직까지 따로 구상한 건 없는데요. 무엇부터 시작해야 할지도 전혀 모르겠고 카페는 하고 싶은데……. 여러 생각들이 정리가 잘 안 되네요."

"걱정하지 마세요. 이때는 다들 정리가 안 된 경우가 많아요. 이제부터 하나씩 차근차근 함께 정리하면 되죠."

"하고 싶으신 카페는 어떤 느낌일까요?"

"고양이를 좋아해서 애견카페 느낌으로 무언가 만들어 보고 싶어요."

"고양이만 취급하는 고양이 카페군요?"

"네. 커피랑 고양이를 어떻게 해야 할지 잘 매칭이 안 되네요."

"기본적인 카페의 형태에서 메뉴를 가져오고요. 고양이를 주된 포인트로 로고도 만들고 가게 이름도 짓고 동물 전시 업종으로 준비를 해 봐야 할 거 같아요."

"동물 전시 업종으로요?"

"네."

카페를 생각했는데 동물 전시 업종이라고 하니 당황한 눈치였다. 이런 반려동물들은 동물 전시 업종이라는 따로 정부에서 규정해 놓은 조건들이 있다. 이와 별개로 카페를 하기 위해서는 휴게음식점이나 일반음식점을 별도 등록하면 된다. 동물 전시 업종은 반려동물을 보여 주거나 고객에게 접촉하도록 할 목적으로 전시하는 영업이다. 동물들이 스트레스를 받지 않고 고객과 동선의 혼선이 없도록 내부적으로 인테리어 시 벽과 공간에 대한 시설 분리를 고려해야 한다. 채광과 온도와 습도 조절이 가능해야 하고 청결유지에 따른 배수 시설을 고려한 설계가 이루어져야 한다. 심지어 고양이 화장실도 따로 만들어 놓아야 한다. 고객들을 위한 화장실이 아닌 오직 고양이를 위한 화장실 말이다. 또한 소방 시설과 대피 시설 설비도 요즘은 필수이다. 보다 자세한 내용은 애견카페를 창업할 시 관할 구청에 문의해 보아야 한다. 구역마다 차이가 조금씩은 있는 듯하다.

우리는 몇 차례 미팅을 진행하면서 어느 구역에 고양이 카페를 차릴지 후보지를 선택했다. 그리고 부동산에 발품을 팔아 가며 보증금과 월세를 고려하여 25평 이상의 업장을 구하기로 했다. 이때 고려 사항은 건축물대장 용도상 근린생활시설이어야 한다는 것이다. 그리고 동물 전시를 할 수 있도록 동물 보호 복지 교육을 받았다. 영업 등록을 하기 위해 수료증이 필요했고 간단한 사업계획서를 같이 준비했다. 누구든지 나만의 카페를 창업하기 위해서는 사업계획서는 필수적으로 갖추길 바란다.

다음은 본격적으로 상가를 알아보는 단계였다. 일단은 고양이를 산책시키거나 키우는 사람들이 많아야 하니 반경으로 아파트촌이 있는 곳을 위주로 찾았다. 더불어 반려동물을 산책할 수 있는 개천이나 산책로가 있는 곳이라면 금상첨화! 그리고 인테리어 진행 이전에 미리 관할 구청에 문의하여 규정집을 받고 빠짐없이 관련 내용을 미리 숙지하고 준비해 갔다. 이렇게 준비해야만 추후 인테리어 공사가 진행될 때 세세한 것까지도 요청할 수 있다. 예를 들어 전시되는 동물이 밖으로 나가지 못하도록 출입구에는 이중 문과 잠금장치가 있어야 하는 규정도 있기 때문이다.

무엇보다 나 또한 컨설팅을 진행하고 같이 알아보면서 많이 공부하고 있다. 특이한 것은 반려동물이라 하더라도 강아지와 고양이에 따른 규정이 다르다는 것이다. 참으로 재미있는 부분이기도 했다. 강아지일 경우에는 운동할 수 있는 공간을 확보해야 하고 고양이일 경우는 배변 시설, 선반, 은신처를 설치해야 한다는 것이다. 이 모든 것이 일반 매장과 다른 설계가 필요했기에 우리는 일반적인 인테리어 업자가 아닌 애견 시설을 공사해 본 적이 있는 전문 업체를 선택하게 되었다.

어느덧 시간은 흘렀고 우리는 아파트 단지 주변으로 하천이 흐르는 산책로가 있는 번화가 상권을 찾았다. 비교적 깔끔한 신식 건물 2층에 25평 정도의 상가를 시세보다 저렴하게 얻을 수 있었다. 운이 좋게 내가 운영하는 카페와도 그리 멀지 않은 곳이었다. 임대인과 잘 이야기하여 3개월의 렌트프리(rent free) 기간을 갖기로 했다.

비교적 인테리어를 조급하게 하지 않아도 되었고 이 시간을 우리는 최대한 효과적으로 활용할 생각이었다. 애견 전시 업종과 카페를 혼합시켜야 하는 특징이 있기에 비록 처음 커피숍을 운영하는 거지만 최소 25평 정도의 규모가 필요했다. 만약 일반적인 카페의 형태였다면 10평대 초반의 작은 가게부터 운영해 보고 경험치를 쌓아 확장 이전하는 방법을 추천했을 거다. 인테리어는 별 탈 없이 계획대로 잘 진행되었다. 동선에 맞게 기기들도 인테리어가 마무리될 무렵 설치되었다. 나는 이곳을 위한 특별한 원두를 준비하여 오픈 전 기기 점검 및 커피 맛 세팅을 진행했다. 청소 방법과 그간의 레시피 내용을 한 번 더 숙지할 수 있도록 교육하였다.

그리고 순차적으로 고양이가 한 마리, 두 마리씩 들어왔다. 고양이가 들어오니 이제 꽤나 고양이 카페다운 모습이었다. 내 생에 고양이 카페라……. 참 이색적인 경험이었다. 특별히 렌트프리(rent free) 기간 중에는 블로그 체험단을 섭외하여 온라인상으로 홍보를 하였고 전단지와 쿠폰을 제작하여 아파트와 같은 층 여러 상가에 뿌리도록 했다. 특별한 아이템인 고양이를 테마로 한 전시 사업은 순조롭게 진행되는 듯 보였다. 그러나 2층의 위치 특성상 고양이라는 특별한 목적성을 가지고 방문해야 하는 손님들을 확보하기에 세 달이라는 렌트프리(rent free) 기간은 생각보다는 무척이나 적은 시간이었다. 1층에 있는 카페야 어찌하다 지나가는 사람들도 들리겠지만 그야말로 고양이를 보러 와야 하는 경우는 완전히 달랐다.

고양이 카페 사장님은 6개월 정도 수익이 나지 않았다. 겨우 월세 내고 간단한 생계 유지비 정도 나오는 수준이었다. 그래도 우리는 조급해하지 않고 시간이 지날수록 점차 오르는 매출을 보며 희망의 끈을 놓지 않았다. 이런 광경들을 바라보며 1층과 2층의 차이, 일반 카페와 특별한 목적성을 가지고 와야 하는 카페들의 생존 전략은 다르다는 걸 몸소 느꼈다. 다양한 카페를 컨설팅하고 오픈시키고 함께하고 있는 나지만 늘 새로운 아이템으로 커피숍과 매칭시키는 건 너무 어려운 일이었다. 레드오션인 지금 이 카페 시장에서 카페 창업은 어찌 보면 준비와 도전 그리고 기다림의 싸움인 것 같다. 프랜차이즈가 아닌 이들 사이에서 버틸 수 있는 개인 카페 하나를 만들기 위해선 정말 많은 시행착오와 대중들의 냉정한 판단에서 선택되어야 한다는 것이다. 이는 얼마만큼 그간의 매장 운영 경험과 데이터가 있느냐에 따라 달라질 것이다. 내가 목표한 매출까지 올라올 수 있도록 계획하고 견딜 수 있는가, 버팀의 싸움일지도 모르겠다.

어찌 되었든 약 3년 뒤 이 고양이 카페는 확장 이전에 성공하였다. 사장님이 사는 집 근처로 새롭게 지어지는 신축 건물의 상가를 분양받아 확장 이전하였다. 월세가 새롭게 분양받아 납부해야 하는 월 이자와 별 차이가 없다는 이유에서다. 내가 보기엔 그보다는 전세 사는 사람이 내 집 마련의 꿈을 갖듯이, 월세살이 하는 임차인의 입장에서는 내 건물에서 맘 편히 일하고 싶다 생각하는 꿈이 있지 않은가. 그 꿈은 현실이 되었다.

고양이 카페 실내 모습

내 브랜드를 뺏길 순 없다!

카페 붐이 일어났는지 요즘은 카페 창업 교육에만 매달려 정신이 하나도 없다. 체인이면 정형화된 시스템으로 오픈하면 되지만 내가 하는 창업 교육은 그렇지가 않다. 개개인마다 모두 하고자 하는 카페의 느낌이 다르기 때문이다. 상권도 다르고 평수도 다르고 예산도 모두 다 다르다. 내가 고양이 카페를 오픈할 때쯤 내 개인 매장 브랜드에 대한 상표 특허 신청을 진행했다. 상표 특허등록을 대행해 주는 곳도 있었지만 한 푼 한 푼이 아쉬웠던 지라 내가 직접 공부하고 특허청에 상표등록을 진행했다. 온라인상과 오프라인상에서 어떠한 형태로 특허를 신청할 것인지 손수 만든 로고까지 모두 홀로 작업하여 신청하였다.

특허등록 한 상표 로고

무엇보다 상표등록을 하기로 마음먹었던 사건이 하나 있었다. 마카롱 카페를 교육했을 때 이야기이다. 매장을 오픈하기 전부터 이들은 내게 수업을 듣고 하나둘씩 미션을 수행해 가며 준비하였다. 다행히도 매우 촉박한 3주 정도의 준비 기간임에도 여러 일정들이 잘 조율되어 정해진 기일에 무사히 오픈할 수 있었다. 가오픈을 하기 전에는 카페에서 가장 중요하기도 한 원두 선택이 최종적으로 이루어졌다. 직접 여러 가지 내가 볶은 커피를 시음하며 예산과 이 상권의 특성을 고려하여 원두 한 종류를 선택하였다.

이들이 원한 커피는 맛과 향을 중요시한 고품질 커피가 아닌 오로지 저가형 커피여야 했다. 마카롱 구성 위주로 하되 커피는 보다 저렴하게 판매하기를 원했던 것이다. 이 부분을 참작하여 저렴한 가격에서 적정한 품질의 커피를 만들어 주었다. 이들은 마카롱과 아메리카노의 단어를 합쳐 아ㅇㅇㅇㅇ이라는 재미있는 카페 이름도 지었다. 더불어 내가 운영하는 매장이 가지고 있는 스페셜티 커피의 근사한 느낌을 함께 전하고 싶어 했다. 나에게 창업 교육을 받은 수강생이 나의 원두를 사용하게 된다면 협력 매장의 의미로 with IMAGEWECA라고 홀더에 홍보를 해도 좋다고 말했다. 그리고 커피 관련 교육들도 매장 운영이 익숙해질 때까지 1년 정도는 정기적으로 방문하여 진행한다고 하였다. 여하튼 이런 이유들로 음료 홀더에 나의 매장과 함께한다는 의미로 with IMAGEWECA를 새기기로 했다.

다행히도 매장을 오픈하기까지 준비과정에 있어서는 큰 문제 없이 모든 것이 잘 진행되었다. 그리고 가오픈을 하였고 너무 감사하게도 주변 고객들의 호응은 폭발적이었다. 박리다매 전략으로 저가로 구성된 마카롱과 아메리카노 세트가 엄청나게 판매되었다. 그래서였을까? 내가 생각하기에 이들은 조금 과하다 싶을 정도의 홍보를 하기까지 했다. '최상의 품질인 스페셜티 커피와 매일 새벽에 생산하는 마카롱'이라고 말이다.

사실 이것은 모두 진실이 아니었다. 커피는 예산에 맞춰 진행된 일반적인 커피였다. 그리고 마카롱 또한 납품받아 오는 것들이었다. 나는 이 부분을 지적하였다. 내 신념에 있어서 고객에게는 진실한 메시지만 전해 달라고 말이다. 그럼에도 이들은 내 말은 무시한 채 계속 잘못된 홍보만을 고집하고 있었다. 스페셜티란 의미가 가지고 있는 고급 커피가 아닌 차라리 신선한 커피로 홍보를 했으면 좋겠다고 했다. 저가형으로 만든 대중들을 위한 커피에 나의 상호를 넣어 스페셜티 커피로 확대하여 홍보한다는 것은 용납되지가 않았다. 한 달이 지나도 바뀌지 않았고 나는 이들에게 말했다. 더 이상 내 매장을 같이 홍보하지 말아 달라고 말이다.

그리고 이들은 대답했다.

"제작된 홀더만 다 쓰고 안 할게요. 그때까지만 봐주세요."

나는 답했다.

"알겠으니 앞으로는 진실한 마음으로 장사하세요!"

그들은 내게 조용히 말했다.

"알겠습니다."

그로부터 3개월이 지난 시점, 고객들은 점차 떠나가기 시작했다. 이 가게가 마카롱을 직접 생산하는 것이 아닌 납품받고 있다는 걸 알게 된 것일까?

그리고 어느 날, 이 가게는 우리들의 기억 속에서 완전히 사라졌다. 나는 이런 일을 겪고 나서 상표등록을 하기로 결심했다. 혹시 이렇게 공들인 내 브랜드를 누군가에게 뺏기진 않을까 하는 걱정스러움이 컨설팅을 하면서 처음 들었다. 이와 더불어 카페 컨설팅을 하고 있는 만큼 내 브랜드를 더 알리고 지금은 아니지만 언젠간 상황이 되면 체인화가 되지 않을까 싶어서 이기도 했다.

여하튼 개인적으로 이 시점에서 내 브랜드의 상표등록을 6개월의 기간에 걸쳐 완료했다. 신기한 건 한 번 정도 간단한 수정 작업 정도만 하고 큰 무리 없이 상표등록이 되었다는 것이다. 이제 와서 상표등록을 해 보고 나니 생각보다 간단하게 느껴졌다. 이렇듯 규모가 작은 1인 가게는 최대한 공부하면서 직접 업무 처리를 하는 게 효율적인 것 같다. 나중에 나도 장사가 잘되어 확장 이전하게 되면 카페 문 앞에다 상표등록 번호를 크게 적어 놓을 것이다!

'그날이여. 어서 와라!'

추후 확장 이전한 매장 입구 모습

영원한 단골은 없다

내 매장 주변에 새로운 경쟁 카페가 생겨서 힘들었던 시절들도 시간이 약인 듯 신기하게도 점차 상황이 나아졌다. 새로운 매장에 호감을 표하던 손님들도 한두 달이 지나자 예전처럼은 아니더라도 조금씩 내 매장으로 다시 돌아왔다. 관공서 상권의 특성상 인사이동 시즌에 돌입하면서 새롭게 부임 받은 직장인들이 새로운 손님으로 찾아 주기 시작했다. 그럼에도 돌아오지 않는 손님이 있었으니 바로 젊은 고등학생들이었다.

무엇보다 엎친 데 덮친 격이라고 카페 옆 고등학교 교장선생님이 바뀌면서 교사들조차 밖으로 나가는 것을 통제했다고 한다. 점심시간이 지나면 매일같이 오셨던 선생님들도 더는 찾아보기 힘들어졌다. 더구나 편의점이 생겼으니 학생들은 카페보다는 더 저렴하고 선택지가 많은 편의점으로 발길을 돌렸다. 학생들에게는 특별하게 가격 할인 행사를 진행해도 상황은 좀처럼 나아지지 않았다.

나는 이 상황을 정확히 진단하고 받아들이기로 했다. 이제 학생들이 아닌 다른 고객들을 위한 이벤트를 만들어야만 했다. 나는 또다시 현수막과 배너를 제작했다. 이 황금 같은 점심시간에 직장인들에게 커피 한 잔을 팔지 못한다면 매장 문을 닫아야 할지도 모르겠단 생각이 들었다. 바로 11시부터 1시까지 2시간 동안 아메리카노를 기존보다 훨씬 더 저렴하게 판매하기로 했다.

이 이벤트 덕분에 카페에서 비수기인 겨울 시즌을 한 번 더 지낼 수 있게 되었다. 그래도 고마운 것은 외부 테라스에 늘 자동차 사고 현장에 출동하는 직원분들이 카페를 아지트처럼 지켜 주고 있어서 안정적인 매출을 유지할 수 있었다. 무엇보다 외부 테라스에 늘 여러 사람들이 있다 보니 상시 카페에 사람이 많은 것처럼 보이기도 해서 다행이었다. 입소문이 났는지 이젠 각기 다른 보험사의 출동 대기 인력까지 우리 카페를 찾아 주곤 했다.

오픈 초부터 지금까지 여러 위기가 있었지만 우리 카페를 잘 버티게 해 준 고마운 분들이다. 비가 오나 눈이 오나 바람이 부나 매일 한결같이 우리 매장을 찾아 주니 말이다. 심지어 하루에 두세 번씩 그 이상도 다녀가니 말이다. 점심시간만 되면 관공서에 근무하고 있던 공무원들을 비롯하여 여러 회사원들이 식사를 마치고 나와 각자가 원하는 카페로 향했다. 특히나 내 매장의 홀더를 끼고 포장해 가는 손님들의 모습을 바라볼 때면 너무 흐뭇하기만 했다.

이 무렵 기억나는 손님들이 많이 있다. 늘 점심시간만 지나면 벤 차량에 큰 강아지 한 마리와 함께 우리 카페를 찾는 손님. 그리고 일주일에 한두 번은 고정적으로 강아지 산책을 시키면서 잠시 우리 카페에 들러 커피 한 잔하고 쉬어 가는 아주머니. 점심시간에 베리 아메리카노 한 잔 마시러 오는 게 낙인 구청 팀장님도 기억이 난다.

매장을 창업한 지 4년이 다 되어 가는 지금은 여러 사정에 의해 볼 수 없는 추억의 손님들이다. 전출을 가기도 하고, 이사를 가기도 하고, 또 나도 모르는 어떤 이유들로 인해서이지 않을까.

그런데 이보다 더 큰 문제가 생겼다. 우리 카페의 가장 큰 매출을 차지하고 있는 자동차 보험 현장 출동 직원들이 더 이상 우리 카페에 오기 힘들 것 같다는 것이었다. 카페 바로 맞은편에는 공터가 하나 있었다. 그곳 건물 주인과 이야기하여 놀고 있는 땅에 본인들이 컨테이너를 가져다 놓고 사무실을 만들어 임차한다는 것이었다. 정말 청천벽력과 같은 이야기였다. 아내와 나는 갑자기 아무 생각도 들지 않고 머릿속은 하얗게 되었다.

문제는 왜 이렇게 연달아 일어나는 것인지 주된 단골손님도 떠나가고 COVID-19(코로나 바이러스 감염증)까지 급증하여 카페 운영에 있어서 크나큰 어려움이 생겼다. 손님들은 밀폐된 공간에 더 이상 오려 하지 않았다. 특히나 카페 주변은 관공서 상권으로 정부 지침을 더욱 철저히 지켜야만 했던 터라 더욱이 밖으로 나오려 하지 않았다. 그로 인해 카페의 매출은 반토막 하고도 더 떨어졌다. 우리는 이제 결정해야 했다. 4년 동안 지켜 온 이 업장을 정리하거나 다른 일을 해야 하는 건지 여러 생각들이 공존했다.

우연을 가장한 하늘의 계시

어느 날 반가운 손님 한 분이 카페에 찾아왔다. 우리 카페 바로 맞은편에 있는 상가에서 올해 초까지 장사를 하신 사장님이었다. 육가공업을 하던 사장님이었는데 도축된 고기류를 손질하여 포장하는 곳이었다. 예전에 몇 번 소고기 해체 작업하는 걸 본 적이 있었는데 꽤 인상이 깊어 기억이 난다. 거래처 손님이 있을 때면 우리 카페에서 미팅을 갖거나 자주 직원들이 방문해 주었다. 그러나 그 자리 터가 안 좋아서인지 내가 카페를 창업하고 나서부터 육가공 업체가 바뀌는 것만 세 번을 보았다. 그래도 우리 카페를 자주 이용해 주셔서인지 사장님과는 서로 취미도 공유할 만큼의 사이였다.

나는 사장님께 물었다.

"하시는 일은 잘되시죠?"

사장님이 답변하였다.

"네……. 사장님도 여전히 잘되시죠?"

잠시 생각하다 조심스레 답하였다.

"사장님께만 이야기해 드리는데 요즘은 예전 같지가 않아요. 다른 곳으로 옮겨야 하나 생각이 많네요. 사장님 계실 때가 좋았죠."

내 이야기를 들은 사장님은 살짝 놀란 눈치였다. 그리고 내게 답하였다.

"사장님은 여기서 오래 하셨잖아요. 그래도 단골도 많으시고 원조이신데요."

다시 답하였다.

"아……. 그러고 보니 사장님이 계셨던 저 상가도 매물이 나왔던데 알아볼까 싶기도 해요. 공간도 더 넓고 위치도 여기보단 더 좋으니깐요."

우리는 계속 대화를 이어 갔다.

"아무래도 크니까 좋긴 할 거 같아요. 저희도 사용하면서 크게 문제 되는 것도 없었고요. 주인도 좋았어요."

"그럼 한번 알아봐도 좋겠네요."

미소를 지으며 사장님이 말했다.

"참……. 저도 때마침 온라인으로 포장만 할 사무실이 하나 작게 필요했는데 만약 사장님이 저기로 가시면 제가 여기로 오고 싶은데요?"

"우스갯소리로 하는 말이지만 그럼 저희가 서로 매장을 바꾸는 셈이네요. 하하하."

우연찮게 진담 반 농담 반으로 한 이야기였지만 서로 상부상조하는 일인만큼 한번 맞은편 상가 자리를 알아보기로 했다.

며칠이 지나 우리 카페에서 맞은편 상가 주인분과 저녁에 미팅을 진행했다.

"안녕하세요, 사장님. 미팅하러 왔습니다."

"네. 안녕하세요. 어서 오세요. 여기서 장사한 지도 4년 정도 되어 가는데요. 이젠 좀 확장하고 싶단 생각이 들던 찰나에 사장님 건물에 임대 문의 현수막을 보고 연락드려 보았어요."

"네. 기존 임차인이 나가고 반년이 지나도록 마땅한 임차인이 없네요. 저희 어머니 건물인데 요사이 기력이 좀 안 좋아지셔서 저도 정신이 없었거든요."

"그러셨군요. 하루빨리 쾌차하시길 바랄게요."

"건물이 좀 낡아서 월세도 시세보다는 저렴하게 드리려고요. 권리금도 필요 없고 보증금도 조금만 받으려고요."

나는 계속해서 이런저런 기본 사항들을 물어보았다. 무엇보다 큰 평수에 대비하여 월세가 너무 저렴해서 깜짝 놀랐다.

이어서 주인분이 말을 이어 갔다.

"아……. 근데 저 옆에 컨테이너 사무실이 하나 있는데요."

"네. 현장 출동하는 직원분들이 사용하시는 사무실 말이죠?"

"네……. 거긴 수도랑 화장실이 없어서 공용으로 사용하셔야 해요."

"같이요? 화장실이 밖에 있나요?"

"아니요. 건물 안에 있어요."

"그럼 같이 사용하려면 문을 열어 두든 키를 공유해 주든 해야 하는 건가요?"

"네……. 서로 상의하셔서 수도 요금이랑 화장실도 같이 사용하셔야 해요. 일단 한번 바로 앞이니깐 같이 가 보시죠."

"네."

그렇게 상가 주인을 따라 맞은편 상가 1층 건물로 들어섰다. 상가 안으로 들어서자마자 반년 가까이 방치되어서인지 어디선가 퀴퀴한 냄새가 코를 자극했다. 육류 공장으로 사용해서인지 곳곳에 벌레도 많이 기어 다니고 곰팡이도 많이 피어 있었다. 무엇보다 가건물이라 단열도 문제였고 건물 자체가 금방 무너져 버릴 것만 같았다. 이건 화장실이 문제가 아니라 인테리어 견적조차 만만치가 않을 것 같았다.

추후 인테리어 회사 몇 팀과 현장 미팅을 해 보았지만 오히려 건물을 다시 짓는 편이 더 저렴할 수도 있겠다는 답변을 받을 만큼 내 집도 아닌데 이렇게 투자하기는 무리인 듯했다. 이렇게 이전 계획은 끝인가 보다 하는 순간 신기하게도 우리 카페 옆 건물 2층이 임대가 나올 수도 있을 것 같다는 소식을 접했다. 우리 카페 옆으로 장어집이 1층과 2층을 모두 임대하여 사용하고 있었는데 코로나19 여파로 인해 1층으로만 축소 영업을 하고 싶어 한다는 것이었다. 우리에게 매장을 확장 이전하라는 하늘의 계시였을까? 나는 다시 옆 건물 2층으로 이전할 계획을 세우기 시작했다. 다시 한번 무언가 모를 대박 날 것 같은 생각에 잠을 설쳤다.

브런치 카페로의 시발점

주변 경쟁 업체의 증가와 코로나19까지 예상할 수 없는 자연재해마저 겹쳤다. 더구나 기존 단골 고객이었던 자동차 사고 출동 직원들마저 사무실을 구해 나갔다. 우리 카페는 매출도 많이 떨어지고 여러 가지로 힘든 상황에 처하게 되었다. 이런 상황에서 아내와 나는 사업을 접어야 할지, 버텨야 할지, 아니면 더 투자를 해야 할지 고민했다. 우리는 이럴 때마다 함께 기도했다. 사람의 생각이 아닌 신이 있다면 그 뜻에 따르겠다고 말이다. 그러니 투자를 더 해야 한다면 그 길을 열어 주시고 그렇지 않다면 더 이상 카페 운영은 힘들 거라고 생각했다. 그러나 꾸역꾸역 카페 옆 건물에 위치한 2층에 40평이 넘는 큰 공간이 절묘하게 타이밍 맞게 매물로 나왔다. 위기는 곧 기회라고 생각하고 우리 부부는 또 한 번 투자하기로 했다. 이런 확신이 섰던 이유는 4년 동안 이곳에서 카페를 운영하면서 생긴 많은 정보들이 있어서였다.

좀 더 큰 규모로 이전하면서 음식을 같이 하여 브런치 메뉴로 확장한다면 충분히 승산이 있을 거라 생각이 들었다. 어떤 음식을 같이 판매해야 할지 몇 가지 아이템이 있었다. 매출로만 생각한다면 단연코 분식이었지만 커피와 분식의 느낌이 카페로서의 조화를 이루기에는 힘들어 보였다. 그렇다면 이 주변에 판매하고 있지 않은 요리는 무엇인지를 생각해 보게 되었다.

'그래! 이곳에는 일식과 양식이 없다. 오므라이스를 할까? 라면집을 할까?' 이런저런 생각을 참 많이 했다. 그러던 중 문득 지인 중 홍대에서 파스타 매장을 직접 운영하고 있는 셰프가 한 명 떠올랐다.

'그래. 그 누나한테 부탁을 한번 해 보자!'

파스타라면 카페랑도 너무 잘 어울리고 훨씬 더 근사하고 멋진 브런치 카페를 만들 수 있을 것 같았다. 예전에 커피 회사를 다녔을 때 인사동에 파스타 매장을 오픈한 경험이 있기도 해서였다. 그때 브런치 매장에서 근무하면서 서빙도 해 보고, 주방에서 보조 일도 해 보고, 매장 운영의 하나하나를 몸소 함께해 보았다. 그 시절에는 내가 커피 관련 일을 하러 왔지 왜 파스타 매장에서 근무를 해야 하는 건지 불평불만이 많았었다. 시간이 지나 지금 보니 정말 사람 일은 어떻게 될지 모르는 것 같다.

'그땐 그렇게 싫었던 파스타 매장과 1년 넘는 시간을 보낸 그 경험이 내 인생에 도움이 될 줄이야……'

지금 와서 보니 그때 파스타 매장이 어떻게 운영되는지와 자리가 잡혀 가는 과정도 경험해 볼 수 있는 내겐 정말 소중한 시간이었던 것이었다. 그런 탓에 다른 업종보다 파스타라는 메뉴가 그나마 익숙하긴 했다. 이런 이유로 파스타라는 아이템과 커피를 잘 매칭시켜 보기로 했다. 이 생각은 브런치 카페로 오픈하고자 하는 시발점이 되었고 곧 실행에 옮길 준비를 하였다.

위험한 거래

며칠이 지나 박 사장님한테 전화를 걸었다.

"박 사장님, 장어집 2층으로 이전할 수 있게 되어서요. 우리 계획을 슬슬 실행해도 될 것 같아요."

"네, 사장님. 정말 잘되었네요. 진짜 서로에게 좋은 기회가 되었으면 좋겠네요."

"네. 일단 계약이 진행되면 기존 장어집에서 2층을 철거할 예정이에요. 그리고 저희 매장 인테리어가 들어갈 거예요. 그 시점에 맞춰서 서로 움직여야 할 거 같아요."

"네, 사장님. 일정에 모두 맞출게요. 잘 진행되었으면 좋겠네요. 그럼 저도 준비를 슬슬 해야겠네요."

나는 답했다.

"네. 그러시면 될 거 같아요. 육가공 사무실로 사용하실 거죠? 고기는 포장해서 온라인으로만 판매할 거고요? 저희 임대인에게도 그리 전해 놓을게요."

"네, 맞아요. 사무실이라 생각하시면 될 거 같아요. 주로 온라인으로 판매하게 될 거 같아요."

"네. 저희 카페처럼 커피나 음료 같은 건 판매하시면 안 되는 거 아시죠? 온라인 쇼핑몰 판매 위주로 하는 사무실로 임대하시는 거로 알고 그리 전할게요."

"당연하죠. 카페는 사장님이 계속 해 오셨던 건데 저는 사무실로 사용할 거예요."

"네. 그럼 그리 알고 조만간 다 같이 모여 저희 카페에서 계약서 작성하시죠. 연락드릴게요."

"네, 사장님. 들어가세요."

간단히 대략적인 진행 사항을 전달한 후 통화는 끝이 났다.

며칠이 지났다. 아내와 나를 비롯하여 박 사장님과 카페 건물 주인까지 우리 카페에 모두 모였다. 그리고 내가 먼저 운을 뗐다.

"박 사장님, 건물주 분과는 사장님이랑 저랑 이야기한 내용을 사전에 모두 전달해 드렸습니다. 저희 카페가 바로 옆에 보이는 장어집 건물 2층으로 이전하시는 거 아시죠?"

박 사장님이 대답했다.

"그럼요. 잘 알고 있습니다."

나는 다시 거듭 강조하여 말하였다.

"저희는 저기로 이전해서 계속 브런치 카페를 할 거예요. 그래서 지금 이 곳은 온라인으로 고기를 판매하거나 진열 정도만 하는 거로 알고 있고 주로 사무실로 사용하신다는 조건으로 계약하기로 한 것입니다."

거듭 강조된 내 말에 박 사장님은 웃으면서 답하였다.

"네. 맞습니다. 걱정하지 마세요. 사무실로만 사용할 거예요."

"좋습니다. 그럼 나머지 계약 서류는 주인분과 지금 이 자리에서 계약서 작성하시면 저희 거래는 모두 끝이 날 것 같습니다."

"네. 저도 두근거리네요."

이번에는 건물 주인분이 말하였다.

"P 사장님 맞으시죠? 보증금하고 월세 금액 확인해 보시고요."

"네. 맞습니다. 하하하."

"사무실 용도로 사용하는 것이 맞으시죠?"

"네. 물론입니다."

재차 사용 용도를 물어본 질문에 웃음을 지으며 박 사장님은 대답하였다.

"그럼 더 문제 될 건 없는 것 같네요. 그래도 혹시나 해서 특약사항을 수기로 몇 자 적어 주셔야 할 것 같습니다. 말보다는 확실한 게 좋잖아요."

"그럼요. 뭐라고 적어 드리면 좋을까요?"

"으음……. 이미지웨카에서 판매하는 품목(커피)과 겹치지 않는다. 아무래도 카페에서 주로 판매하는 것이 커피니깐 이 정도만 적어 주시죠."

"네. 알겠습니다."

"그리고 화재 발생 시 모두 원상복구하기로 한다. 이것도 하나 더 적어 주시죠."

"네. 그럴게요."

박 사장님은 건물주의 말에 맞게 하나하나 손수 계약서에 특약사항을 적어 나갔다.

"자……. 이제 저희의 모든 계약은 끝이 난 것 같습니다. 그동안 수고하셨고 서로 도우면서 재미있게 지내 보자고요."

내 말을 들은 박 사장님은 미소를 지으며 말하였다.

"네. 사장님이 잘되셔야 저도 잘되는 거니 대박 나셔야 해요."

이어 건물 주인분께서 말하였다.

"그럼 계약금은 10% 입금해 주시고요. 중도금과 잔금은 정해진 날짜에 잘 입금해 주시면 됩니다. 수고하셨어요."

"네. 수고 많으셨어요. 들어가세요."

이렇게 해서 박 사장님과의 거래는 시작되었고 우리 모두는 잘 풀릴 것만 같았다. 15평 남짓의 작은 공간에서 시작하여 이제 40평이 넘는 저 넓은 공간으로 확장 이전할 생각에 아내와 나는 너무 기쁘고 가슴이 두근거렸다.

아내는 내게 말했다.

"이제 커피뿐만 아니라 브런치 카페로 더 멋있는 카페를 만들어 보자!"

아내와 나는 4년 전 첫 우리의 매장을 계약할 때처럼 보다 다부진 포부와 함께 빌딩 몇 채 들어선 머릿속엔 더 큰 희망과 기대가 자리를 잡고 있었다.

며칠이 지난 오후, 우리 카페에 장어집 건물 임대인이 방문하였다.

"자……. 이제 마지막으로 이곳에 서명하시면 됩니다."

떨리는 손목을 잡아 가며 이름 석 자를 이전할 카페 임대차 계약서에 적는다.

"수고하셨습니다."

임대인이 아내와 내게 말했다.

"기존 장어집에서 정화조 청소를 진행한 것만 확인하시고 들어오시면 될 것 같아요. 그 이후로는 서로 협의하셔서 잘 진행하시면 됩니다."

하수도법 시행령 제25조 규정에 근거하여 오수 발생량과 정화조 용량에 따라 6개월에서 9개월마다 1회 이상 정화조 청소를 하는 것을 원칙으로 해야 한다. 그러나 실상은 상황에 따라 업장에서 유동적으로 한다. 추후에 정화조 청소 관련 문제의 소지가 발생하지 않도록 임차 전 임대인이 특별히 신경 써 주신 것이다. 임대인과 서로 가까운 사이인 만큼 보다 간단한 절차로 계약을 끝마칠 수 있었다.

4. 확장 이전 5~6년 차, 전쟁이 시작되다

브런치 카페로의 새 출발

내가 운영했던 기존 카페 가게 자리 계약도 마무리가 되었고 앞으로 이전할 상가의 계약도 모두 끝마친 지금 아내와 나는 오로지 가게 인테리어 준비에 집중하고 있다. 4년 전 첫 카페를 준비할 때도 마찬가지였지만 가게의 첫 오픈 준비는 너무나도 설레고 떨린다. 그래도 기존에 사용했던 커피 기기들은 그대로 사용할 것이라 인테리어만 잘 해 놓고 옆 건물로 옮기기만 하면 되기 때문에 상대적으로 부담은 덜했다.

그렇지만 15평 규모에서 48평 규모의 매장으로 확장 이전한다는 것은 부담스러운 일임은 분명했다. 그렇기 때문에 아내와 나는 기존 카페 음료 메뉴에 국한된 것이 아니라 필히 식사를 같이 판매해야 한다고 생각했다. 이곳에서는 파스타와 볶음밥을 기반으로 샌드위치와 샐러드까지 다양한 브런치 메뉴를 판매하고자 했다. 카페치고 파스타까지 취급하니 이만하면 카페보단 오히려 레스토랑이란 표현이 맞을지도 모르겠다.

그리고 다른 한편으로 나는 개인적으로 더 기대되는 것이 하나 더 있었다. 그동안 10평대의 작은 평수에서 커피 관련 교육과 컨설팅을 하다 보니 한 가지 문제가 있었다. 카페를 오픈하고자 하는 사람들이 자그마한 매장에 방문하면 왠지 모르게 '이렇게 작은 카페를 하면서 내가 하고자 하는 큰 카페 컨설팅을 과연 해 줄 수 있겠는가?'라는 의구심이 들 수도 있겠다는 것이었다.

그래서 더 큰 평수에 더 그럴싸한 분위기라면 그들도 분명 더 믿고 컨설팅을 맡길 수 있을 거란 생각이 들었다. 그래서 이번에 카페를 확장 이전하면서 제일 먼저 고객에게 보여지는 공간 계획을 먼저 하게 되었다. 우리에게 필요한 공간을 직접 종이에 동그라미를 그려 가며 적어 보았다. 로스팅 공간, 교육 공간, 주방, 홀, 아이들이 어리기 때문에 쉬거나 놀 수 있는 방 등 필요 공간을 나눠 보았다.

그다음 나를 비롯하여 파스타 교육을 해 줄 셰프 누나에게도 자문을 구해 주방의 위치를 결정했다. 그리고 인테리어 업자를 찾아 먼저 제안을 했고 현장 실측 시 문제 되는 부분이 있는지를 확인하였다. 인테리어 업자는 그동안 수강생들의 카페를 오픈하면서 공사를 맡았던 곳 중에서 찾아보았다. 아무래도 수강생 카페를 한 곳이다 보니 믿음직스러웠다. 인테리어 견적을 문의할 때는 정해진 예산안에서 최적인 품질을 내야 하는데 너무 정해 놓은 예산보다 높은 금액을 제시하거나 반대로 지나치게 적은 금액을 제시한 곳은 배제하였다. 그렇게 최종적으로 선택한 업체의 인테리어 소장님께 말했다.

"이 카페를 정말 잘해 주시면 저는 교육 일도 하고 있기 때문에 이 카페가 롤 모델이 되어 더 많은 카페를 소개해 드릴 수 있을 겁니다."

그리고 나는 공간이 정해지고 난 뒤 직접 평면도와 입면도를 그려 인테리어 업자에게 전달하였다. 입면도에는 내가 원하는 재료들의 사진을 스크랩하여 최대한 원하는 재질을 먼저 알려 드렸다. 이전에 매장 오픈 때는 건물의 하자가 여럿 있었는데 그중 바닥인 에폭시가 갈라지는 문제가 제일 골치 아팠었다. 그리고 다음으로는 조명이 전체적으로 너무 어두웠다. 이것이 내게는 한으로 남았을 정도였다. 그래서 이번에는 바닥은 타일로 해서 비용을 감축하고 조명은 최대한 많이 설치할 수 있도록 천장 도면까지 직접 그렸다. 따라서 캐드나 3D 프로그램으로 도면을 그리는 비용을 절감할 수 있었고 내가 스케일에 맞게 그린 도면을 기반으로 목수들과 작업을 할 수 있어 공사 비용을 더욱 아낄 수 있었다.

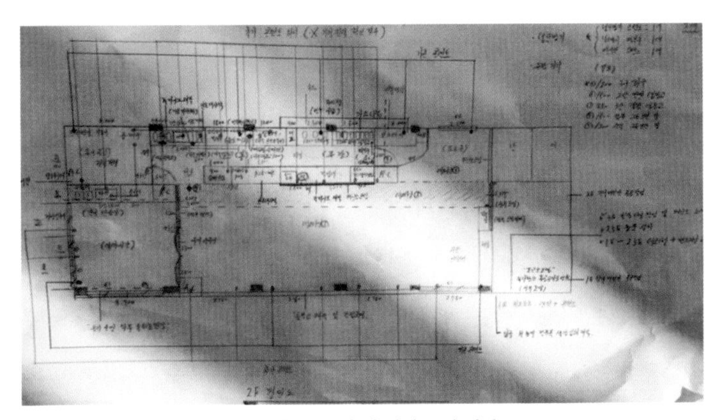

2층으로 확장 이전 시 직접 그린 평면도

그렇지만 내가 일일이 목수를 섭외하고 타일공을 섭외하며 공사를 진행하는 것은 너무 번거로운 일이기 때문에 인테리어를 총괄할 소장님은 필요했다. 그리고 소장님께는 내가 최대한 할 수 있는 것은 해 볼 테니 부디 인테리어 비용을 최대한 아껴서 제가 원하는 금액에 공사를 꼭 완성시켜 달라고 부탁했다. 그래도 인테리어 비용에 따른 예산 편성은 내가 할애할 수 있는 최대치가 아닌 그 금액에서 10% 정도는 혹시 모를 추가 사항을 대비해 여유롭게 측정해 두었다.

매장이 온통 물바다

기존 카페에서 장어집 2층으로 확장 이전하고 어수선한 상황 속에서도 시간은 계속 흘러갔다. 코로나19로 인해 고객들은 예전만큼 밀폐된 공간에 오려 하지 않는 분위기였지만 그럼에도 우리 카페는 장사가 잘되었다. 코로나19가 무색할 만큼 우리 매장은 바쁘게 돌아갔다. 예전에는 커피와 음료를 비롯한 간단한 디저트만을 판매했지만 이곳으로 이전하면서 주방도 커진 탓에 손수 음식까지 같이 판매할 수 있게 되어서인지도 모르겠다. 이참에 이곳 상황에 맞게 기존 자그마한 로스터리 카페에서 훨씬 큰 브런치 카페로 이미지 변경을 시도했다. 파스타와 볶음밥을 주력으로 구성했고 샐러드와 샌드위치를 부가 메뉴로 편성하였다. 커피만 볶고 내려 보았던 나인지라 직접 불을 사용하는 게 상당히 무섭기도 했고 어려웠다. 화구에 불을 붙이는 것조차도 어찌나 겁이 나던지…….

완성된 인테리어와 브런치 메뉴

간판에 파스타라는 글귀를 크게 새겼고 외부 조명도 멋지게 달았다. 그 덕분에 건물의 외관을 보고 근처를 지나가는 손님들도 종종 찾아 주었다. 더불어 역시 오픈빨이 있어서였을까? 겨울철임에도 불구하고 주변 관공서의 회사원들이 점심시간에 많이 찾아 주었다. 이곳 주변에는 상가도 없어 음식점도 많이 부족했는데 새로운 메뉴가 생긴 것만으로도 공무원들의 관심을 끌기엔 충분했던 모양이다.

생각보다 너무 큰 관심에 감사했지만 주방의 3구 화구로는 모든 메뉴를 빨리 만드는 데 한계가 있었다. 그럼에도 내겐 베테랑 셰프 누나가 있었기에 오픈 초반 누나 덕분에 비교적 수월하게 메뉴가 나갈 수 있었다. 문제는 내가 빨리 이 정도로 음식을 만들 수 있는 실력이 되어야 한다는 것이었다. 누나는 단호하게 처음부터 5구 화구를 놓기에는 무리라고 하였다. 지금은 음식을 조리하는 내 실력이 많이 부족한 탓에 3구 화구부터 차근차근 익히라고 거듭 강조했다. 그럼에도 음식을 해 본 다른 지인들은 매장의 주방을 보며 그래도 5구 화구가 있어야 할 거라고 말하기도 했다. 그러나 일단 지금 나를 절대적으로 도와주는 것은 셰프 누나이기 때문에 누나의 뜻에 따라 3구 화구로 들여놓았다. 주문이 동시다발적으로 들어올 때마다 내 가슴은 두근두근하고 조급해졌다. 현실은 누나 말대로였다. 3구 화구로만 조리하는 것도 내게는 너무 벅찼다.

'아……. 내가 파스타를 너무 쉽게 생각했나 보다.'

이제 와서 후회하면 뭐 하겠냐만 시간을 돌릴 수 있다면 좀 더 신중할 거란 생각이 들기도 했다. 그래도 나 혼자가 아니라 아내도 있었고 이전 매장부터 1년 넘게 든든히 커피 바를 지켜 준 아르바이트분이 있었기 때문에 모두 호흡이 잘 맞았다. 점심때 전쟁같이 몰리는 고객들의 주문을 잘 만들어 제공하면서 정신없는 나날들을 보낼 수 있었다.

점심시간이 모두 지나고 밀린 설거지를 하고 있을 때였다. 커피 머신 아래쪽 주방 바닥에서 물이 조금씩 보이더니 갑자기 폭포수처럼 물이 콸콸 쏟아져 흐르는 게 아닌가……. 도대체 이 많은 물들은 어디서 나오고 있는 것이란 말인가? 내 머릿속은 하얀 백지상태가 돼 버렸다. 왜 물이 싱크대 밑이 아닌 머신 다이 바닥에서 나오고 있느냐 말이다. 일단 급히 물 사용을 멈추고 사태를 파악하기 시작했다. 나와 아내는 오픈한 지 얼마 되지도 않았는데 벌써부터 이런 문제가 생기는 걸 보니 두려움이 몰려오기 시작했다. 정신을 차리고 서둘러 싱크대 바닥부터 확인해 보았다. 다행히 싱크대에서 물이 새는 건 아니었다. 다시 어디가 문제인지 알아보기 위해 싱크대

물을 조심스레 틀어 보았다. 그랬더니 또다시 폭포수처럼 물이 흘러내리기 시작했다.

난 직감적으로 알 수 있었다. 이것이 배수 배관 문제인 것을 말이다. 일단 물을 잠그고 흘러내린 물부터 담아 버리기 시작했다. 깨끗하게 행주로 바닥의 물기까지 모두 제거하고 다시금 조금 물을 틀어 보았다. 내 예상은 적중했고 배수 라인 한쪽에서 물이 흐르는 걸 포착할 수 있었다. 나는 서둘러 틈이 벌어진 배관의 일부를 제거하였다. 그리고 PVC 전용 접착제를 사용하여 다시 꼼꼼히 접착하였다. 이런 문제는 내가 커피 회사 다닐 때도 간혹 있었던 일이라 내 선에서 쉽게 해결할 수 있었다. '역시 이런 노하우 정도는 가지고 있어야 카페 사장인가 보다.'

나 역시 피할 수 없었던 잘못된 계약

본격적으로 매장 영업을 하고 2주 정도 지났을 무렵이었다. 예전 카페 가게의 건물주분으로부터 연락이 왔다. 그 내용은 박 사장이란 분이 갑자기 사정이 생겨 홀로 사무실을 운영하지 못할 거 같아 아는 지인이 급히 도맡아 사무실을 운영하면 안 되겠냐는 내용이었다. 따라서 계약서를 다시 작성하자는 이야기였다. 나는 이미 권리관계도 마무리가 되었고 특약이 들어간 계약서까지 썼기에 안심이 되었었다. 그런 탓에 건물 주인께는 잘 부탁한다고 간단히 말하였다. 건물 주인께서는 새로 이전한 우리 가게로 모여 박 사장과 새롭게 운영할 지인을 만나 다시 계약서를 쓴다 하였다.

며칠이 지난 저녁 시간이었다. 오픈 이후로 오랜만에 박 사장님이 매장에 방문했다. 나는 반갑게 인사를 건넸다.

"박 사장님, 안녕하세요. 잘 지내셨죠?"

박 사장님은 대답했다.

"네. 사장님도 잘 지내셨죠? 장사도 잘되시죠? 식사 좀 하려고요."

나는 말했다.

"네. 오늘 계약서 다시 쓰신다고 하셨죠?"

박 사장님은 대답했다.

"네. 갑작스럽게 제가 다른 일이 생겨서요. 계약은 했지만 부득이하게 제가 상주하긴 힘들 거 같아서 친한 동생에게 맡겨서 같이 해 보려고요."

"그렇군요. 어찌하든 같이 사무실을 운영한단 말이시죠?"

"네. 큰 결정은 제가 할 거고요. 운영은 동생이 할 거 같아요."

"네. 부디 서로 운영하는 데 문제가 생기지 않도록 잘되셨으면 좋겠어요."

"그럼요. 감사합니다, 사장님."

이렇게 간단히 우리 둘이 대화는 끝이 났다. 식사를 마치고 난 후 몇 분이 지나 젊은 남성 한 명이 매장에 들어오더니 박 사장님 옆으로 앉았다.

'아……. 저분이 그 동생분이시구나.'

박 사장님은 내게 친한 동생이라고 하며 그를 소개해 주었다.

그리고 얼마 지나지 않아 예전 카페 상가 주인분이 오셔서 착석하였다.

한참 동안 여러 이야기를 주고받으며 서로 웃으면서 이야기하는 걸 보니 나도 괜스레 기쁘고 안심이 되었다. 그리고 얼마 지나지 않아 모두 자리에서 일어났다. 건물 주인은 내게 말했다. 기존처럼 특약사항은 똑같이 적었고 계약자만 박 사장에서 새로운 동생분으로 바꿨다고 했다. 나는 고생하셨다고 말씀드렸고 우리의 대화는 끝이 났다.

며칠 뒤 오전 시간에 박 사장님에게 전화가 왔다.

"안녕하세요, 사장님. 예전에 공과금 관련해서 설명해 주셨는데요. 사무실에서 일할 직원에게 한 번만 더 설명해 주시면 안 될까요?"

멋쩍은 웃음과 함께 너무 조심스럽게 부탁하는 박 사장님의 목소리에 나는 호탕하게 대답하였다.

"물론이죠. 내일 점심시간 지나서 시간 괜찮으시면 카페로 직원 보내 주세요."

박 사장님은 내 호의에 감사한지 다시 한번 멋쩍은 목소리로 연신 감사하다고만 했다.

다음 날 점심이 지나 약속된 시간에 여직원이 카페에 방문했다. 여직원은 내게 말했다.

"안녕하세요. 박 사장님이 가 보래서 왔는데요."

나는 대답했다.

"네. 어서 오세요. 박 사장님한테 이야기 들었고요. 공과금 관련해서 어떻게 정산해야 하는지 알려 드릴게요."

젊은 여직원은 대답했다.

"네. 감사합니다."

나는 몇 차례 전기와 수도 관련해서 어떻게 정산해야 하는지 친절히 안내해 주었고 여직원은 공책에 받아 적어 가면서 숙지했다. 그렇게 인수인계가 어느 정도 진행될 무렵 여직원은 내게 말했다.

"알려 주셔서 감사합니다. 저희도 곧 오픈하려 준비 중인데 여러 가지 나름 복잡한 일이 많네요."

여직원의 말을 듣고 나는 잠시 생각하고 나서 답했다.

"제가 알기로는 온라인으로도 물건을 판매하셔야 하고 사무실에서는 간단히 밀키트 형식으로 먹을 수 있는 고기류를 진열하는 거로 알고 있어요. 또 다른 무언가가 있나요?"

여직원이 답했다.

"네. 고기를 비롯해서 건강을 생각하고 식단 관리하는 사람들이 먹을 만한 고단백 저칼로리 패키지도 만들어 보려고요."

나는 말했다.

"하긴 온라인으로 판매하려면 고기류도 다양한 패키지 상품들로 잘되어 있어야 할 거 같네요. 박 사장님이 잘 아시겠지만 저희가 판매하고 있는 카페 품목들과 겹치거나 특히 커피나 음료는 판매하시면 안 되는 거 아시죠?"

"네. 저희는 건강을 생각하는 사람들에게 판매할 패키지를 만들고 있어요. 식단 관리도 하는 매장이 될 거 같아요."

나는 속으로는 왜 계속 사무실이라는 단어가 아닌 매장이란 표현을 하는지 의구심이 들었지만 이미 권리관계가 다 끝났고 계약까지 마친 상황인지라 크게 문제 삼지는 않았다. 그리고 오픈 잘하시라는 격려와 함께 모든 인수인계는 끝이 났다.

사무실이 아닌 카페가 생길 줄이야

오늘은 기다리던 박 사장님 사무실이 오픈하는 날이다. 나는 오늘 오후에 아버지를 모시고 서울에 있는 병원을 다녀와야 해서 시간이 촉박해 아내에게 부탁 하나를 했다. 오늘 오픈할 사무실 개업 선물로 튼실한 금전수 나무 하나를 구매해 달라고 말이다. 아내는 근처 꽃집을 방문하여 내가 요청했던 금전수 화분 하나를 사 왔다. 점심 장사를 치기 전 잠시 시간을 내서 아내와 나는 화분을 들고 축하의 마음으로 박 사장님 사무실로 향했다. 예전 우리 카페 자리를 개조해서인지 사무실이지만 매장처럼 깔끔하고 근사해 보였다. 우리는 매장 출입문을 밀어 사무실 안으로 들어갔다.

"실례합니다. 저 옆 건물 2층 카페에서 왔어요."

저번 주 내게 공과금 정산 관련 미팅을 한 젊은 여성분과 박 사장님 동생분이 대답하였다.

"네. 안녕하세요."

"근데 박 사장님은 안 계시나요? 개업식인데 어디 가셨어요?"

두 사람은 내 말에 대답하기를 주저하며 어물쩍거렸다.

"으음……."

이 둘은 무언가 불편한 기색으로 우리를 바라보며 말을 계속 더듬었다. 아내와 나는 순간 이상한 느낌이 들었다. 사무실에 들어오는 첫 느낌부터 아무리 기존 카페 자리를 개조한 것이라 하더라도 사무실 느낌이 아니었다. 의자와 테이블을 비롯한 이 모든 것들이 전부 카페 느낌 그 자체였다. 나와 아내의 앞으로 A4용지 크기의 메뉴판이 하나 눈에 들어왔다. 그리고 메뉴판에 적혀 있는 글씨를 읽어 내려가는데, 순간 아내의 표정이 급격하게 어두워졌다. 메뉴판이 이상했다. 아내와 나는 메뉴판을 모두 보고 난 후에 큰 충격에 빠졌다.

"왜……, 메메뉴파판에 커피가 있는 거죠?"

입이 바들바들 떨렸다.

"저희가 브런치 카페로 영업을 하고 있는데 왜 여기에 저희가 판매하고 있는 샐러드와 샌드위치, 심지어 콜드 브루 커피까지 적혀 있는 거죠?"

아내와 나는 무언가 크게 잘못되었다는 걸 직감했다. 아내의 얼굴은 금세 창백해졌다. 그리고 나는 그들에게 말했다.

"일단 박 사장님과 통화해 보죠."

말이 끝나기 무섭게 서둘러 아내를 데리고 그곳에서 뛰쳐나왔다. 그리고 잠시 뒤 아내는 내게 말했다.

"우린 분명 축하해 주러 간 자리였는데……."

도대체 무슨 일이 지금 일어나고 있는 것인지 크나큰 충격에 우리 부부의 머리는 모두 흰 백지상태가 되었다.

나는 서둘러 박 사장님에게 전화를 걸었다.

"네, 사장님. 안녕하세요."

밝은 목소리로 대답하는 것이 마치 아무것도 모르고 있다는 걸 말해 주는 것만 같았다.

"네. 사장님……. 아니, 제가 지금 개업 축하해 주러 사무실에 갔는데요. 글쎄 지금 커피를 비롯해서 저희가 판매하고 있는 것들을 판매하려 하는데요. 이건 사무실이 아니라 카페인데요? 어떻게 된 거죠?"

"네? 커피를요? 아니에요. 음……. 사장님 일단 진정하시고요."

나는 연달아 박 사장에게 말했다.

"사장님, 분명 이곳에서 커피 판매 안 되는 거 알고 계시죠?"

"네. 그럼요, 사장님. 제가 알아보고 오늘 저녁에 사장님 가게로 갈게요."

"네. 그럼 기다릴 테니 전화 주세요."

"네. 알겠습니다."

전화를 마치고 난 다음 나는 아버지를 병원에 모시고 갔다. 오늘 하루 정신없는 서울 일정을 보냈다. 다시금 아버지를 댁에 모셔다드리고 카페에 들르기 전 오늘 오전에 들른 박 사장 사무실 앞에 멈춰 섰다. 그리고 매장 안으로 들어갔다. 지금은 오전에 본 여직원 한 명만 있었다.

"안녕하세요. 뭐 하나 여쭤보려고 왔는데요."

여직원은 많이 불편한 기색으로 대답하였다.

"네. 근데 지금 사장님은 안 계세요."

나는 다시 물었다.

"여기서 커피를 팔면 안 되는 걸 저번 미팅 때 제가 직접 말씀드렸는데 왜 지금 커피를 판매하고 있는 거죠?"

여직원은 자그마한 목소리로 답하였다.

"그건 저도 잘 모르겠어요. 저는 그저 사장님이 시키는 대로 할 뿐이에요."

그리고 난 또 물었다.

"혹시 여기 사장님이 그럼 오전에 본 남성분과 박 사장님 두 분이신 건가요?"

"네. 맞아요."

나는 재차 물었다.

"그럼 커피를 팔라고 시킨 게 두 사장님 뜻이란 이야기군요?"

말이 끝나기 무섭게 여직원이 말했다.

"네. 근데 저는 시키는 대로만……. 더는 잘 모르……."

말의 끝을 잇지 못하는 걸 보니 나는 더 이상 이야기할 게 없었다.

"그럼 박 사장님이랑 이야기해 볼게요."

나는 아직도 올 것이 왔다는 그 불안한 표정을 한 여직원의 눈빛을 잊을 수가 없다.

그 모든 게 다 거짓말

개업식 날 저녁, 매장으로 박 사장이 찾아왔다. 그는 나를 보자마자 너무 미안해하며 정신없는 하루를 보냈다고 진심으로 죄송하단 말을 반복했다. 나는 그에게 말했다.

"박 사장님, 저 지금 정말 당황스럽고 화가 많이 나요. 분명 몇 차례 미팅과 수없는 통화로 거듭 강조했잖아요. 절대 커피 판매하면 안 되고 저희 매장과 겹치는 영업 행위를 하면 안 된다고요! 근데 저건 사무실이 아니라 누가 봐도 브런치 매장이에요. 저희랑 똑같은 매장이요!"

박 사장은 말했다.

"정말 아니에요. 저희가 카페를 내려는 게 절대 아니에요. 커피도 판매하지 말라고 했는데 왜 이렇게 되었는지는 저도 모르겠어요. 오해세요."

나는 언성을 높여 그에게 말했다.

"아니……. 사장님이 저 매장 한번 보세요! 어느 누가 저걸 사무실이라 생각해요. 웃긴 거는 고기 판매한다 하셨잖아요. 저에게 고기 진열할 쇼케이스까지도 보여 주셨잖아요. 근데 저기엔 고기류는 눈을 뜨고 찾아봐도 하나도 없어요."

"네……. 그게……. 저도 제가 할 땐 그렇게 하려 했는데……. 이게 계속 무언가 바뀐 거 같네요. 그래도 정말 카페 하려는 건 아니에요."

"박 사장님, 이건 분명 계약 위반이고요. 저건 카페고요. 저 마지막으로 말씀드릴게요. 메뉴판 고치시고요. 저희랑 같은 상품 판매하지 말아 주세요. 육가공 사무실로 사용해 주세요. 주인분도 분명 가만있지 않으실 거예요."

"네. 알겠습니다, 사장님. 먼저 진정하시고요. 제가 죄인이네요. 제가 잘 정리할게요."

"그럼 내일 또 가 볼 테니 정리 잘 해 주세요."

박 사장은 대답했다.

"알겠습니다. 제가 잘 말해 보고 정리할게요."

다음 날 오전. 나는 매장 영업 전 박 사장 사무실에 먼저 들렀다. 오픈이 우리보다 늦어서인지 사무실 문은 잠겨 있었다. 그런데 이게 무슨 일인가? 난 또 한 번 경악을 금치 못했다. 정말 어제저녁 박 사장과 한 이야기는 아무 의미가 없었던 것인가? 도대체 이들은 무슨 생각을 가지고 있는지 정말 이해하기 힘들었다. 분명 어제는 없었던 상업용 커피 머신과 그라인더가 떡하니 놓여 있는 게 아닌가…….

나는 너무도 크게 충격을 받았고 박 사장을 비롯한 여직원, 박 사장의 동생 그 모두에게 실망감이 가득 찼다. 너무 혼란스럽고 심장은 크게 쾅쾅 뛰기 시작했다. 난 서둘러 내 매장에 들어가 잠시 의자에 앉았다. 아직까지도 지금 이게 무슨 상황이고 어떻게 흘러가고 있는 건지 생각이 필요했다. 그 순간 매장의 전화벨이 울렸다.

따르르르릉. 따르르르릉.

"네. 감사합니다. 카페입니다."

묵직한 남자 목소리가 들렸다.

"네. 안녕하세요. 저 옆 건물 박 사장님 동생인데요."

나는 더더욱 손과 목소리가 떨렸다.

"네. 무슨……."

다시금 남자가 말했다.

"박 사장님한테 들었는데요. 커피를 판매하지 말라고 하셨다고요?"

나는 순간 지금 정말 중요한 대화가 오갈 거란 직감이 들었고 바로 그에게 말했다.

"저, 잠시만요. 제가 좀 전에 매장을 오픈해서 잠깐만 있다 이 번호로 전화드려도 될까요?"

그가 답했다.

"네. 알겠습니다."

뚝…….

무언가 정리가 필요했다. 나는 박 사장에게 분명 카페는 안 된다고 말했고 그는 당연하다고 했다. 오늘 그 문제를 해결해 줄 거라 믿었다. 그런데 동생분이란 사람의 생각은 다른 듯했다. 아니면 박 사장은 내 앞에서는 내 말을 듣는 시늉을 하는 것이고 뒤로는 동생분을 조종하여 본인이 속내에 있는 카페를 내려 하는 것이었을까? 참 사람이 무서워졌다. 그래도 나는 지금 이 대화가 정말 중요할 거 같단 생각이 들었고 서둘러 내 핸드폰으로 그 남자에게 전화를 걸었다.

신호음이 울렸고 남자가 받았다.

"네. 여기 카페인데요. 무슨 일 때문에 그러시죠?"

남자가 답했다.

"네. 어제 박 사장님한테 들었는데요. 커피를 판매하지 말라고 했다고 하시더라고요. 그리고 지금 저희가 판매하려 하는 샐러드와 샌드위치까지 전부 판매하면 안 된다고 하셨는데 이건 너무한 게 아닌가 싶어서요."

나는 답했다.

"도대체 무엇이 너무한 거죠?"

남자가 답했다.

"아니요. 사장은 저이고요. 제가 운영하는 사람으로서 어제 오픈을 했는데 아무것도 판매하지 말라고 하면 어떻겠어요?"

나는 답했다.

"저기, 사장님. 지금 무슨 말씀을 하시는 거예요? 여기서 판매하는 커피와 브런치 품목을 판매하면 안 된다고까지 계약서에 직접 적으셨죠?"

남자가 답했다.

"네. 적긴 했죠."

나는 답했다.

"어제 진심으로 개업 축하해 주러 갔는데 메뉴판이란 게 있었고 거기에 커피를 비롯한 저희가 판매 중인 샐러드, 샌드위치까지 적혀 있는 건 판매를 하시겠다는 거잖아요?"

남자가 답했다.

"네. 그럼 콜드 브루도 팔면 안 되나요?

갑자기 콜드 브루는 커피가 아닌 듯이 말하는 남자의 말에 나는 더욱 당황스러웠다. 그리고 답했다.

"콜드 브루도 커피이고요. 누가 봐도 육가공 사무실이 아닌 카페잖아요. 이거 자체가 지금 계약을 위반한 거라고요!"

남자가 답했다.

"네. 그래도 캔 커피라도 어떻게 안 될까요? 어제 오픈했는데 전부 판매하지 말라는 건 저희도 손해가 너무 커서요."

나는 답했다.

"지금 손해 얘기를 하는 게 아니라요. 하지 않기로 한 걸 판매하는 행위가 문제이고요. 계약서에도 적혀 있지만 제가 들어올 때부터 있었던 최소한의 권리금만 받고 넘겨드린 이유도 저희가 바로 옆에서 카페를 계속할 것이기 때문이었어요. 옆에서 카페를 할 건데 이 자리에 제가 왜 권리금도 제대로 안 받고 카페를 받겠어요. 제 살 깎아 먹는 거죠."

남자가 말했다.

"그럼 아무것도 판매하지 말라라는 이야기인 거죠?"

나는 말했다.

"네. 원래 계약은 육류를 온라인으로 판매하기로 하신 거잖아요."

남자가 말했다.

"이야기가 전혀 안 되네요. 그럼 저희가 알아서 할게요."

나는 어이가 없어 말했다.

"맘대로 하세요!"

도대체 이게 무슨 영문인가. 누가 누구에게 화를 내는 것인가. 어쩌면 이렇게 대담할 수 있을까. 이 정도로 막무가내인 사람은 또 처음 본다. 나는 더더욱 심장이 뛰었고 다리는 힘이 풀렸다. 안 좋은 예감이 드니 더욱이 착잡하고 혼란스러워졌다. 이렇게 시간을 가지고 충분히 상의하면서 배려를 해 줘도, 악의를 가지고 자기 이익대로 하려는 사람이 있다는 사실이 정말 큰 충격이었다. 나는 서둘러 박 사장에게 다시 전화했다.

"박 사장님, 통화 가능하시죠?"

박 사장은 답했다.

"네, 사장님. 말씀하세요."

나는 말했다.

"어제 분명 커피 판매 안 하시고 잘 정리해 주신다고 하셨죠?"

박 사장은 올 게 왔다고 생각했는지 당황이 아니라 너무 침착하고 편안한 목소리로 대답했다.

"네. 그랬죠, 사장님."

나는 말했다.

"근데 오늘 아침에 보니 오히려 업소용 커피 머신과 그라인더까지 가져다 두셨더라고요? 그리고 방금은 동생이란 분한테 전화 와서 커피랑 여기 판매 중인 메뉴 모두 판매하겠다는데 도대체 이게 무슨 상황인 건가요?"

박 사장이 대답했다.

"죄송해요, 사장님. 진짜 저희는 건강을 생각한……."

나는 너무 화가 나서 다시 말했다.

“아니. 건강이 아니라 왜 커피를 판매하시냐고요. 계속요. 저랑 대화 하실 때는 안 팔겠다 하시면서요. 지금 이 상황은 계속 카페를 하시겠다는 거잖아요!”

박 사장은 너무 편안하게 대답했다.

“사장님, 진정하시고요. 저희는 커피를 파는 게 목적이 아니라 오는 사람에게만 한두 잔 정도로만 공짜로 드리려 하는 거예요”

나는 너무 화가 나 다시 말했다.

“박 사장님! 이제 거짓말 그만하시고요. 한두 잔 공짜로 줄 사람이 업소용 커피 머신을 가져다 놓습니까? 그 비싼 기계를요! 이건 아니잖아요.”

박 사장은 말했다.

“정말 저희는 커피가 주가 아니고요. 건강을 생각한…….”

끝을 흐리는 그의 말에 난 다시 한번 말했다.

“이건 명백한 계약 위반이고요. 마지막으로 오늘까지 해결 안 하시면 전 법대로 할 겁니다.”

박 사장은 말했다.

“아니, 사장님. 저희는요……. 진짜 커피가 주가 아닌…….”

커피가 주가 아니란 말만 하는 박 사장을 보며 나는 속았단 생각이 들었고 너무 사람이 무서워졌다. 마치 하늘이 무너지는 것만 같았다. 어쩌면 이렇게 거짓말을 하면서 사람을 계속 속일 수 있는 것일까? 정말 이 세상에서 사람이란 존재가 제일 무서운 것 같다.

길고 긴 소송의 시작

기존 상가 주인과 우리는 가까운 사이였다. 분명 다 같이 모여 계약서를 작성할 때까지만 해도 육가공 사무실로 사용하겠다고 약속했다. 카페에서 판매하는 커피 및 음료를 비롯한 상품군은 판매할 수 없다고 몇 번이나 확실히 못 박았다. 그리고 계약서 특약 사항에도 자필로 적기까지 했다. 그런데도 마치 이 계약서는 아무 소용이 없다는 식으로 세상 법 무서운 줄 모르고, 자기 하고 싶은 대로 생각하는 사람들이 있다는 것이 나는 한편으로 정말 신기하기도 했다. 우리 부부는 이러한 계약에 위배된 상황들을 기존 건물주 임대인에게 전달하였다. 임대인 역시 말도 안 되는 이야기라면서 전화를 끊자마자 우리 부부를 만나 그 즉시 상가로 달려가 임차인에게 말했다.

"저기, 사장님……. 지금 와 보니 여긴 사무실이 아니라 그냥 카페인데요. 왜 여기 커피 머신이 있는 거죠? 하루빨리 커피 머신이랑 기기들 전부 처분하시고 계약서대로 사무실로 사용해 주세요!"

임대인은 단칼에 계약 위반임을 인지하셨고 강하게 사무실로 사용하라고 말씀하셨다. 이 말을 듣자마자 임차인은 대답했다.

"아니, 이제 오픈했는데 커피도 판매하지 마라! 샌드위치도 판매하지 마라! 이건 너무한 거 아닙니까? 저희도 투자한 게 있는데 어떻게 영업을 하지 못하게만 하시나요? 이건 임대인으로서 권위를 부당하게 사용하시는 거 같은데요?"

다시 임대인이 말했다.

“아니, 기존 카페가 다른 곳도 아니고 바로 옆으로 이전한 사실을 알리고 계약했잖아요. 계약서 쓰는 날까지도 커피 판매 안 되고 기존 카페에 피해를 주는 품목들은 절대로 나중에라도 판매하면 안 된다고 약속까지 하시고 위반하신 건 사장님이신데요.”

다시 임차인이 말했다.

“아무리 그래도 이건 너무해요. 저희는 커피가 주가 아니에요.”

커피가 주가 아니니 팔아도 된다고 생각하는 임차인을 바라보며 더는 말이 통하지 않는 사람인 걸 직감하셨나 보다. 임대인은 우리 부부에게 더 이상 말할 값어치도 없고 그냥 법대로 하자고 하셨다. 우리 부부보다 오히려 더 화가 나신 모양이었다. 임대인은 우리 부부에게 그동안 관련된 자료가 있다면 준비해 달라고 하였고 소송에 필요한 자료와 비용은 같이 힘을 합하여 진행해 보기로 하였다.

이 일이 있고 며칠 후 임차인에게 내용 증명을 발송하였다. 2주의 시간을 충분히 드릴 테니 지금이라도 카페가 아닌 사무실로 사용한다면 계약을 유지해 주겠다고 말이다. 임대인과 우리 부부는 끝까지 이 일이 더 커지길 바라지 않았다. 말한 대로만 그리고 계약한 대로만 지켜 준다면 다시 좋은 쪽으로 서로 얼굴 붉히지 않기를 원하였다.

그러나 또다시 며칠 후 내 매장으로 내용 증명에 대한 답신을 임차인이 보내 왔다. 내용은 비록 계약을 그렇게 하였을지라도 상황에 따라 달라질 수 있다는 것이었다. 사무실이 아닌 부득이하게 매장으로 오픈하였지만 커피 판매가 주가 아니라는 점을 강조했다. 또한 메뉴 전체를 판매하지 말라고 하는 건 정도가 지나치다는 내용으로 그렇게 할 수 없다는 취지였다. 임대인과 우리 부부는 너무 당혹스러웠고 결국 소송이라는 긴 다리를 건너기로 했다. 다시 한번 등기로 임차인에게 이제 서로 간의 계약은 모두 끝이 났고 계약은 완전히 해지되었으니 임차인은 즉시 상가를 비우고 나가 달라는 마지막 내용 증명을 발송했다.

'내 인생에 변호사를 선임해야 하는 일이 생길 줄이야……. 좋은 마음으로 아는 지인인 만큼 좋은 분이라 생각했는데 도대체 어디서부터 잘못된 것이었을까?'

'나를 찾아온 그 순간부터? 아니면 계약자를 아는 동생으로 변경한 그날부터?'

내 머릿속은 무척 혼란스러웠다.

나는 변호사 사무실부터 알아보기로 했다. 내게는 가족의 생사가 달릴 정도로 정말 중요한 사건인 만큼 이 억울함을 풀어 주고 진실은 밝혀진다는 걸 입증해 줄 변호사님을 기대하면서 법원 근처의 사무실을 돌아다녔다. 그중 멋진 외관에 정말 많은 변호사분들이 소속되어 있는 근사한 곳이 눈에 들어왔다. 무언가 대형 사무실 같아 보였다. 어림잡아도 각기 다른 분야별로 전문 변호사가 수십 명은 따로 있으니 말이다.

나는 임대인과 같이 이곳에 들어갔다. 대형 로펌 사무실은 승소에 따른 변호사 보수가 따로 측정이 되어 있었는데 너무 부담스러운 조건이었다. 이기는 건 당연한 건데 이겨도 그 비용의 상당수를 변호사에게 성공 보수로 줘야 한다는 것이었다. 더구나 1시간 상담에 7만 원이라는 상담료를 내기까지 했으니 참 인생의 색다른 경험을 하고 있는 중이라고 생각하기로 했다.

그래도 하늘이 도와서인지 몰라도 변호사 두 분이서 팀을 이루어 운영 중인 변호사 사무실을 새롭게 찾았다. 성공 보수 없이 변호사 선임비만으로도 2심 재판까지 준비할 수 있게 된 것이었다. 무엇보다 변호사님은 상담료도 없이 30분 넘는 시간을 친절히 답해 주셨다. 변호사님은 내 이야기를 전부 듣고 충분히 계약 위반으로 계약 해지가 가능하다고 말씀하셨다.

단, 코로나19로 인해 많은 재판들이 미뤄지고 있는 상황이라 시간이 생각보다 오래 걸릴 수 있으니 조급해하지 말라고 당부하였다. 내가 갖고 있는 근거가 될 만한 자료들을 잘 정리하여 변호사 사무실에서 모레 다시 만나기로 했다.

치밀했던 사기꾼 박 사장

그동안 나름 다양한 카페를 창업해 본 적도 있고 많은 사람들의 카페 오픈 컨설팅을 해보기도 했다. 수강생들이 매장을 영업하는 과정에서 건물주 및 새로운 세입자와의 문제가 되는 경우 또한 빈번히 지켜보고 해결안을 제시해 주던 나였다. 이런 다양한 경험들을 가지고 있었기에 내 매장 이전 계약과 관련한 내용에 있어서는 녹취록과 진행 사항에 따른 모든 내용을 문자로 남겨 놓았었다. 박 사장은 이 계약 내용들에 대해 인정하는 답을 수 차례 반복적으로 했었다. 그래서 나는 내가 가지고 있는 이 자료들이면 충분히 문제없이 쉽게 승소할 수 있을 거라 생각했다. 그런데 이건 나만의 생각이었다. 변호사님은 생각이 조금 달랐다. 이 사건의 진행 상황을 꼼꼼히 살펴보면서 잠시 고민하시더니 사뭇 다르게 보다 진지하게 내게 말했다.

"소송의 주체는 아이러니하게도 나와 박 사장이 아닌 서로 다른 인물들이네요."

나는 답했다.

"저와 박 사장도 연관 지어 같이 소송 진행을 하면 되는 거 아닌가요?"

변호사님이 답했다.

"그럴 수는 없어요. 명도소송은 임대인과 임차인의 관계에서만 이루어지는 법적 싸움이에요."

그러했다. 변호사님도 상가 계약에 있어서 명도소송은 흔하게 있는 사례라고 하였다. 하지만 소송의 주체가 다른 사례는 흔하지 않다고 하였다. 결국은 임대인과 임차인의 문제이지 나와 박 사장의 문제가 아니라는 것이었다. 청천벽력 같은 변호사님의 말 한마디에 순간 다리에 힘이 풀리고 다시금 가슴이 가파르게 뛰었다. 순간 말로 표현 못 할 엄청난 두려움에 사로잡혔다.

그리고 잠시 뒤에 변호사님이 이어 말했다.

"그래도 명백히 특약사항이 적힌 계약서가 있고 이를 증빙할 만한 근거가 충분히 있다면 당연히 계약 위반임을 인정받을 수 있어요. 서로 아는 사이이고 계약했던 자리에도 모두 있었으니 소송의 주체는 임차인과 임대인이지만 어느 정도 함께하는 사이라는 걸 입증하면 충분히 승산이 있을 거 같아요. 무엇보다 너무 박 사장 쪽으로 몰고 가면 안 될 거 같고 임차인과 공동으로 관련이 있다는 걸 풀어서 증명해 봐야겠어요."

변호사님은 생각보다 복잡한 내용이지만 해결책을 제시해 주었다. 변호사님께 오길 참 잘했다고 안도했다. 또한 소송을 진행하면서 드는 모든 법적인 보상을 받을 수 있다고까지 하였다. 나는 변호사님에게 명도소송 관련 진행 전부를 위임하기로 임대인을 대신하여 계약했다. 변호사님은 현 부동산에 대한 인도 청구권을 보전하고자 본 집행 시까지 명의를 현 상태 그대로 유지할 수 있도록 하는 가처분 신청을 먼저 진행했다.

가처분 신청은 명도소송 중도에 임차인이 다른 사람에게 점유권을 넘기면서 소송을 길게 이끌지 못하도록 대비하는 것이고 추후 승소를 하게 되면 강제집행이 바로 가능할 수 있도록 점유자를 특정해 두는 절차이다. 우리는 임차인을 상대로 점유 이전 가처분 신청과 함께 명도소송을 진행하였다.

점유 이전 가처분 신청과 함께 명도소송 관련 진행 서류를 법원에 접수하기 위한 인지대와 송달료를 입금시켰다. 이제 소송의 시작인데 생각지도 못한 큰 비용이 발생하니 부담스러웠다. 이래서 돈 없는 사람은 억울해도 소송하는 것이 힘들 수도 있겠다는 생각마저 들었다. 주변에서는 변호사에게 의뢰하는 것은 선임비와 수수료가 다소 비싸기 때문에 법무사를 알아보라고 권하는 분도 있었다.

하지만 나는 법무사가 아니라 무조건 변호사를 택했다. 변호사는 내가 없어도 나를 대신하여 모든 일을 처리해 줄 수 있지만, 법무사는 그렇지 않기 때문이다. 좀 더 쉽게 말하자면, 계약이 체결되면 법적인 다툼에서 발생하는 모든 서류는 내가 아닌 변호사 사무실로 대신 받아 모두 처리해 준다는 것이다.

내가 직접 법정에 나갈 필요도 없다. 해당 소송과 관련한 내용은 이제 당사자가 아닌 나를 대신해 주는 변호사가 직접 조율하기 때문에 일손이 적게 든다. 그러나 법무사로 진행할 경우는 재판 때마다 당사자가 직접 나가야 하는 번거로움과 법적인 다툼 중 발생하는 껄끄러운 상황을 직접 마주쳐야 하는 경우가 생긴다는 것이었다.

물론 나의 상황에 맞게 선택하면 될 거 같다. 어찌 되었든 변호사님의 여러 조언에 힘입어 새롭게 자료 수집을 시작하기로 했다. 박 사장이 우리 카페에 온 그 순간부터 지금까지 벌어진 과정에 대해서는 건물주가 아닌 대부분 나와 관련이 있기 때문에 대부분의 자료는 임대인이 아닌 내가 준비하기로 했다. 나는 이에 대해 증빙할 수 있는 그동안의 입증이 될 만한 자료들을 다시 한번 찾아보기로 했고 변호사님 요청 사항에 따른 자료를 추가적으로 모아 보기로 했다.

키오스크 너 때문에

코로나19로 인해 정부의 지침은 계속 강화되었고 자영업자가 신경 써야 할 것들이 날로 증가했다. 손소독제도 필수이고 주문받기 전 일일이 손님들의 체온도 재야 했기 때문이었다. 처음에는 방명록을 만들어 고객의 이름과 간단한 신상 정보와 체온을 적어야 했지만 지금은 QR코드로 대체하고 있다. 이런 분위기인지라 나는 매장을 이전하면서 큰돈을 들여 키오스크를 한 대를 장만했다. 이전에는 포스기로 응대하면서 대면 주문을 받았지만 키오스크만 있으면 비대면으로 주문을 받을 수 있기 때문에 고객들이 좋아할 것 같았다.

쿠폰 적립의 경우 예전에는 직접 주문을 받은 후 포스기 앞에 있는 자판에 고객의 전화번호를 누르게 하였다. 그러면 포스기와 연동이 되어 디지털 쿠폰으로 음료 한 잔당 쿠폰 한 장을 적립해 주는 식이었다. 고객들은 쿠폰을 가지고 다닐 번거로움이 없고 핸드폰 앱으로도 디지털 쿠폰을 볼 수 있으니 얼마나 좋은 신식 시스템인가.

그런데 매장을 이전하면서 한 가지 문제가 생겼다. 키오스크로 고객의 주문 형태가 바뀌면서 적립 시스템이 포스기와는 연동이 되었지만 키오스크와는 연동이 되지 않는다는 것이었다. 이로 인해 어쩔 수 없이 디지털 쿠폰을 없애게 되었다. 쿠폰을 더 이상 하지 않는 대신 다른 혜택을 주기로 했다. 나는 키오스크 상에서 고객이 주문할 때 매장에서 드실지 포장해 갈지를 선택할 수 있게 만들었다.

이에 따라 컵 홀더의 색깔도 다른 두 종류로 만들어 매장에서 드실 때는 초록색 홀더에 주고 포장할 때는 노란색 홀더에 주었다. 그리고 포장 시에 잔당 500원을 할인해 주는 나름 파격적인 이벤트를 걸었다. 즉, 쿠폰 제도를 없애고 포장 시 음료의 가격을 일부 인하하기로 한 것이었다.

고객들은 너무 좋아했다. 많은 고객들이 TAKE-OUT(포장 시 500원 할인)이라는 탭을 눌러 주문을 하고 금액적인 혜택을 받았다. 그런데 모든 고객이 내 생각과 같은 것은 아니었다. 이들 중 일부는 포장으로 주문하고 자연스럽게 매장에 앉아 드시는 경우가 빈번했다. 그때마다 나와 아내는 상황 설명을 해야 했고 금액적인 혜택을 주는데도 불구하고 손님을 마치 쫓아내는 것 같은 오묘한 상황에 빠졌다. 결국 포장 시 할인 이벤트는 한 달을 채우지 못하고 이벤트를 마감하기로 했다. 그러면서 매장과 포장 시 가격의 중간으로 가격 설정을 다시 하였고 디지털 쿠폰이 아닌 아날로그 쿠폰을 제작하였다.

디저트 카피도 기술이다

매장 이전을 한 지 두어 달 정도가 지났다. 추운 겨울은 지나가고 따뜻한 봄이 찾아왔다. 카페 업종에 있어 겨울철은 최대 비수기이고 여름철은 성수기이다. 이 봄이 성수기를 대비하는 준비 시간이 될 수 있기에 매장 창업을 준비하기에는 딱 좋은 시기이다. 이맘때쯤 참 많은 교육 문의를 받는다. 그중에서도 기억에 남는 수강생이 한 명 있다. 이 수강생이 내게 전화를 준 것은 3월경이었다. 친한 친구가 수원 행궁동에서 핫한 크로플 카페를 운영하고 있는데 이 브랜드로 체인 사업을 하고자 교육을 받았다는 것이었다.

그러나 최종 계약 관련 내용에서 서로 뜻이 맞지 않아 다툼이 발생했고 크로플과 커피를 배우는 도중 교육이 끝났다는 것이었다. 친한 친구가 사업적인 관계로 인해 손절되는 경험을 하게 된 것이었다. 그러면서 부랴부랴 수원 일대에서 개인 카페 창업을 컨설팅해 줄 수 있는 곳을 찾고 있었다. 결국 돌고 돌아 나에게 연락이 오게 된 것이었다.

행궁동 크로플이라……. 꽤 재미있는 아이템이었다. 요즘 크로플이 또 대세였기 때문이다. 이 친구 말로는 친구 카페가 행궁동에서 고객들이 크로플을 사기 위해 줄 서서 기다린다고 할 정도라고 했다. 어찌 되었든 내게 또 이색적인 미션이 주어졌다. 크로플과 커피를 배우는 도중에 교육이 끝이 났으니 내가 이 상황을 잘 매듭 지어 줘야 했기 때문이다. 크로플은 우리 매장에서도 판매하지 않고 있는 품목이긴 했으나 같이 개발하여 내 매장에서도 판매하면 좋을 것 같단 생각이 살며시 들었다.

우리는 며칠이 지나 다시 미팅을 가졌다. 그동안의 배웠던 내용과 정리된 내용을 토대로 다시 한번 나와 같이 내용들을 보다 꼼꼼하게 정리해 갔다. 커피와 음료는 내 전공이니 크게 문제가 되지는 않았고, 문제는 바로 크로플이었다. 빵을 굽는 방법은 알았지만 온도와 굽는 시간을 정확히 알지를 못했다. 그래도 다행인 것은 어떤 재료가 들어가는지 정도는 대략 알고 있었고 여기에 적정 온도로 재료들만 잘 찾아 구워 보면 될 것 같았다. 서로 논의하여 재료들을 찾아보기 시작했고 레시피를 새롭게 다시 정리해 갔다. 얼마 지나지 않아 약 열 개 정도의 크로플 레시피가 만들어졌다. 우리는 재료를 모두 주문하여 직접 만들어 보기로 했다. 카페를 운영하기 전에 나는 커피뿐만 아니라 디저트도 배워 본 적이 있었다. 예전 커피 회사 제과장님께 어깨너머로 익힌 기술도 있었다. 매장에 오븐도 준비되어 있으니 테스트해 보는 과정이 재미있는 시간이 될 것만 같았다.

다음 날 우리는 매장에 다시 모였다. 이번에는 수강생과 함께 일할 여직원까지도 총동원해 크로플을 같이 만들어 보고 시식하는 시간을 갖기로 했다. 첫 번째 크로플은 가장 무난한 설탕만 입힌 플레인 크로플이었다. 이 레시피만 잡으면 나머지 크로플은 토핑 재료만 다르게 하면 되니 크게 어렵지 않을 것이었다. 먼저 기기 선택이 중요했다. 브랜드마다 각기 예열 시간과 온도가 다르기 때문이다. 다행히도 어떤 브랜드사의 제품인지는 알고 있어서 해당 브랜드 크로플 기기를 구비해 놓았다. 크로플 기기에 기름으로 살짝 코팅을 해 주었다. 독특하게도 커피 내릴 때나 쓰는 탬퍼를 이용해 크로플 생지를 탬핑하였다. 그리고 설탕을 골고루 바른 후 150도부터 200도까지 10도 단위로 크로플을 구워 보면서 익는 시간을 재어 보고 맛을 보았다.

딸깍 소리와 함께 드디어 첫 번째 크로플이 구워졌다. 우리는 노랗게 그을린 크로플을 접시로 옮겨 담았다. 반죽이 잘 익었는지 확인해 보기 위해 가위나 칼이 아닌 손으로 직접 뜯어 보았다. 겉은 바삭했지만 속은 덜 익은 느낌이었다. 그래도 이 정도면 몇 번만 더 해 보면 금방 최적의 온도와 시간을 찾을 수 있을 것 같았다. 이어서 두 번째 크로플은 온도를 조금만 더 올리고 굽는 시간도 조금 더 늘려 보았다.

또다시 딸깍 소리와 함께 크로플이 구워졌다. 우리는 다시 크로플을 접시로 옮겨 안까지 잘 익었는지 뜯어보았다. 이번에는 속도 잘 익었다. 그런데 겉이 너무 바삭해서 식감이 좀 아쉬웠다. 그래서 이 이후로 몇 차례 더 온도와 시간을 조절하여 테스트해 보았다.

딸깍.

"이번엔 겉은 바삭하면서 속의 식감은 부드러운 우리가 원하는 크로플일 거 같아요!"

밝은 여직원 말에 우리의 얼굴도 화색이 돌기 시작했다.

"자, 그럼 먹어 봅시다."

남자 수강생이 한 입 먹어 보더니 말했다.

"사장님, 성공이에요. 그 맛이에요."

나는 답했다.

"겉은 바삭하고 속은 촉촉하면서도 부드러운 그런 맛이요?"

여직원이 말했다.

"정말 맛있어요."

우리는 2시간 가까운 시간 동안 가장 맛있는 크로플을 만들기 위해 노력했고 우리가 생각하는 결과물을 얻어 냈다.

나는 다시 말했다.

"자……. 그럼 이 크로플에 토핑을 달리하여 다른 메뉴도 어서 만들어 봅시다."

"네. 좋아요. 빨리 만들어요. 빨리요."

한층 텐션이 올라간 그녀의 목소리에 우리 모두 힘이 솟아났다. 베이스가 되는 크로플에 우리는 각종 재료를 다르게 올려 우리만의 레시피를 만들어 갔다. 플레인 크로플을 기반으로 사과잼과 시나몬을 올린 애플시나몬 크로플은 비주얼이 엄청 근사했다. 더불어 20분 동안 직접 휘핑을 쳐서 만든 수제 크림 위에 초코칩을 뿌려 초코 크로플도 만들었다. 역시 맛의 첫 번째는 보이는 비주얼이 분명한 듯하다. 먹어 보지 않아도 벌써부터 달달함이 느껴지고 식욕이 엄청 당기니 말이다.

이렇게 하나둘씩 우리들의 크로플 메뉴가 탄생하게 되었다. 수강생은 내게 커피 수업과 더불어 카페 창업 컨설팅을 받으며 매장 오픈 준비를 하나 둘씩 순차대로 준비해 나갔다. 요 며칠 사이 가장 생소하고 어려울 것 같던 크로플 레시피를 만들었으니 큰 산은 넘은 듯하다. 이제 나머지는 순서대로 교육해 주면 오픈하는 데 큰 문제는 없을 것 같다. 내 가게를 오픈하는 건 아니지만 매번 창업 컨설팅을 하며 교육할 때마다 참 많은 부담감을 느끼게 된다. 무엇보다 많은 사람들의 각기 다른 개인 꿈 카페를 창업해 주면서 나 또한 느끼는 바가 크다. 이런 다양한 매장을 준비해 보고 시험해 보는 것으로 대리만족을 느끼기도 한다. 이렇듯 내 돈 안 들이고 돈 벌어 가며 다양한 상권에서 크고 작은 실전 경험을 쌓고 있으니 더할 나위 없이 행복하고 좋기만 하다.

테스트 중인 크로플과 완성된 크로플

5. 확장 이전 7~9년 차, 원조는 승리한다

생두 가격 폭등과 함께 찾아온 고민

요즘 들어 큰 고민거리 중 하나가 바로 생두(볶기 전의 커피 콩) 가격 인상이다. 2016년도 개인 매장을 오픈하고 단 한 번도 거래처 원두(생두를 볶아 만든 커피) 가격을 인상한 적이 없었다. 8년 차에 접어든 지금 생두 가격은 kg당 최소 삼천 원 이상씩 올랐다. 이 비용을 전부 홀로 감당하기는 쉽지 않았다. 내게 원두를 납품받는 매장은 대부분 나에게 커피를 배워 매장을 오픈한 수강생들이다. 그들이 장사라도 잘되면 모를까, 그렇지 않은 매장의 상황을 잘 알고 있던 터라 내 고민은 날로 깊어져만 갔다.

생두 자체의 가격과 더불어 택배비마저 말도 안 되게 지나치게 인상이 되어 더 이상 기존 가격으로 매장에 공급하는 것이 쉽지 않아 보였다. 그래도 내가 살아야 수강생 매장도 사는 게 아닐까? 분명 조율이 필요한 상황이었다. 과거 대비 생두 인상 폭과 택배비를 고려하여 기존보다 많은 가격을 올리기에는 납품받는 입장에서는 너무 부담이 될 것 같았다. 그래서 나는 간절하게 고민했다. 그리고 조심스레 이 문제를 어떻게 풀어 갈지 생각해 냈다. 그것은 반은 내가 부담하고 반은 수강생이 부담하는 방법이었다.

요새 들어 가뭄과 전쟁들로 인해 생두 가격이 많이 올랐다는 뉴스가 많이 나온다. 분명 그들도 이것을 알고 있을 것이다. 내게 말은 못 하고 속으로 감사해하고 있을 것이다. 나 또한 내 선에서 최대한 버텨 보길 원했다. 그렇지만 내 매장에서 로스팅한 지 8년 차인 지금은 상황이 처음과는 달라도 너무 달랐다.

나는 어렵사리 수강생 한 명 한 명에게 전화를 걸었다. 그리고 이 상황에 대해 나의 어려움을 말했다. 수강생 사장님들은 나의 상황을 잘 알고 있었다. 내가 이렇게까지 힘들면서까지 어렵게 납품하는 걸 원하지 않았다. 서로 올려야 할 금액의 반반 정도를 부담하여 적정선을 찾아보았다. 그간 상황이 어려운 매장에 대해서는 원두 가격을 일시적으로 감면해 준 적이 있었는데 이 일에 대해 감사해하면서 나의 상황 또한 이해해 주었다. 다들 별탈 없이 응해 주었다.

내게는 작은 호의가 그들에게는 정말 큰 감동이고 희망이었나 보다. 반대로 지금은 내가 힘든 상황을 말했을 때 단 한 명도 거래를 끊지 않았고 내 뜻을 이해해 주었다. 믿음이란 게 정말 중요하고 소중한 것 같다. 단순히 납품해 주는 원두 가격을 올린다는 것은 이를 받아들이는 입장에서는 원료의 값이 올랐으니 각 매장의 커피 가격을 올려야 할지 말아야 할지 또 2차

고민거리가 발생한다는 것이었다. 그럼에도 모두 한뜻으로 의견이 모아져 원두 납품에 있어 최대 고민거리를 해결할 수 있었다. 참으로 감사하다.

그런데 사실 더 큰 문제가 하나 더 있었다. 경제가 날이 갈수록 어려워지다 보니 창업하고자 하는 사람들도 줄어든 것이었다. 매달 끊임없이 커피 수업을 듣기 위해 수강생들이 모집되었지만 2023년 들어서는 교육이 전혀 잡히질 않았다. 창업하는 반이야 그렇다 치더라도 커피를 취미로 배우는 수강생조차 없으니 정말 문제였다. 확실히 어려운 상황 속에서 모두 허리띠를 졸라매나 보다. 매장 운영에 있어 여러 방면의 수익 채널을 그간 만들어 놓았지만 동시다발적으로 모두 어려운 상황이 되다 보니 나의 고민은 날로 깊어져만 갔다.

그중에서도 제일 신경이 많이 쓰이고 매일매일이 고통스러운 일이 하나 있었다. 그것은 계약을 어기고 예전 카페 자리에 똑같이 브런치 카페를 차린 박 사장 때문이었다. 새롭게 생긴 곳이다 보니 고객들은 한두 번씩 그곳으로 향했다. 심지어 내 매장이 옆으로 이전한 사실을 몰랐던 기존 고객들은 박 사장 카페로 향했다. 나는 2층에서 하염없이 이 모든 상황을 바라만 보았다. 고객들 손에 들려 나오는 박 사장 가게의 커피잔을 볼 때마다 내 가슴은 찢어질 듯 아팠다. 그래도 분명 언젠가는 계약을 위반한 저 카페가 사라질 날이 올 거라 믿었다. 그때까지 마음을 잘 추스르고 버텨야 한다고 다짐했다.

'분명히 웃을 날이 올 거야!'

며칠이 지나 변호사님께 연락이 왔다. 우리가 계약 위반 사항으로 계약 해지가 되었다는 내용 증명에 대한 답신을 박 사장 측에서 보내왔다는 것이었다. 내용은 이러했다. "우리는 건강식 식단을 판매할 뿐이고 부가적으로 오는 손님에게 차를 제공하고 있다. 커피뿐만 아니라 우리가 지금 판매하고 있는 샐러드 및 샌드위치 전부를 판매하지 말라는 것은 지나친 처사이다. 우리는 그럴 수 없다."라는 답신이었다.

나와 아내는 내용 증명 답신을 보고 참 답답했고 한참 동안 말없이 문서만 바라보았다. 분명 판매하면 안 된다는 내용을 계약서에 직접 적어 두고도 너무나도 당당하게 계약을 위반하는 이들의 뻔뻔한 행동을 보니 참으로 미칠 지경이었다. 한 번 끝까지 가 보자는 걸까? 어쩌면 이 사람들은 우리가 그동안 이뤄 놓은 충성 고객들을 쉽게 차지하려고 끝까지 가 볼 생각이었던 것 같다.

변호사님은 내게 말했다. 명도소송에 대한 서류가 접수되었으니 재판 날짜가 잡힐 거라고 말이다. 좀 더 힘드시더라도 마음 추스르고 기다려 달라고 하였다. 계약 사항을 어긴 건 분명한 사실이고 이를 입증할 만한 증거도 충분하다고 했다. 시간이 다소 걸릴 뿐 잘 해결될 거란 변호사님 말 한마디에 난 또 버틸 수 있는 힘을 얻게 되었다.

꿈의 발원지가 될 매장 인터뷰

유난히 화창한 오후 우리 카페에 반가운 손님이 찾아왔다. 2016년도 자그마한 매장에서 카페를 오픈할 당시부터 종종 우리 카페를 찾아 준 오래된 단골손님이었다. 그때는 옆에 여고를 다니던 순수했던 여학생이었다. 카페를 이전하고는 처음 찾아왔는데 20대 성인이 되었으니 시간이 참 빨리 흐르는 것 같다. 이전한 것을 어떻게 알고 찾아왔냐 하니 열심히 인터넷으로 찾아보았단다.

'이렇게 감동적일 수가…….'

내가 이 여학생이 기억에 남는 이유는 다리가 많이 불편한 친구였기 때문이다. 남들과는 조금 다르게 힘들게 걸어야 했고 매번 등교할 때마다 우리 카페 앞을 지나갔다. 늘 의기소침한 모습이어서 친구들과 잘 어울리지는 않는 것 같았다. 늘 혼자 걸어 다녔다. 그런 아이가 우리 카페에 오면서 매번 "카페모카요!"라고 주문했는데 나는 이 목소리를 아직까지도 잊을 수가 없다. 왜냐면 늘 혼자였고 소극적인 성격이라고 생각했는데 주문할 때만큼은 밝고 명랑했기 때문이었다.

카페에 처음 왔을 때는 상당히 차갑게만 느껴졌는데 올 때마다 말을 걸어 주니 우리들의 대화도 점점 늘어만 갔다. 그때에는 하얗고 뽀얀 얼굴로 어린아이와 같았는데, 지금은 무언가 여유가 있는 듯한 모습이었다.

난 학생에게 안부를 물었다.

"그동안 잘 지냈지? 진짜 졸업하고는 처음인가 보다."

학생의 답변은 역시나 간결했다.

"네."

나는 다시 물었다.

"어떻게 지내고 있어? 오빠는 제대했고? 아버지도 잘 계시지?"

"네. 전역했고 아빠도 잘 있어요."

나는 또 물었다.

"요즘도 일하고 있고?"

"네. 똑같이 디자인 같은 거 하면서 일하고 있어요."

"진짜 잘되었다. 아픈 곳은 없고?"

"아뇨. 코로나 후유증인지 그때 한참 아프고 나서 얼굴에 이렇게 여드름이 나기 시작해요."

다소 착잡한 표정의 대답에 나는 잠시 답하길 주저했다.

그리고 조심스럽게 대답했다.

"그렇긴 한데……. 그래도 얼굴은 많이 좋아 보여. 걱정은 없는 것 같은데? 근데 오늘은 왜 목발이야?"

내 말에 아무 말 없이 잠시 생각하더니 학생은 답했다.

"아……. 다리 수술을 했어요."

나는 답했다.

"정말? 이제 잘 걸어 다닐 수 있는 거야?"

"근데 아직 몇 번 더 수술해야 한대요. 다리도 한 번 더 해야 하고 손도 해야 한대요."

"손도? 손은 왜?"

"신경이 연결되어 있나 봐요."

나는 잠시 학생의 두 손을 잡아 주면서 말했다.

"좀만 더 힘내자. 좋은 거잖아. 난 너무 기쁘다. 또 이렇게 찾아와 줘서."

학생이 답했다.

"네. 여기 옆에 산업인력공단에서 오늘 필기시험을 보았어요."

"자격증 시험? 디자인 관련이니?"

"네."

우리는 3년이란 시간 동안 만날 때마다 엄청 길게 대화하진 않았다. 그래도 나는 이 학생의 가족사까지도 유일하게 알고 있었다. 그만큼 이 친구에게는 내 카페가 정말 잠시나마 힘을 얻고 대화할 수 있는 유일한 곳이었다. 난 그것을 잘 알고 있었다. 그래서 좀 더 물어보고 친근하게 대하려고 노력했다.

이 학생도 마음의 문을 열어 주었고 만날 때마다 고민거리도 들어 주는 사이가 되었다. 그런 학생이었던 손님이 성인이 되어 나를 잊지 않고 또 찾아 준 것이다. 난 이럴 때마다 매장을 운영한다는 것은 생계 유지의 수단일 수도 있겠지만 누군가에게 이 카페가 삶의 힘을 줄 수 있는 공간이 될 수도 있다는 걸 알게 되었다. 이런저런 이야기를 들어 주면서 나는 조심스럽게 또 물어보았다.

"요즘은 아빠가 돈 안 가져가?"

"네. 안 가져가요."

"그래. 다행이다. 집에 먹을 건 있고?"

"그냥……."

나는 느낌상 알 수 있었다. 이 친구는 가정 형편이 그리 좋지 않았고 홀로 고등학생 때부터 일하면서 생계 유지를 하고 있었다는 걸……. 예전에는 다리 수술할 비용마저 가족들을 위해 사용했던 거로 알고 있다. 그리고 나는 이 친구에게 떠나기 전 잠깐만 기다려 달라 했다. 서둘러 내 지갑을 찾아 안에 있는 현금 전부를 손에 쥐여 주었다.

"오늘 들어갈 때 뭐라도 맛있는 거 사 먹어! 먹고 싶은 거 하나쯤은 있을 거 아니야."

학생은 괜찮다고 하였지만 지속적으로 말하는 나의 성의를 무시할 순 없던 모양이었다.

그리고 답했다.

"감사합니다."

"늘 건강하고 안부 전해 주고! 또 와!"

"네. 또 올게요."

학생은 내게 인사를 마치고 힘겹게 목발을 짚으며 1층으로 다시 내려갔다.

나는 속으로 말했다.

'다리도 안 좋으면서 2층에 있는 카페까지 올라오고……. 다음번에는 목발 없이 꼭 보자!'

비슷한 시기에 카페에 방문한 손님 중 또 기억나는 분이 있다.

저녁이 될 때쯤인가. 중년으로 보이는 남성과 여성 고객이 매장에 찾아왔다. 특별히 주문을 하고 나를 보자마자 이 카페에 대해 여러 질문을 해왔다. 나는 관심을 가져 주는 고객분이라 너무 감사했고 최대한 친절하게 아는 범위에서 질문에 대한 답을 해 드렸다.

이야기를 나누다 보니 일반적인 분은 아닌 것 같았다. 무언가 새로운 사람을 만나고 새로운 분야에 관심을 갖고 알아 가는 것을 즐기는 분들인 것 같았다. 조금의 시간이 지나고 난 후 주문한 커피를 제공해 드렸다. 그러자 예쁘게 라테 아트 된 커피 한 잔을 마시고 난 후 내게 또다시 물었다.

"이렇게 예쁜 그림에 향 좋은 커피는 또 오랜만에 마셔 보는 것 같아요. 확실히 사장님이 커피에 대한 전문가이셔서 그런가요?"

난 내심 쑥스럽지만 답변했다.

"감사합니다."

재차 이분들은 내가 어떤 일을 하는지 물었다. 아마 올라오면서 그동안 내가 교육한 활동에 대해 벽에 걸어 놓은 액자를 본 것 같았다. 나는 커피를 가르치며 이 일대에서 이런저런 활동을 하고 있다는 것을 간단히 말해 드렸다. 그러자 내 이야기에 더욱 관심을 가져 주었고 나에 대해 더 자세히 알고 싶다고 말하면서 본인들이 기자라고 소개하였다. 그제야 내게 왜 이런 여러 질문들을 했는지 알 수 있었다.

이분들에게는 이러한 만남이 모두 기사의 소재가 될 수도 있을 거란 생각이 들었다. 나는 정식으로 이분들의 인터뷰에 응했고 내 이야기를 들은 기자분들은 "커피의 명가 이미지웨카 나만의 꿈 카페 이뤄드립니다."라는 제목으로 기사를 작성해 주었다. 기사의 앞부분은 이렇게 기재되었다.

'아직 개발이 무르익지 않은 택지, 한적한 거리 모퉁이에 커피 매장 하나가 눈에 들어왔다. 한참을 찾아 걸어 2층 매장에 들어서면서 따뜻하고 온화한 분위기, 깔끔한 모습으로 단장된 카페 이미지웨카를 만날 수 있었다. 손수 디자인한 매장 곳곳에서 주인장의 특별한 감각과 센스의 감성이 묻어난다. 누구에게는 소중한 만남과 나눔의 장소이고, 또 누군가에게는 교육의 장소, 또 다른 누군가에게는 미래를 꿈꾸는 꿈의 발원지가 될 이곳에서 임승훈 대표를 만나 인터뷰를 진행했다. 내게 오늘 저녁은 잊지 못할 참 재미있는 경험을 한 시간이었다.'

기사에 실린 매장 실내 모습

다시 매출이 오르다

소장을 접수하고 소송절차가 진행되면 바로 1차 재판이 잡히는 줄 알았다. 그러나 그렇진 않고 민사재판 기일인 변론 기일 전 조정 기일이 먼저 잡혔다는 연락을 받았다. 예를 들어 월세 3개월분 이상을 밀려서 납부하지 않은 경우는 명도소송으로 빈번하게 일어나는 일인 만큼 다소 순조롭다. 하지만 우리 사건은 당사자뿐만 아니라 여러 사람이 얽히고설켜 있어 논쟁이 심하고 분별하는 데 시간이 많이 필요하다는 것이었다.

소송이 길어지면 양쪽 모두 큰 피해가 발생하기 때문에 적당한 타협점을 찾아보고 속히 소장을 마무리 지을 수 있는 취지로 조정 기일을 먼저 잡은 것이었다. 하지만 우리의 입장은 분명했다. 내용 증명 당시 2주간의 시간을 주면서까지 계약서 내용처럼 사무실로 사용한다면 아무 일도 없을 거라 했지만 박 사장은 이를 완전히 무시했다.

이제는 건널 수 없는 강을 건넌 것이었다. 나는 변호사님께 계약은 이미 종결되었고 하루빨리 상가를 비워 주길 원한다고 말하였다. 너무 편하게도 임대인과 나 역시 재판에 직접 참여할 필요 없이 변호사님이 직접 가서 재판을 진행해 주었다. 임차인은 법무사에게 의뢰했기 때문에 직접 나와야 한다고 했다. 우리는 조정에는 의미를 두지 않고 시간이 좀 더 걸리더라도 하루빨리 재판 날(변론 기일)이 오길 기다렸다.

시간이 지나 조정 기일 날이 왔고 우리는 변호사가 대신 재판에 참여했고 임차인 쪽은 박 사장의 동생이란 사람이 참여를 했다. 그리고 재판장 밖에서 박 사장처럼 보이는 사람과 여직원 한 명이 기다리고 있었다고 했다. 예상대로 임차인은 본인들의 애로사항만 주저리주저리 이야기했다고 한다. 그러자 판사는 이 논쟁에 대한 이야기만 하라고 지적했다고 한다. 계약서상의 내용은 지키지 않음에도 오로지 임차인의 입장에서 나가라는 것은 너무 지나친 처사라고 본인들의 어려움만을 계속 토로했다고 했다.

역시 큰 수확 없이 조정 기일은 끝이 났고 한두 달 뒤 다시 재판 날(변론 기일)이 잡힐 거라고 했다. 지금까지도 소장 접수한 지 6개월이 지났는데 여기서 또 기다려야 한다니 소송은 정말 피 말리는 싸움이란 걸 몸소 느끼는 중이다. 이런 복잡한 상황에서도 나는 업장을 유지하고 살기 위해 노력했다. 분명 착한 사람은 이길 것이고 나쁜 사람은 떠날 거라고 확신했다.

나는 이 싸움에서 소송뿐만 아니라 똑같은 브런치 카페라면 실력에서도 이들을 압도하고 이겨야 한다고 생각했다.

'이제는 정면 승부다!'

기존에 있던 메뉴에서 샌드위치와 샐러드 메뉴를 개편하였다. 훨씬 더 맛있고 푸짐하고 가격도 더 합리적으로 정했다. 우리 가게는 고정 고객도 더 많고 규모적인 부분에서도 훨씬 더 컸다. 거기에 가격도 보다 저렴하고 맛있다면 고객들은 어딜 가겠는가? 단연코 우리 가게에 올 거라고 나는 확신했다. 메뉴들을 개편하는 데도 몇 달이 걸렸다. 단시간에 무조건 메뉴를 늘린다고 능사가 아니다. 메뉴 하나하나 정밀하게 시험해 보고 여러 메뉴들을 만들 수 있는 합리적인 동선과 업장의 제조 공간을 함께 고려해야만 한다.

고객에게 전달되는 시간을 최대한 줄이려고 했지만 사이드 품목이 너무 다양하다 보니 동선이 겹쳐 제조 시간이 오래 걸릴 게 뻔히 보였다. 나와 함께 일하는 직원 모두가 함께 고민하고 연구했다. 우리는 새롭게 음식을 제조하는 대리석 상판 위에 선반을 추가로 설치하고 화구도 더 큰 것으로 변경하였다. 샐러드, 샌드위치, 파스타, 볶음밥을 제조함에 있어 겹치는 품목끼리 자리를 다시 편성했다.

품목별로 동일한 토핑 재료들이 필요하더라도 여러 개를 곳곳에 준비하여 품목당 최대한 빠르게 만들 수 있도록 동선을 재정비하였다. 이렇게 보완하고 수정하니 우리는 메뉴 품목이 많아져도 비슷한 시간 안에 모든 음식을 제공할 수 있게 되었다.

고객들은 서서히 반응하기 시작했다. 품목 수가 다양해짐에 따라 고객의 만족도도 함께 올라갔다. 오픈 초부터 있던 메뉴 중에서도 이번 기회에 잘 팔리지 않는 메뉴는 다시 새롭게 편성하였다. 더불어 미리 주문하고 픽업할 수 있도록 하는 또 다른 시스템을 도입하였다. 고객들이 직접 핸드폰으로 우리 매장을 인터넷에 검색하여 미리 주문할 수 있는 네이버 주문 방식을 새롭게 도입한 것이다.

생각보다 고객들은 네이버 주문을 많이 사용하였다. 이에 그치지 않고 배달대행사도 알아보고 배달 판매까지 새롭게 시도해 보았다. 아무래도 커피만으로 승부 보기에는 주변에 프랜차이즈 카페가 많이 생겨 힘들었지만 사이드 메뉴가 많이 보강되다 보니 배달 쪽으로도 주문이 지속적으로 발생하여 다행이었다. 그렇게 두 달 정도가 지날 무렵 나는 이 카페에서 이루고자 하는 목표 매출을 이룰 수 있었다.

위기일 때는 힘든 일 만 계속 일어났는데 신기하게도 좋을 때는 기쁜 일만 계속 발생했다. 샐러드와 샌드위치가 배달뿐만 아니라 행정타운 내에도 많이 알려져 파죽지세로 높은 인기를 끌었다. 주변 관공서에서는 장부를 달아 월에 한 번씩 결제하여 식사할 수 있겠냐고 물었다. 나는 흔쾌히 수락했고 이 시점에서 장부는 계속 늘어만 갔다. 그간 홀로 저녁 장사를 했던 나는 새로운 아르바이트 직원을 채용하기로 결정했다.

징검다리가 되어 준 나

시간이 흘러 따뜻한 여름이 되었다. 그동안 매장을 운영하면서 참으로 다양한 사람들을 만난 것 같다. 그중에 기억나는 손님이 몇 명 있는데 특별히 인상 깊었던 손님은 목발을 짚고 오던 학생이었다. 자격증 시험을 볼 때 찾아오고 몇 달이 지났을까? 다시 그 학생이 나를 찾아왔다. 이번에도 전과 같이 목발을 짚고 힘겹게 나타났다. 그런데 키오스크로 주문을 마치고 음료를 받으러 올 때는 목발 없이 두 발로 자연스럽게 걸어오는 것이 아닌가.

나는 물었다.

"어서 와! 이제 목발 없이도 걸을 수 있는 거야?"

그녀는 답했다.

"네. 한 번 더 수술해서 이제 많이 좋아졌어요. 재활 치료만 하면 더 좋아질 거래요."

학생은 그사이 한 차례 수술을 더 받았다고 했다. 그때 말했던 손안의 신경도 같이 수술을 받았다고 했다. 예전과는 다르게 지금은 목발을 짚고 걷고는 있지만 조금씩 홀로 똑바로 걸을 수 있었다. 난 내 일처럼 너무 기뻤다. 이젠 재활 치료 열심히 받으면 남들과 똑같이 걸으며 살아갈 수 있다고 했다. 그러면서 예전에는 없었던 해맑은 미소를 보였다. 나는 또 학생의 두 손을 잡고 같이 기뻐해 주었다. 그녀의 입가엔 미소가 번졌다. 그리고 기쁨에 찬 얼굴로 내게 말했다.

"저 합격했어요."

그녀의 짧고 간결한 말 한마디에 난 다시 물었다.

"어떤? 그때 필기 합격했던 디자인 관련 자격증이구나?"

그녀가 답했다.

"네. 맞아요. 사장님이 주신 거로 합격했어요."

나는 다시 물었다.

"난 준 게 아무것도 없는데?"

그녀가 답했다.

"사장님이 일전에 돈 주셨잖아요."

나는 잠시 곰곰이 생각하며 다시 말했다.

"돈? 아……. 설마 너 맛있는 거 사 먹으라고 준 그 돈?"

그녀가 답했다.

"네. 맞아요. 그걸로 보드마카를 샀어요."

나는 말했다.

"그건 너 맛있는 거 사 먹으라고 준 건데. 안 먹고 그걸로 실기 용품을 산 거야?"

그녀가 답했다.

"네……."

안쓰러운 마음에 베푼 단순한 호의가 갑자기 한 사람 인생의 희망으로 바뀐 순간이었다. 나는 너무 깜짝 놀랐다.

"이렇게 큰 의미가 될지는 몰랐어. 내가 고맙다."

학생이 마지막으로 답했다.

"행복해요."

이 말 한마디 듣고 내가 얼마나 기뻤는지 모른다. 마음이 아프기도 하고 아려 오기도 하고 무슨 감정인지 잘 모르겠다. 누군가에게 희망을 주었단 사실에 너무 감격스러운 순간이었다. 나눔이란 건 정말 행복한 일인 거 같다. 내겐 없어도 그만인 것들이 누군가에게 나누어 주므로 같이 상생할 수 있는 그런 삶 말이다. 그러고 보면 나도 지금껏 살아오면서 많은 분들이 내게 베풀어 준 거 같다. 모두가 고맙다.

사장님이 되어 다시 찾아온 나의 아르바이트생

어느덧 시간은 또 흘렀다. 지나고 보면 시간은 참으로 빨리 지나가는 것 같다. 2016년도부터 카페를 창업하면서 참 많은 아르바이트생을 채용했던 것 같다. 10대부터 50대까지 폭넓게 말이다. 그중에서 예전 카페 자리에서 1년 정도 매장을 운영하고 있을 무렵 채용한 아르바이트생 한 분이 떠오른다. 그분은 나와 함께 1년 넘도록 근무하였는데 아르바이트생으로 시작했지만 개인 카페를 차리기 위해 떠났던 분이었다.

지금은 같은 사장님이자 내 제자이기도 한 그녀가 또 한 번 나를 보기 위해 깜짝 방문한 것이다. 확장 이전했을 때는 꽃다발을 선물해 주었는데 오늘은 겸사겸사 이 근처에 있는 일을 모두 보고 마지막으로 나를 보러 와주었다. 그녀의 손에는 아이들 주라고 빵 한 봉지가 들려 있었다. 그때 그 빵집이었다. 예전 카페 때 함께 일했을 당시 내게 주던 그 빵이었다.

"사장님 식사 거르지 마세요."라고 하면서 준 그 빵이 어찌나 맛있었던지…….

정말 감동이었다. 같이 일했을 때 내 첫째 아이가 태어났는데 지금은 둘째 아이도 있다. 아내와 나 두 명이 시작한 카페였는데 지금은 네 식구가 되었다. 정말 시간이 많이 흘렀단 걸 체감할 수 있었다. 당시 고등학생이었던 그녀의 첫째 아들은 지금 유학을 떠났다고 한다. 그녀는 내 매장을 떠나고 카페 사장으로 4년 정도 운영을 했고 장사도 꽤 잘 되었다고 했다.

자영업 3년 차 정도 되면 꼭 위험한 일들이 찾아오기 마련이다. 그녀는 주변이 재개발될 예정이고 신축 건물들이 계속 들어섰다고 했다. 그녀가 일하던 매장은 15평 정도 되는 작은 규모였다. 커피와 음료 위주로 홍보하였고 간단한 디저트 정도를 같이 판매하였다. 그런 것치곤 정말 일 매출이 높았다고 했다. 달마다 큰돈을 벌 수 있었다고 했다. 하나, 주변이 점차 발전될 예정이고 프랜차이즈가 들어서면 개인 카페로는 더는 버티기 힘들 거란 생각이 들었다고 했다. 결국 4년 정도 되는 시점에서 카페를 매도할 수밖에 없었다고 했다. 그 후로 1년 정도 쉼을 가지면서 집 근처 카페 아르바이트를 하고 있다고 했다. 이제 첫째 아들이 유학을 떠나 또다시 더 많은 경제적 활동을 해야 한다고 했다. 그리고 우린 또 이런저런 이야기를 나눴다.

그러고 보면 그녀는 나의 매장에서 1년 이상 일했었다. 그러고 나서 사장으로 개인 카페를 4년 정도 더 운영했었다. 지금은 집 근처 카페에서 1년 정도 아르바이트를 하고 있다. 그런 걸 보면 나는 정말 오랜 시간 같은 상권에서 잘 버티고 있다는 걸 체감하게 되는 순간이었다. 그리고 그녀가 내게 물었다.

"어떻게 이렇게 긴 시간을 개인 카페로 유지할 수 있는 건가요?"

나는 웃으면서 조심스럽게 답하였다.

"저도 똑같이 밑바닥부터 차근차근 경험해 보고 올라왔으니 그런 거 아닐까요?"라고 말하고 멋쩍은 웃음을 지었다.

끝인 듯 끝나지 않는 시간

여느 때와 같이 오전에 재료 준비를 하고 있을 때였다. 오랜만에 변호사님으로부터 전화가 왔다.

"변호사님, 안녕하세요. 오랜만이네요."

"네. 저희 드디어 재판 날(변론 기일)이 잡혔어요."

나는 기쁨에 차 대답했다.

"정말요? 언제인가요?"

"네. 3주 뒤입니다."

"그렇군요. 제가 준비해야 할 게 있을까요?"

변호사님은 답했다.

"지금은 제가 저희의 상황을 입증할 만한 내용으로 초안을 작성할 테니 다 완성되면 한번 봐주세요. 추가적으로 계속 우리와 같은 브런치 카페로 영업하고 있고 커피까지 판매하고 있다는 자료들을 더 모아 주세요."

"네. 알겠습니다. 최대한 모아 연락드릴게요."

나는 이렇게 변호사님의 조언에 따른 추가적인 자료들을 모으기 시작했다. 뻔히 계약을 어겨 영업하고 있지만 이건 나만 아는 사실이고 법원에서는 서류 형태의 서면으로만 보고 판단하기 때문에 이를 증빙할 다양한 자료들이 필요한 것이었다.

시간은 흘러 어느덧 재판 날이 되었다. 나는 아침 일찍 변호사님께 잘 부탁한다는 문자 메시지를 보냈다. 변호사님은 재판 마치고 바로 연락 주겠다고 답장해 주었다.

따르르릉.

전화벨이 울렸다. 변호사님이다.

"네, 변호사님."

변호사님은 차분한 목소리로 대답하였다.

"재판은 마쳤습니다. 그런데 재판이 생각보다는 좀 더 길어질 것 같습니다. 3차 변론 기일이 잡힐 거예요."

나는 청천벽력 같은 변호사님 말에 어안이 벙벙했다.

"재판이 끝나려면 아직도 먼 건가요?"

변호사님은 대답했다.

"네. 하지만 저의 측 주장이 대부분 받아들여졌어요. 그런데도 판사님은 임차인이 걱정된 눈치였어요. 임차인의 피해를 최소한으로 줄이기 위해 임대인과 다시 한번 조율해 보라고 피고 측에게 한 번 더 기회를 준 것 같아요."

나는 답했다.

"어떤 조율을 말하는 걸까요?"

변호사님은 답했다.

"강제로 집행하는 것이 아닌 지금이라도 계약서대로 음식 판매 행위를 하지 말고 서로 합의점을 찾아보라는 거였어요. 물론 이것도 우리에게는 좋은 조건이기는 해요. 어찌 되었든 브런치 카페로는 영업을 더 이상 할 수는 없는 상황이거든요."

나는 다시 답했다.

"변호사님은 어떻게 하는 게 좋다고 생각하시나요?"

변호사님은 내 물음에 잠시 생각하시더니 다시 답했다.

"우리 측에는 유리한 상황이에요. 내보내기 위해서는 시간이 좀 더 필요하고 참고 기다리실 수 있다면 그렇게 해도 좋고요. 하루빨리 재판을 종결하고 더 이상 카페로 영업하지 못하게 하는 것도 하나의 방법이 될 수는 있어요."

나는 잠시 고민 후 답하였다.

"어떤 방법이든 우리에게는 좋은 거네요. 저희도 한번 다 같이 상의 후 연락드릴게요."

변호사님이 말했다.

"네. 아마 임차인 측에서 연락이 올 수도 있어요. 그럼 잘 들어 보시라고 임대인에게 전해 주세요. 괜히 난처하시면 제게 전화하라고 말하는 것도 좋을 거 같아요."

나는 답했다.

"네. 알겠습니다. 감사합니다."

그래도 우리의 주장이 대부분 반영되어 큰 수확을 얻은 긍정적인 날이었다. 3차 변론 기일까지 또 한 달 넘는 시간을 우리는 기다려야만 했다. 소송의 끝은 참으로 길고도 길었다. 처음 경험해 보는 상황이라 더더욱 길게 느껴진 것일지도 모르겠다. 단순히 명도소송은 6개월 안으로 비교적 빨리 마무리되는 소송인 줄로만 알고 있었다. 하지만 모두 그렇지는 않다는 걸 이제는 알 것 같다. 하루하루 2층 매장에서 창가를 내려다볼 때면 불현듯 사무실이어야 했던 1층 카페에서 커피를 들고 내려오는 고객들을 심심치 않게 볼 수 있었다. 그때마다 내 마음은 너무 답답했고 주체하기 힘들 정도로 분했다. 하루에도 몇 번씩 속이 썩어 문드러지기 일쑤였다. 그래도 언젠간 꼭 저들을 내보낼 수 있을 거란 확신과 믿음 하나로 그 힘든 시간을 견뎌 낼 수 있었다.

3차 변론 기일만을 우리 부부는 간절히 기다리고 있었다. 변호사님이 말씀해 주셨던 것처럼 상황이 마무리 되어가는 시점인 만큼 긴박했던 박 사장과 그 동생이란 사람은 서로 번갈아 가며 우리 매장으로 전화를 걸어 왔다. 하지만 이제 와서 들어 본들 무슨 의미가 있겠는가? 그동안 내가 얼마나 힘든 시간들을 견뎌 냈는지 아직도 그 생각만 하면 너무 분하다. 그런 내게 이 둘은 끝까지 자신들의 편의를 위해 내게 제안을 해 왔다.

이제는 카페 안 할 테니 다른 업종으로 하게 해 달라고 말이다. 그렇게까지 업종 변경하라고 할 땐 들은 척도 하지 않았던 사람들이다. 계약 위반 사실을 알면서도 지금까지 꿋꿋이 억지 주장을 펼치더니 이제야 안 될 것 같으니 커피를 안 팔겠단다. 나는 그들에게 단호하게 말했다.

더 이상 저는 할 말이 없으니 다시는 연락하지 말아 달라고 말이다. 이 말을 끝으로 이들에게서 더 이상 연락이 오지 않았다. 그리고 3차 변론 기일 때 역시나 우리가 예상하던 대로 그동안의 모든 우리 측 주장들이 전부 받아들여졌다. 임차인(피고)의 이 사건 임대차계약 위반을 이유로 한 원고의 계약 해지는 적법했다. 그리고 우리는 다음과 같은 판결을 1년이란 시간 만에 받을 수 있었다.

주 문

1. 피고는 원고에게 별지 목록 제1항 기재 건물 중 1층 45.6㎡를 인도하라.
2. 소송 비용 중 90%는 원고가, 10%는 피고가 부담한다.
3. 제1항을 가집행할 수 있다.

그래도 한 가지 의아하고 아쉬운 점이 있다면 우리의 주장이 받아들여졌음에도 소송 비용의 대부분을 우리가 물어야 한다는 것이었다. 아마도 임차인의 피해를 조금이나마 줄여 주고 싶은 판사님들의 생각이 아닌가 싶다고 변호사님은 말했다. 명도소송은 임차인의 월세 체납이나 특약사항 위반으로 많이들 발생한다고 한다. 우리처럼 여러 사람이 꼬이고 꼬여 복잡하게 발생한 명도소송은 흔하지 않다고 하니 이런 부분을 감안하면 그래도 우리가 승소하고 문제를 해결할 수 있음에 감사해야 하는 것일지도 모르겠다. 이래서 모든 소송은 원고이든 피고이든 시간적으로나 정신적으로나 모두 피해를 볼 수밖에는 없는 모양이다. 어찌 되었든 우리 측이 원하는 대로 판결은 나왔으니 다행이다. 최종 판결 선고에 따른 판결문 원본을 수령하려면 또 3주에서 한 달 가까운 시간이 걸린다고 한다.

재판이 끝났음에도 박 사장은 매장을 비울 생각이 전혀 없어 보였다. 이에 따라 우리는 가집행(판결이 확정되기 전에 법원의 직권이나 당사자의 신청에 따라 임시로 강제집행을 행함)을 진행하기 위해 먼저 강제집행 신청서를 접수하였다. 이 또한 신청한다고 금방 집행이 이루어지는 것은 아니다. 한 달 이상의 시간이 또 소요된다. 근데 코로나19로 인해 여러 사건들이 묶여 있다 보니 더더욱 기다림의 시간은 길어졌다.

끝인 줄 알았던 강제집행

시간은 또 흘러 한 달여가 지났다. 언제 집행관으로부터 연락이 올까 기다리는 시간의 연속이었다. 시간이 지나 몸과 마음이 지쳐 갈 무렵 드디어 집행관으로부터 연락을 받았다. 바로 다음 날 오전 10시에 계고 집행을 먼저 하겠다고 말이다. 계고 집행(일정한 기간 안에 행정상의 의무를 이행하지 않을 경우에, 강제 집행한다는 내용을 문서로 알리는 일)을 하기 위해 필요한 증인이 되어 줄 몇 명의 인원 섭외와 간단한 안내 사항을 전달받았다.

그리고 다음 날이 되었다. 계고 집행은 계획대로 이루어졌고 불과 몇 분도 안 되는 짧은 시간에 금방 끝났다. 법에는 절차가 있듯이 강제집행 역시 순서를 두고 진행되었다. 가장 먼저 진행하는 것이 업장을 조속히 비워 달라는 계고 문구를 계시하는 것이었다. 집행관이 매장 내 잘 보이는 벽면 한쪽에 계고장을 붙여 두고 가는데 함부로 때 내서는 안 된다. 이렇듯 순서에 따라 1차 강제집행신청 후 임차인을 상대로 2차 계고 집행을 진행하였다.

이제 계고 일이 끝나도록 임차인이 상가를 비워 주지 않으면 마지막 단계인 3차 본 집행을 하게 된다. 이때가 바로 강제적으로 진입하여 상가 안에 있는 모든 물건들을 빼내고 열쇠까지 바꿔 임대인에게 전해 주는 마지막 단계인 것이다. 우리 부부는 부디 이 단계까지는 안 가길 원했다. 그쪽이 법을 어기긴 했지만 그렇다고 강제적으로 상가를 돌려받는 건 우리도 원하는 그림은 아니었기 때문이다. 그리고 나는 혹시 모를 상황을 대비하기 위해 변호사님께 물었다.

"변호사님 피고가 혹시 강제집행을 막을 수 있는 방법도 있나요?"

더 이상의 방법은 없을 거라 생각하고 물어본 질문이었지만 내 생각과는 다르게 변호사님이 답했다.

"네. 방법이 있긴 합니다. 1심 판결에 상소하고 항소심에서 공탁금을 걸고 강제집행정지 결정문을 발급받아 집행관이 강제 집행을 하러 올 때 제시하는 것이에요."

나는 말했다.

"방법이 있긴 하군요. 그럼 피고가 강제집행정지 결정문을 발급받을까요?"

변호사님이 답했다.

"정말 억울하다거나 시간을 끌기 위해 발급받을 순 있겠죠. 발급받으려면 공탁을 해야 해요. 이때 발생하는 공탁금은 나중에 재판이 끝나면 돌려받긴 해도 비용 자체가 작지 않기 때문에 경제적으로 쉽사리 걸기는 어려울 거예요. 1심 판결이 만족스럽지 않아 상소하면 2심에서도 또 똑같은 문제로 다툴 텐데요. 지금 이 상황에서는 계약 위반 사항이 너무나도 확실하게 증명되어서 판결을 바꾸기는 쉽지 않으니 할 필요가 있을까요?”

피고와 원고 둘 중 누구든지 법원의 판결이 마음에 들지 않아 어느 한쪽이라도 상소하게 된다면 2심으로 또다시 항소심 재판을 진행해야 한다. 그에 따라 추가적인 선임비와 시간이 또 필요해진다. 지금 상황으로는 더는 무의미한 싸움일 거고 이제 와서 단순히 본인들이 억울한 부분만을 계속 늘어놓는 것은 이제는 본인들에게도 더는 득이 될 게 없어 보였다.

이제 그 죗값을 달게 받아야 하지 않겠나? 명도소송 항소심에서 강제집행정지의 경우 재판부가 이를 인용한다 해도 현금 공탁이 그 조건이다. 안 그래도 임차인 입장에서는 여러 가지로 힘든 상황인데 현금 공탁금까지 건다는 것은 경제적으로도 매우 부담스러운 일이긴 할 것이다. 이러한 변호사님의 대답에 나는 안도했다.

이렇게 치열한 법정 소송 분쟁이 이루어지고 있음에도 카페 영업에 있어서 달라지는 것은 아무것도 없었다. 똑같이 우리 가게에 왔던 손님이 저쪽 가게에도 가고 박 사장은 여전히 커피와 브런치 메뉴를 계속 판매하고 있었다. 그렇기에 나는 더할 나위 없이 이들이 너무 괘씸했다. 그때마다 내 스스로 ‘이제 거의 끝나 간다. 지금까지 버텼는데 조금만 더 힘내자!’란 생각으로 참고 또 참았다.

그래도 많은 고객들은 우리 매장의 커피와 음식을 좋아해 주었다. 너무 감사한 일이기는 하지만 대부분의 고객들은 우리의 사건엔 관심이 없었다. 예전 우리 카페 자리에 똑같은 브런치 카페가 생겼는데도 말이다. 그저 카페 하나 옆에 더 생겨서 오히려 좋아하는 눈치였다. 내 단골 고객이라고 생각했던 여러 팀들도 저 가게를 이용하는 걸 보았을 때는 정말 크게 실망했고 상실감 또한 말로 표현 못 할 정도로 크게 느꼈다. 고객들이 미워 오랜 시간 최소한의 응대만 하며 일했던 것 같다.

그렇게 시간은 흘렀다. 또다시 집행관으로부터 연락이 왔다. 기다리고 기다리던 본 집행 날이 바로 내일이란 것이었다. 이때도 역시 집행에 있어 증인이 되어 줄 몇 명과 간단한 전달 사항을 안내해 주었다. 내일이면 드디어 모든 것이 끝날 거란 생각에 너무 기뻤고 이날만큼은 늦은 시간까지 잠도 오지 않았다. 그래도 참 신기한 건 가게 주변은 아무 일도 일어나지 않을 것처럼 늘 똑같은 하루의 연속이라는 것이었다. 박 사장 가게도 여느 때와 똑같이 끝까지 영업 행위를 하는 것을 보면 한편으로는 진짜 대단하단 생각마저 들 정도였다.

'아니면 가지고 있는 게 돈뿐인가?'

다음 날 오전 임대인과 나를 비롯한 증인 몇 명이 박 사장 가게로 향했다. 집행관도 곧 도착했고 계고장 안내가 지켜지지 않음에 따라 오전 10시가 되면 강제로 상가 안에 있는 모든 짐들을 빼내어 창고로 이동할 거라 했다. 밖에는 해당 매장 규모에 대비하여 짐을 싣고 이동할 화물차와 인력들이 배치되어 있었다. 오늘은 계고장을 붙였던 그날과는 달리 상당히 긴박하고 긴장감이 흘렀다. 이제 모든 것이 끝났단 생각에 안도감이 들었다.

더 이 상황을 지켜본들 좋지도 않은 일인데 내게 무슨 의미가 있을까? 난 곧바로 내 매장으로 걸어 올라갔다. 30여 분이 지났을까? 전 건물 주인이 나를 급하게 찾았다. 오늘은 집행을 할 수 없고 집행관을 포함한 모든 인력들이 다 돌아갔단다. 나는 물었다.

"강제집행이 안 된 건가요? 왜죠?"

나의 물음에 건물 주인이 답했다.

"집행관이 말하기를 저 사람, 거, 박 사장인가 뭔가 하는……, 완전 이런 거 한두 번 해 본 솜씨가 아니라고 하더구먼."

나는 물었다.

"설마 강제집행을 못 하게 또 무언가를 발급받은 건가요?"

건물 주인이 말했다.

"그렇지. 준비 다 해 놓고 짐 빼려 하는데 저 박 사장이란 사람이 무언가 종이를 집행관에게 보여 주더라고……. 그게 아마 집행을 하지 말라는 서류 같은 거였어. 그거 보더니 집행관이 당황하면서 어쩜 이렇게 대수롭지 않게 모든 것을 알고 있는 듯이 이 시점에 이걸 들이미는지, 본인도 놀랐다면서……."

나는 말했다.

"그랬군요……. 고생 많으셨네요. 또 이렇게 못 끝내고 미뤄지네요. 참 어렵네요."

건물 주인이 말했다.

"어차피 뭐! 계약 위반인 건 변한 게 없는데. 담엔 결판이 나겠지……."

대화를 마치고 난 후 나는 바로 변호사님께 지금 상황을 말씀드렸다. 변호사님도 참 이렇게까지 하는 걸 보면 보통 사람은 아닌 것 같다면서 이제 1심은 모두 끝났고 다시 2심인 항소심 준비를 해야겠다고 하셨다. 박 사장은 가진 게 돈뿐인지 끝까지 한번 가 볼 심상인가 보다. 이게 이렇게 그들에게 억울한 일인가? 세상에는 참 별의별 사람들이 존재한다는 걸 다시 한번 느끼게 되는 순간이었다.

어차피 나도 내 업장을 지키기 위해 우리 가족을 지키기 위해 끝까지 가야만 했다. 나 역시 부담스러웠지만 달리 방도가 없었다. 나는 또 돈을 들여 항소심 때도 똑같이 변호사님에게 사건을 의뢰하였다.

'어차피 1심에서 90% 소송 비용을 원고가 부담하라는 것도 마음에 안 들었고, 차라리 잘됐다. 한번 누가 이기는지 끝까지 가 보자!'

카페 독립 만세

또다시 나는 일상으로 돌아왔다. 모든 안 좋은 상황들이 하루빨리 정리되길 기다렸건만 아쉬움이 크다. 1년 넘는 시간 동안 소송을 진행하다 보니 이제는 처음과 다르게 답답하고 속상했던 감정들도 많이 무뎌진 느낌이다. 처음에는 정말 죽을 만큼 괴롭고 울화가 차올랐는데 이제는 오히려 평온하기까지 하다. 그래도 이런 명도소송 같은 경우 3심 대법원까지 가는 경우는 극히 드문 일이니 어차피 곧 끝날 일임을 알기 때문에 지금의 마음은 한결 가볍다. 그래도 소송 초기에는 너무 억울했다. 혹시 사무실이 아닌 우리랑 똑같은 카페로 오픈한 저 매장을 내보내지 못하면 어떻게 해야 할지 조급함과 걱정스러움이 가득했기 때문이었다.

내 마음이 가벼워질 무렵 이상하게도 박 사장 가게에 변화가 하나 생겼다. 오픈 초부터 있었던 여직원과 동생이란 사람이 더 이상은 보이지 않았다. 그동안은 보이지도 않았던 박 사장이 오히려 매장에 홀로 상주하기 시작했다. 분위기를 보아하니 세 명이서 분란이 생긴 거 같고 이를 정리하기 위해 둘은 나가고 박 사장 혼자 이 상황을 해결하려 하는 것 같아 보였다. 어찌 되었든 박 사장은 내게 더 이상 면목이 없음에 말도 못 걸고 찾아오지도 못하고 이래저래 또 무슨 수를 써야 할지 궁리하는 모양인 것 같았다.

나는 이 시점에서 저녁 아르바이트생 한 명을 채용하였다. 저 매장이 곧 없어지면 분명 우리 매장은 더 바빠질 게 뻔하기 때문이었다. 지금부터 아르바이트생을 훈련시켜 바쁠 때를 미리 대비하고자 했다. 더불어 배달 매출도 더 활성화시키기 위해 부단히 노력했다. 우리 매장은 배달에서도 인기가 점점 좋아지고 있었고 좋은 리뷰들로만 가득 찼다. 점점 힘든 시기는 지나가고 좋은 일들만 가득할 것 같았다.

반면 박 사장 가게로 가는 손님들은 이제 눈에 띌 정도로 줄어들었다. 초기 일하던 세 명의 직원은 박 사장이 오면서 한 명으로 줄었다. 그가 왔으니 매장 운영이 잘되는 게 이상한 거 아닌가? 2층에서 내려다보아도 고객들은 더 이상 박 사장 가게로 향하지 않았다. 나는 직감할 수 있었다. 초기에 관심 있던 손님들까지도 외면했다는 것을 말이다.

심지어 어느 손님은 내게 와서 저곳이 너무 많이 변했다고 하소연하기도 했다. 가격은 갑자기 지나치게 많이 올랐고 품질은 너무 떨어졌다고 말이다. 거기에 더하여 아르바이트생들도 너무 불친절하다고 하였다. 저 매장이 가격을 올릴 때 우리 매장은 올리지 않았다. 가격을 올리는 건 저 가게가 정리되면 올려도 되는 것이니 오히려 지금은 버틸 때라 판단하였다. 개인사업장을 운영하는 1인 가게 사장들은 무슨 일이 생길 때마다 미리 예측을 잘하고 판단을 잘해야 하는 것 같다. 나는 직원들에게도 지금보다 더 친절하고 맛있게 음식을 제공해 드리기 위해 최선을 다해 달라고 요청하였다.

그리고 항소심을 대비하여 변호사님은 또다시 준비서면을 작성하여 내게 보여 주었다. 나도 이제는 명도소송에 있어서 도가 튼 것 같다. 대략 어떤 느낌으로 먼저 준비서면을 작성해야 하는지 느낌이 오니 말이다. 일단 처음에는 무난하게 기존에 있던 1심 내용들을 잘 함축적으로 정리한 내용이었다. 분명 원고와 피고가 한두 번씩 준비서면을 가지고 논쟁을 벌일 테니 말이다.

그렇게 두어 달이 또 지나갔다. 원고와 피고에게서 온 준비서면을 가지고 법원에서는 또 서로 조정해 보라는 취지로 이야기를 하였다. 그러나 이번에는 1심과는 확연히 달랐다. 조정의 내용이 매장을 점유할지 안 할지가 아니라 상가를 비워 주되 보증금을 어떻게 할 것인가에 대해로 바뀌었다. 나가게 되는 건 이미 정해진 것이다. 이제는 권리금도 포기하고 보증금만이라도 회수하여 나가길 원하는 박 사장이었다.

그러나 임대인의 말에 의하면 벌써 세 달째 월세도 입금되지 않았단 것이었다. 엎친 데 덮친 격으로 계약 위반뿐만 아니라 월세마저 3개월이나 연체된 것이었다. 장사가 안 되니 하루빨리 나가야 하는 상황이 된 것이고 가만히 있자니 월세가 연체되어 보증금이 날아갈 상황이 된 것이다. 이 싸움은 법적인 싸움뿐만 아니라 장사에 있어서도 내가 이긴 것이었다.

이제 1심의 판결은 의미가 없어졌고 2심의 판결이 중요해졌다. 법원에서는 조정을 갈음하여 결정하길 청하였다. 우리도 이에 대해 아내와 전 건물주인과 함께 상의한 내용을 변호사님께 전달하였다. 보증금에 있어 3개월 월세를 제외하고 2심 변호사 비용 정도를 차감한 선에서 반환할 수 있는 보증금을 측정하여 법원에 제시하였다.

또다시 두 달 정도가 지나갈 무렵 법원은 원고와 피고의 내용을 참작하여 1심보다 빠르게 판결을 내 주었다. 조정을 갈음하는 결정이란 제목으로 이제는 몇 년 몇 월 며칠까지 피고는 부동산을 원고에게 인도하라는 내용이었다. 우리의 의견이 반영된 보증금을 피고에게 지급하고 이 두 가지를 동시에 이행한다는 내용이었다.

1년 반 가까운 길고 긴 싸움 끝에 드디어 이뤄 낸 마지막 판결이었다. 이 판결을 끝으로 더는 버티지 못한 박 사장은 2022년 8월 15일 광복절날 상가를 스스로 비우고 조용히 이곳을 떠났다. 일제의 식민 지배로부터 벗어나 독립한 이날. 우리나라도 일본의 식민 지배에서 해방되었듯이 나 역시 박 사장과의 길고 긴 우여곡절 사투에서 해방되는 기쁨의 순간이었다.

'카페 독립 만세!'

우리 카페가 선택된 것이다

고객들은 각자의 방식으로 카페라는 공간 안에서 스트레스를 풀며 휴식을 취하고자 한다. 특히나 카페라는 공간은 불특정 다수의 다양한 사람들을 접하게 된다. 고객들을 카페로 유입시키기 위해서는 다양한 요소들을 만족시켜야 한다. 내 가게가 고객들에게 선택받기 위해서는 고객들에게 이목을 끌어야 하고 재방문을 위해서는 만족감 또한 높게 주어야 한다. 모든 고객에게 이목을 끈다는 것은 어찌 보면 불가능해 보일지 모른다. 그러나 내 카페만이 가지고 있는 고유의 특징을 잘 살려 고객들이 직접 내 카페를 선택할 수 있게 하면 되는 것이다.

〈스타벅스〉나 〈블루보틀〉과 같이 항상 사람들로 북적거리는 카페가 휴식을 취하기에 적합한지 의문이 들 수 있을 것이다. 그러나 사실 사람들마다 개성이 있듯이 고객들은 자신의 목적에 맞게 선택한 공간에서 만족감을 느낄 것이다. 나는 고객들에게 나의 카페에서 과연 어떤 만족감을 느끼게 해 줄 것인지에 대해 끊임없이 고민을 하곤 했다. 카페를 선택하게 되는 고객 속성 중에서도 특히 공간은 정말 중요한 요소이다. 나는 내가 운영하는 매장에서 고객들에게 만족감을 최대한 줄 수 있는 서비스를 찾고자 부단히 많은 노력을 했다. 많은 사람들이 주변의 다른 카페가 아닌 내가 운영하는 카페에 방문하면서 우리 매장이 고객에게 선택되길 소망했다.

고객들은 생각보다 단순 명료했다. 첫째, 가까우면 간다. 둘째, 저렴하면 간다. 셋째, 시원하고 따뜻하면 간다. 넷째, 서비스 많이 주면 간다. 다섯째, 맛있으면 간다. 여섯째, 인테리어가 예쁘면 간다. 일곱째, 친절하면 간다. 이 모든 게 다 맞는 말이다. 그렇게 우리 가게에 찾아 준 고객들에게 나는 다양한 요소에서 만족감을 느낄 수 있도록 무척이나 힘썼다. 개인 카페를 운영한 9년이란 시간 동안 직접 매장을 지켜 오면서 한 가지 확실하게 알게 된 것이 있다. 내 카페가 고객에게 선택되는 가장 중요한 1순위는 바로 위치이고 곧 입지라는 것을 말이다. 최소한 내가 운영하고 있는 이 관공서 상권에서는 말이다.

나는 이것을 인정하는 데까지 9년이란 시간이 걸렸다. 내가 더 재능 있는 커피 전문가이고, 고객에게 보다 저렴하고 맛있게 판매하고, 우리 매장이 더 크고 근사하다고 좋은 입지가 되는 것이 결코 아니다. 인정할 건 인정하고 또 내가 할 수 있는 서비스를 찾아 위치상의 약점들을 보완하고자 무척이나 애썼다. 정말 자영업을 유지한다는 것은 끊임없는 고민과 노력의 결실인 것 같다.

생계 유지를 위한 1인 자영업자가 장사가 아닌 사업을 하는 방식으로 가기에는 정말 많은 금전적인 부분과 인맥 그리고 운이 따라야 하는 것 같다. 사업의 체인화보다는 교육의 길에 더 많은 관심을 쏟은 나는 어쩌면 내 재능에 맞춰 사업가보다는 교육자의 꿈에 큰 그림을 그리고 있어서 인지도 모르겠다. 미래에 개인 카페를 창업하고자 하는 예비 창업자에게 난 이렇게 말하고 싶다. 먼저 내 재능과 신념이 어디에 있는지 알아보라고 말이다.

사업가이자 교육자가 될 수도 있겠지만 현실적으로 넘어야 할 산들이 너무 높고 많다. 사업가이든 교육자이든 둘 중에 어느 하나 쉬운 게 없으니 말이다. 난 이 두 마리의 토끼를 다 잡고자 했다. 하지만 시간이 흐르면 흐를수록 사업보다는 교육이 나에게 더 맞는다는 느낌을 받았다. 심지어 내가 교육했던 수강생 중 두 명 정도는 이미 나도 아직 못 이룬 체인화를 시작했으니 말이다.

때론 수강생들의 행보를 지켜보며 참 많은 공부를 하고 교훈을 얻을 때도 있었다. 공부란 참으로 끝이 없는 것 같다. 괜히 연륜에서 삶의 지혜가 생기는 게 아닌 것이다. 포기하지 말고 끊임없이 꿈을 찾아가야 한다. 자영업을 하면서 난 늘 외로웠고 혼자만의 시간이 많았다. 대부분 1인 자영업자가 느끼게 되는 고달픔일 것이다.

일단 내가 카페 창업을 하고자 한다면 이 상황을 먼저 인지하고 가야 할 것이다. 정말 큰 대규모 프랜차이즈 카페 사장들도 내 매장 하나를 운영하기 위해 나 홀로 얼마나 많은 생각과 고민을 했는지 모르겠다면서 늘 외롭고 고달픈 하루의 연속이라 했으니 말이다. 나는 요즘 내가 운영하는 카페가 어떤 가게로 고객들에게 기억되었으면 좋겠는지에 대해 계속 고민하고 연구하는 중이다.

<카페인(IN) 커피인(人)의 일기>

현실에서 살아남기 위한 세 가지 질문

1) 매장을 운영할 준비가 되었는가?

내게 가장 소중한 아내의 이름을 따서 카페 로고를 직접 만들고 사업자 이름을 정했다. 로고를 만드는 시간은 정말 재미있었다. A4용지에 수백 번을 그리고 지워 가며 흰 종이가 여러 변형된 로고들로 가득 찼을 땐 나름 뿌듯하기도 했다. 그렇게 아내의 이니셜 IMG를 따서 커피잔을 형상화 시킨 간략한 그림이 로고가 되었다. 이 시대의 교육자의 길을 걷는 진정한 '커피인(人)'(커피에 해당하는 다양한 직군을 모두 섭렵한 사람)이 되기 위해 부푼 꿈을 꾸었다. 내가 차리는 개인 카페가 나의 꿈의 종착점이 아닌 시작점이 되길 소망했다. 카페를 통해서 내가 더욱이 하고자 했던 보다 다양한 꿈들을 이룰 수 있는 발판이 되길 진심으로 간구했다. 지금 나는 개인 카페를 창업하고자 하는 다양한 예비 창업자들의 멘토가 되어주고 있다.

카페를 창업하고자 나를 찾아온 수많은 학생들 중 아쉽지만 나만큼 준비하고 창업을 생각한 사람을 아직 단 한 명도 만나 보지 못했다. 그러기에 그날을 더욱 기다린다. 그만큼 현존하는 개인 카페 상당수가 자본력에 기반하거나 단 몇 달 만의 배움으로 너무 쉽게 카페를 차리고 운영하고 있다는 것이다. 이런 이유로 내가 예비 창업자분들에게 당부하고 싶은 것이 하나 있다. 카페 창업 전 충분한 준비를 하고 내가 카페를 운영할 능력이 있는지를 먼저 생각해 보아야 한다는 것이다.

적성을 무시한 채 단순히 편해 보이거나 근사해 보여서 카페 창업 전선에 뛰어든다면 결국 또 다른 누군가와의 경쟁에서 도태될 수밖에 없다. 개인 카페로 오픈하여 언제 생길지 모르는 주변의 프랜차이즈 또는 대형 카페들과의 경쟁에서 버틸 수 있는 운영 능력이 있는지 말이다. 카페를 오픈함에 있어서는 미래의 카페 운영 방향성을 빠르게 계획할 줄 알아야 하고 충분한 준비가 전제되어야 한다는 것이다.

2016년도 11월 15평 남짓의 작은 카페에서 시작하여 4년이 되는 시점에는 옆 건물 40평이 넘는 보다 큰 카페로 확장 이전을 했다. 이때 정말 많은 고민을 했던 것 같다. 현 건물의 2층을 같이 사용할지 보다 큰 옆 건물로 이전할지, 아니면 다른 상권에 직영점을 차릴지 말이다. 이 세 가지 안에서 결국 내 매장을 더 키워 보기로 했다. 그 이유는 추후에 있을 또 다른 사업성을 생각했기 때문이었다.

2) 미래를 대비할 사업안이 있는가?

과거 작은 카페에서는 공간이 부족하여 커피와 음료만으로 승부를 보았다. 사전 상권 분석을 통해 반경에 로드숍이 하나도 없었음을 확인한지라 매출에 대한 확신은 있었다. 비록 카페가 상권의 외지임에도 끊임없는 홍보와 노력으로 커피와 음료를 주로 하여 큰 매출 증가를 일으켰다. 오픈 초에는 단돈 몇만 원밖에 팔지 못하는 극도로 불안하고 어려운 상황의 연속이었다. 그럼에도 나는 매출이 오를 것을 예상하고 확신했으며 미리 다음 계획을 구상하였다. 이 모든 것이 카페를 운영할 능력이 있었고 확신이 있었기에 가능한 일이었다. 경험이 부족한 상태에서 몇 개월 배워 카페를 차렸다면 반년도 못 버티고 분명 포기해 버렸을 것이다.

한층 더 나아가 이 카페에서 더 다양한 일들을 심도 있게 기획하였다. 제일 첫 번째 기획한 것이 강의안이었다. 다양한 커피 커리큘럼을 만들어 매장에서 커피 관련 수업을 열어 온라인과 오프라인 상에 홍보하였다. 여기서 한 가지 팁을 전하자면 모든 일에는 테스트 과정이 필요하다는 것이다. 돈을 받고 가르치기 이전에 재능 기부 형태로 소정의 재료비 정도만 받고 몇 달 동안 강의를 진행했었다. 내가 계획했던 것과 다른 부분은 보완했고 예상대로 진행되었던 부분은 좀 더 보강하였다. 학생들이 많아질수록 교육의 형태는 더 다양해졌고 자연스레 매장에서 원두 판매를 통한 부가적인 수익원까지 발생하였고 매출은 상승하였다.

두 번째 기획한 것이 원두 납품이었다. 카페 초기 인테리어 다음으로 가장 많은 비용을 지불한 것이 로스터기 구매였다. 자급자족할 만한 1kg 로스터기를 사용했어도 되었지만 보다 큰 로스터기를 구매하는 것으로 정했다. 이미 이때에도 어느 정도 납품을 하면 좋겠단 생각을 갖고 있긴 했으나 보다 세분화하여 구상한 것은 교육 매출이 오르면서였다. 왜냐면 교육한 학생들 중 개인 카페를 창업하고자 하는 학생들이 생기기 시작했기 때문이었다.

여기서 한 가지 팁을 더 전하자면 강의를 비롯한 모든 내 스토리는 블로그에 연재하라는 것이다. 물론 요즘 다양한 SNS 채널들이 존재하지만 자료를 수집하고 모으기에는 블로그만 한 것이 없다. 나는 내가 운영하는 블로그가 마치 보물 상자와 같다고 말한다. 언제든지 커피에 대해 궁금한 게 있으면 내 블로그 안에서 검색을 통해서 내가 올린 포스팅에서 답을 찾을 수 있으니 말이다. 그래서 습관처럼 강의를 한 날이면 모든 내용들을 요약하여 사진과 자료를 올리는 데 엄청난 시간과 에너지를 쏟아붓는다. 이것을 '리추얼 라이프'라고 하는데 MZ 세대에서 유행하는 하나의 트렌드이다. 일상 속에서 활력을 불어넣는 규칙적인 습관을 뜻하는데 난 이것을 장사이자 사업안의 준비로 활용한 것이다.

이를 통해 내가 이룬 하나하나의 성과가 해가 지날수록 많아졌고 방대해졌다. 블로그의 포스팅은 쌓여만 갔고 어느 순간 최고의 홍보 수단이 되어버렸다. 이렇게 나는 다양한 커피교육을 통해 개인 카페 컨설팅을 할 수 있는 단계까지 오게 된 것이다. 물론 컨설팅을 하게 되는 전제 조건은 대학원 시절 충분한 교육을 통해 컨설턴트 자격을 부여받은 준비된 시간이 있었기에 더더욱 가능했다고 본다.

3) 매장을 유지할 능력이 있는가?

개인 카페를 운영하면서 4년 차 즈음 되었을 때 가게 확장을 하기로 결심했다. 여기서 말은 거창하게 보이는 확장이지만 실은 숨겨진 비밀이 하나 있다. 정말 예상하지 못한 COVID-19로 인해 가게 상황이 악화되었다는 것이었다. 특히나 이곳은 보건소를 비롯한 관공서들이 밀집한 상권이기에 국가의 정책에 민감하게 반응하는 집단이었다. 그래서 더는 밀폐된 공간에 나오려 하지 않았다. 엎친 데 덮친 격으로 늘 상시 거주하듯이 방문했던 자동차 사고 출동 직원분들도 카페 근처에 공간을 얻어 임시 컨테이너를 만들어 떠난 것이었다. 매출은 곤두박질쳤고 이곳을 떠나야 하는 건지 고민에 빠졌다. 매장을 운영하면서 어느 정도의 예측은 가능하다. 그러나 자연재해나 충성 고객들이 인사이동이 있다든지, 여러 가지 이유로 내가 어떻게 할 수 없는 상황들이 발생하곤 한다.

개인 카페를 9년간 확장 이전해 오면서 유지해 온 비결이 하나 있다. 많은 저자들은 개인 카페의 성공 비결을 차별화된 메뉴, 상품의 품질, 서비스, 인테리어 등으로 뽑았다. 하지만 나의 생각은 조금 다르다. 1인 개인 자영업자가 현실적으로 이 모든 것을 만족시키는 것은 불가능에 가깝기 때문이다. 그러기에 위 모든 것을 만족시키고자 한다면 개인 카페가 아닌 프랜차이즈를 택하는 것이 정답에 더 가까울 것이다. 내가 생각하는 개인 카페가 9년을 버텨 온 원동력은 '카페 사장의 열정과 창조적인 힘'인 것 같다. 쉽게 말해 미리미리 앞으로 일어날 긴박한 상황을 대비하고 새로운 것에 도전하는 카페 사장의 자세와 노력이란 것이다.

미국의 기업가이자 애플사의 창업자인 스티브 잡스(Steve Jobs)는 말했다. "그 여정이 바로 보상이다." 나만의 꿈을 담은 카페를 창업하고 유지해 간다는 것은 기나긴 여정의 길을 걷는 것과도 같다. 그 여정 안에는 기쁨과 슬픔 그리고 환희와 절망이 있다. 대부분의 사람들은 그 안에서 금전적인 보상을 많이 받고 싶어 한다. 나도 그렇기는 하지만 금전적인 부분보다는 가치를 우선시 두고자 노력하고 있다. 결국 가치를 통해 또 다른 매출의 파이프라인을 구축할 수 있고 자연스레 금전적으로 이어질 수 있기 때문이다.

미국의 처세술 전문가인 데일 카네기(Dale Carnegie)는 말했다. "세상의 중요한 업적 중 대부분은 희망이 보이지 않는 상황에서도 끊임없이 도전한 사람들이 이룬 것이다." 희망이 보이지 않는 절망의 상황에 놓여 있을 때 도전할 수 있는 힘이 있어야 한다. 1인 개인 자영업자는 오랜 시간 홀로 외로이 카페를 지켜야 한다. 매출이 높아 바쁘게 움직일 때는 모르겠지만 그 반대되는 상황이라면 창살 없는 감옥과도 같은 하루하루를 견뎌 내야 할 것이다. 나 또한 이런 시절을 보냈으니 이 심정을 잘 안다. 그럼에도 내가 사장임을 기억하고 탈출구를 찾아야만 한다.

15평 남짓 카페에서 40평이 넘는 카페로 확장 이전하면서 나 또한 해 보지 않은 요리를 겸하게 되었다. 처음에는 무척 두려웠다. 그럼에도 나는 도전했다. 그리고 다행히도 커피와 음료 외 브런치 음식을 겸하다 보니 큰 규모의 매장을 운영할 수 있을 만큼 매출도 올랐다. 지금 매출이 좋아도 언젠가는 저조해질 날이 분명 찾아올 것이다. 자영업의 숙명과도 같은 삶이다. 피할 수 없으면 즐기란 말이 있듯이 유연하게 그 시대 트렌드의 물결을 따라 움직이고 도전할 수 있는 사장이 되어 보자!

PART 3

나는 이제 실력으로 인정받는 바리스타 사장이다

꿈을 찾아 주는 바리스타

2016년도 겨울 경기도 수원시 권선구 행정타운 내 외따로 떨어진 무인도 같은 곳에 자그마한 커피 가게를 하나 오픈했다. 그 당시만 해도 카페 주변으로는 논과 밭뿐이었고 그 흔한 편의점 하나 없는 아직은 발전하지 못한 그런 상권이었다. 서울에서 오랜 생활을 했던 나도 처음에는 이곳을 보며 '관공서 주변이 어쩌면 이렇게 먹을 곳 하나 없을까?'라며 의아해했다. 바로 그 생각이 불씨가 되어 내가 이곳에 커피 가게를 해야겠다는 다짐으로 바뀌게 된 것이다.

기존 교복집 자리를 로스터리 카페 느낌으로 인테리어를 하고 분위기를 완전히 탈바꿈시켰다. 그때에는 로스터리 숍들이 인기를 끌며 성행하였다. 매장의 한편에는 로스팅을 할 수 있는 공간을 따로 만들어 놓았다. 15평 남짓 공간 안에 화장실까지 있어 테이블을 놓을 공간이 많이 협소했다. 그럼에도 그 당시 나는 하루 내내 서서 일해야 할 것을 고려하여 일할 때만큼은 답답하지 않고 쉼도 조금씩 가능하도록 커피 제조 공간을 보다 여유롭고 크게 구성했다.

자그마한 것보단 공간이 여유가 있어야 추후 카페에서 새로운 아이템을 하려 해도 최소한 기기를 놓을 공간이 확보되기 때문이기도 했다. 오픈 초기에는 내 예상과 다르게 손님이 많지 않아 '여기서 노느니 뭐라도 하자!'라는 취지에서 하나둘씩 커피를 무료로 가르쳤다. 가르치는 것에 흥미도 있었지만 이상하게도 커피를 가르치면 가르칠수록 힘든 것이 아니라 재미있어서인지 오히려 기운이 생겼다.

나는 가르치는 것이 무척이나 즐거웠다. 수원 일대에서만큼은 커피를 제일 많이 알리고 바리스타와 로스터라는 직군을 알리고 싶었다. 누군가가 보면 그저 자그마한 커피 가게 하나를 운영하는 것처럼 보였겠지만 내 생각은 달랐다. 그 안에서 내 할 일은 많았고 내 포부는 커져만 갔고 자신감으로 가득 찼다. 그저 간단히 매장 하나를 운영하는 것으로 만족할 수도 있었겠지만 난 그렇지 않았다. 최소한 수원시 권선구 안에서는 어떤 편으로든 고객이 찾아오는 카페를 만들고 싶었다.

난 그것이 교육이라고 생각했다. 내가 있는 이 근처에서는 마땅히 커피를 배우고 싶어도 배울 만한 곳이 없었다. 난 그런 일반인들에게 커피를 가르쳐 주고 싶었고 더 나아가 미래의 바리스타를 양성하고 싶었다. 내 머릿속에는 일반인들을 바리스타로 양성하고 수원 일대의 학생들에게 커피와 관련한 직업군을 꿈꿀 수 있도록 나의 신념과 커피 직업군을 알리고 싶었다. 그리고 나는 어떻게 하면 이 일을 할 수 있을지 그 길을 찾고자 했다. 그렇게 알아보던 중 제일 처음 접한 것이 하나 있었다.

꿈꾸는 아이들의 길라잡이 역할을 해 주는 시에서 운영하는 "꿈길"이란 프로그램이었다. 교육 기부 진로 체험 인증제로 학생들이 있는 학교로 다양한 직업군의 멘토가 직접 가서 강의를 하는 것이었다. 또는 학생들이 멘토의 매장으로 직접 방문하여 멘토의 직업군을 알아 가고 체험해 보는 것이었다. 내가 꿈길이라는 프로그램에서 가장 첫 번째 찾아간 학교는 바로 수원 시내에 위치한 중학교였다.

중학생들이 꿈에 대해 어떤 진로를 선택하면 좋을지 고민하는 듯 학교 측에서는 다양한 직군의 진로 특강 강사들이 와 주길 원하였다. 해당 진로 특강을 하던 초반에는 특강 멘토 선생님들이 은행원, 경찰관, 군인 등 비교적 안정적인 직업군들이 많았다. 그러나 시간이 흘러 어느 날 문뜩 살펴보니 조직이 아닌 개인이 브랜드화된 세상이 된 것 같았다. 그때와는 사뭇 다른 직군들로 학생들의 직업 선호도가 많이 변하였다.

학교 측에서도 요즘 이슈 되는 직업이나 예체능 계열의 직업군을 선호하는 모양이었다. 파티시에, 드론 조종사, 반려견 조련사, 플로리스트, 바리스타처럼 말이다. 다행히도 바리스타라는 직업군은 아이들에게 인기 많은 직업 중 하나였다. 나는 아이들에게 수업을 시작할 때면 가장 먼저 바리스타의 신념에 대해 이야기를 해 주었다.

중학생들에게 바리스타 직업군을 알리고 있는 임 대표

2017년도 월드 바리스타 챔피언십 국가대표 선발전 1위를 달성한 방준배 바리스타는 카카오톡이 처음 생겼을 때 프로필에 뭐라고 써 놨냐면 '월드 바리스타 챔피언 할 사람'이라고 늘 써 뒀다고 한다. 카카오톡 프로필에 문구를 써 둔 그때부터 바리스타 세계대회가 그의 목표가 된 것이다. 원래 방준배 바리스타는 실용음악을 하려고 준비 중이었지만 금전적인 이유로 돈을 벌기 위해 카페 아르바이트를 처음 시작하게 되었다. 근데도 이상하게 커피 일을 하게 되면서 내 앞에 계속 작은 목표들이 생기기 시작했다고 한다.

카페에서 아르바이트 일을 할 때에는 같이 일하는 다른 동료들보다 잘하고 싶은 오기가 생겼다. 그렇게 열심히 하다 보니 자연스레 가게에서 인정받는 바리스타가 되었다. 바리스타가 된 이후에는 또다시 눈앞에 목표가 생겼다고 한다. 이번에는 바리스타를 가르치는 강사를 해야겠다고 말이다.

강사 일을 하다 보니 주변 동료들이 다들 바리스타 대회를 준비하고 나가고 있었다. 그래서 그는 '그럼 나도 해 봐야겠다!'라고 다짐했다. 내가 지금 하고 있는 이 일에서 바로 앞의 '작은 목표'가 무엇인지를 생각해 보는 것이 굉장히 중요하다고 생각한다. 만약에 아르바이트로 일하고 있다면 정직원 되는 것이 작은 목표일 수 있겠다. 정직원이 되고 나면 다음 작은 목표가 분명 또다시 생길 것이다.

올림픽처럼 바리스타들도 세계대회가 있는데 2017년도 한국에서 열린 월드 바리스타 챔피언십에서 한국 국가대표로 방준배 바리스타가 출전하게 된 것이다. 그는 늘 세계대회에서의 우승이 목표였고 꼭 최고가 되려고 노력했다. '큰 꿈'을 갖고 그 분야의 1등이 되려고 노력해야 한다고 말이다. 그래야만 그 근처까지 갈 수 있기 때문이다.

그는 이 대회에서 57개국 참가국 중 대한민국을 대표하여 출전하여 9위의 성적을 올렸다. 이때까지만 해도 바리스타 챔피언십에 있어서 한국이란 나라가 대중들에게 많이 알려지지는 않았다. 그러나 이 대회를 계기로 조금씩 알려지기 시작했고 2019년 미국 보스턴에서 열린 월드 바리스타 챔피언십에서 한국 모모스 커피의 전주연 바리스타가 세계대회에서 처음으로 우승을 하게 되는 기반을 다지게 된 것이었다.

때로는 우리의 꿈은 높은 벽에 가려질 때가 있는 것 같다. 우리가 꿈을 보려 해도 눈앞에 저 높은 벽에 가려져 보이지가 않는 것이다. 나는 이럴 때면 보다 더 큰 꿈을 꾸라고 학생들에게 말해 주고 싶다. 어쩌면 내 눈앞에 가려진 벽보다 큰 꿈을 꾸면 비로소 그때 그 꿈이 보일 수도 있으니 말이다.

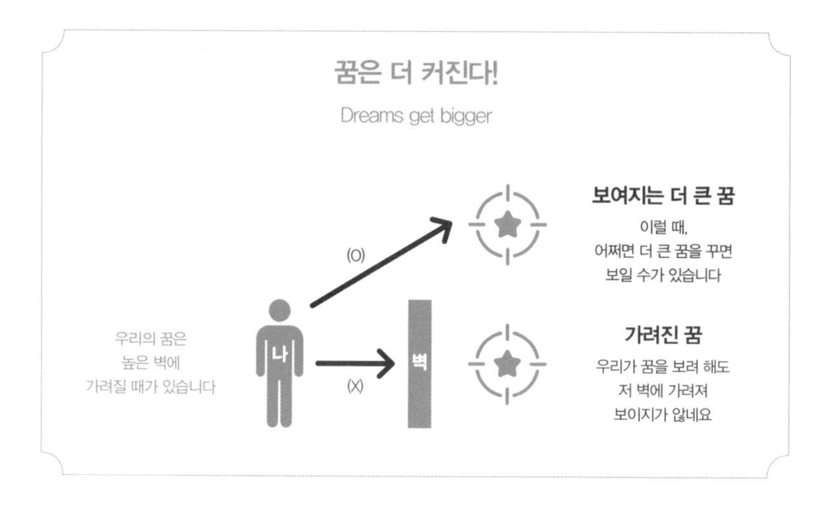

대학교수를 꿈꾸게 해 준 커피 논문

대학원의 2학년 1학기를 다니고 있을 때였다. 졸업을 하기 위해서는 2학기 때 논문을 써서 제출해야 했다. 정확히 무슨 주제를 가지고 논문을 써야 할지 고민에 빠졌다. 배운 것이 도둑질이라고 지도교수님께서는 지금 내가 운영하고 있는 커피숍과 관련한 연구를 하길 권하셨다. 나름 커피에 대해서는 가르치는 일과 직접적으로 매장을 운영하고 있어서인지 커피와 관련한 궁금증은 정말 많았다.

그중에서도 특별히 요즘 고객들을 보면 커피에 대한 지식과 카페 투어 경험이 상당히 많다. 심지어 가정에서도 에스프레소 머신기를 보유하고 있거나 핸드드립으로 직접 커피를 내려 마시는 커피 애호가도 많다. 커피를 내리는 방법은 다양하고 한 잔의 커피를 만들기까지는 여러 사람들의 손길이 많이 들어간다.

나는 언제부터인가 내가 운영하는 로스터리 카페에 오는 고객들에 대해 한 가지 궁금한 점이 생겼다. 로스터리 카페에 온 고객들은 과연 어느 정도의 커피에 대한 지식을 가지고 있는지 말이다. 매장 운영을 하면서 신기한 점이 한 가지 있었는데 똑같은 커피를 제공해 드려도 고객들마다 커피 품질에 대해 느끼는 오감과 가치가 다르다는 점이었다. 내가 운영하는 로스터리 카페를 찾는 고객들을 대상으로 하여 어느 정도 커피를 분별할 수 있는지(커피 품질 지각 능력)를 알아보기로 했다.

궁금증에 대한 해결책으로는 위와 같은 배경을 바탕으로 준비하였다. 먼저 로스터리 카페라는 한 공간에 방문한 다양한 고객들을 두 부류로 나눴다. 커피에 대한 전문성을 기대하고 찾아온 로스터리 고객과 그와 상반되는 일반 카페 고객 두 부류로 구분하였다. 먼저 커피에 대한 인지력에 따라 각각 커피의 품질을 어느 정도 지각할 수 있는 고객인지를 파악했다. 그러고는 각 고객들의 소비 형태에 근거하여 주문한 메뉴 및 구매한 제품으로부터 이어지는 매출과의 상관관계를 알아보고자 이를 실증 분석하였다.

기존 관련된 선행 연구의 신뢰도 분석과 타당성 검증을 토대로 기존 선행 연구에서 사용했던 측정된 항목의 일부분을 본 연구에 맞게 수정하여 사용하였다. 이러한 절차를 통하여 설문 조사를 실시하였다. 실증 조사를 위하여 내가 운영 중인 로스터리 카페에 방문한 고객들을 대상으로 2017년 9월 25일부터 11월 1일까지 총 208부의 설문지를 배포하여 설문 조사를 진행하였다. 이 가운데 불성실하게 응답하거나 답변이 누락된 설문지 7부를 제외하고 총 201부의 설문지를 분석에 사용하였다.

로스터리 카페를 이용하는 고객을 대상으로 한 연구 설문 조사의 응답자 수는 201명으로 인구통계학적 특성을 살펴보면 다음과 같았다.

첫째로, 성별의 분포를 살펴보면 여성은 125명(62.2%), 남성은 76명(37.8%)으로 여성이 남성보다 높은 빈도를 차지하는 것으로 나타났다.

둘째로, 연령별 분포를 살펴보면 31세~35세는 43명(21.4%), 26~30세는 40명(19.9%), 20세~25세는 31명(15.4%), 36세~40세는 28명(13.9%), 41세~45세는 19명(9.4%), 46세~50세는 16명(8.0%), 19세 이하는 14명(7.0%), 51세 이상은 10명(5.0%)으로 응답자의 연령이 로스터리 카페의 이용 빈도가 높은 20~30대가 많은 것으로 나타났다.

본 연구의 고객 인지력에 대한 분석을 살펴보면 다음과 같았다.

로스터리 카페에 방문한 고객의 인지력 현황은 201명 중 로스터리 고객은 106명(52.7%), 일반 고객은 95명(47.3%)으로 로스터리 고객이 일반 고객에 비해 5.4% 정도 다소 높은 것으로 나타났지만 이는 로스터리 카페라고 할지라도 소비자의 절반에 가까운 정도는 로스터리 카페의 특징에 큰 관심이 없는 것으로 설명할 수 있었다.

본 연구의 고객의 커피 품질 지각 능력에 대한 분석을 살펴보면 다음과 같았다.

고객의 커피 품질 지각 능력 현황에 대해서는 로스터리 카페에 방문한 고객 201명 중 65점 이상 최고 품질 지각 능력은 6명(3.0%), 55점~64점 고품질 지각 능력은 11명(5.5%), 45점~54점 중품질 지각 능력은 42명(20.9%), 35점~44점 저품질 지각 능력은 55명(27.3%), 25점~34점 최저품질 지각 능력은 51명(25.4%), 24점 이하 지각 능력 무지는 36명(17.9%)으로 나타났다. 이 결과를 통해 로스터리 카페에 오는 대부분의 고객들의 커피 품질 지각 능력은 중품질 지각 능력에 못 미친다는 것을 알 수 있었다.

본 연구의 고객의 인지력에 따른 커피 품질 지각 능력에 대한 분석을 살펴보면 다음과 같았다.

고객의 인지력에 따른 커피 품질 지각 능력 현황을 전체적으로 보았을 때 고객 인지력에 따른 로스터리 고객은 커피의 품질을 지각할 수 있는 커피 품질 지각 능력이 상당수 최저품질~중품질 정도의 지각 능력을 지니고 있으며, 일반 고객은 지각 능력이 무지~저품질 정도의 지각 능력을 지니고 있는 것으로 볼 수 있었다.

내게 있어 이 논문에 대한 연구는 꽤 흥미로운 주제였던 것 같다. 내가 직접 매장을 운영하고 있었기에 이곳을 찾아 주는 다양한 고객들에 대한 생각들도 알 수 있었다. 그 결과를 얻어 내는 것 또한 무척이나 흥미로운 시간이었다. 그리고 한 가지 또한 알게 되었다. 이런 논문을 쓰는 동안 나 자신은 정말 즐기고 있었다는 걸 말이다.

실제로 기존 관련된 선행 연구의 신뢰도 분석과 타당성 검증을 토대로 기존 선행 연구에서 사용했던 측정된 항목의 일부분을 본 연구에 맞게 바꾸었다. 그렇게 연구한 시간이 정말 내게는 값지고 귀한 시간이었다. 이러한 연구를 진행한다는 것 자체만으로도 내겐 너무 즐거운 일이었고 논문을 써가면서 많은 생각들을 하게 되었다.

그중에서도 카페 창업 분야에서 더 확장하여 연구를 하게 되고 이를 가르치는 대학교수라는 다부진 포부의 큰 꿈을 꾸게 되었다. 누군가에게 매장을 창업한다면 가이드 해 줄 수 있는 디렉터의 역할을 하고 있는 나지만 이론적 근거하에 학술적인 연구를 진행한다는 것도 정말 근사한 직업인 것 같았다. 처음에는 단순히 대학원 졸업을 하기 위해 썼던 논문인데 연구를 하면 할수록 대학교수를 나도 직업으로 삼을 수 있을까라는 내심 기대감도 생기기 시작했다.

커피 강의가 주된 밥벌이가 되다

내게 커피를 배우러 왔던 많은 사람들이 공통적으로 생각하고 있던 것이 한 가지 있다. 카페 창업을 하면 내 꿈이 이루어진다고 생각하는 것이었다. 막상 업장을 운영해 보면 생각하지 못한 여러 상황에 처하게 된다. 여기서 명심해야 할 부분이 하나가 있다. 장기적으로 매장을 유지하기 위해서는 현재 발생하는 상황만을 대처하려 하면 안 된다는 것이다. 미리 더 큰 가능성을 생각해야 하고, 그것을 미리 준비해야 하고, 하루라도 빨리 이뤄야 한다는 것이다.

내가 카페를 시작하기 전 가장 중요하게 생각하고 고려하고 염려해 두었던 부분이 있다. 오직 매장에서만 고객에게 판매하여 발생하는 수익만으로는 오랜 기간 매장을 유지하기 힘들 것 같다는 것이었다. 분명 일어나지 않기를 바라고 미리 걱정하고 싶진 않았지만 장사가 잘되어서 주변에 경쟁상대가 생긴다든지 혹은 그 밖에 다른 이유로 고객이 이탈할 가능성이 있다는 것이었다. 그래서 매장의 수익이 한 채널로만 발생한다는 것은 위험하다고 생각했던 것이다.

내가 대학원을 다니고 있을 때 커피 과목 담당 교수님께 한 가지 고민거리에 관해 여쭤본 적이 있었다. 후에 박사 진학할 때 커피만을 연구하는 학교가 없어 어디를 가야 할지 고민이라고 말이다. 그러자 교수님께서는 내게 말했다. 조금 더 폭넓게 학과를 찾아보라고 말이다. 커피도 경영의 한 분야일 수도 있고 커피에 대한 열의는 알겠지만 너무 한 곳만 보면 세상을 작게 보게 될 수도 있다고 말이다.

그 당시에는 이 말의 뜻을 이해할 수 없었다. 그러나 지금 와서 생각해 보면 교수님께서 내게 하고자 했던 말씀이 무슨 의미였는지 알 것 같다. 내가 직접 커피 매장을 운영 할 때에도 고객들은 커피의 맛이 아닌 다른 음식의 맛에 더욱 민감하게 반응했다.

내 나름대로 심혈을 기울여 더 좋은 커피 맛으로 변화를 주어 보았지만 고객들은 관심이 하나도 없던 적도 있었다. 이렇듯 커피로만 승부 보는 것이 아닌 음식을 같이 판매해야만 고객의 관심을 받는 상황에 놓일 때가 많았다. 때로는 매장 운영에 있어 커피라는 한 가지만을 고집하는 것이 얼마나 무모하고 매장 운영에 어려움을 초래할 수도 있는지를 알게 되었다.

가게 운영에 있어 장사가 잘될 때도 있지만 안 될 때도 있다. 나는 그때마다 커피 판매 외에도 더 다양한 아이템을 찾아야만 했다. 안 될 때를 대비하여 다양한 곳에서 매출이 일어날 수 있도록 안전한 구조를 하루빨리 만들어야만 했다.

많은 고민을 하고 관련 경험을 쌓고 난 후에 개인 카페를 오픈한 나지만 초기에는 3개월 동안 장사가 너무 안 되어 힘들었다. 수익 채널도 매장에서 이루어지는 판매 수익 한 가지밖엔 없었다. 대부분 카페를 운영하려는 예비 창업자분들이 초창기 비슷한 구조가 될 것이다. 운이 좋게 다르다면 흔히들 말하는 오픈빨을 크게 받는 경우이다. 그럼에도 변하지 않는 것은 오직 매장 자체에서의 판매 수익이 전부가 되는 구조인 것이다.

실제로 여러 개인 카페를 창업하는 과정을 지켜보았는데 매출이 정체되는 경우는 매장 판매 수익 이외 다른 판매 채널을 만들지 못했기 때문이었다. 창업하고 3년이 넘도록 살아남았던 개인 매장들의 특징은 배달이든지 온라인 판매라든지 매출이 발생할 수 있는 다양한 경로를 만들기 위해 시도했고 몇 가지를 이루었다는 것이었다.

매년 내가 제일 고민하고 신경을 쓰는 것이 있다면 지금 매장 자체의 수익 외에도 다양한 수입 채널을 만들고자 한다는 것이다. 늘 매장 자체 판매 수익 말고도 새로운 수익 채널을 창출하기 위해 계획하고 고민하여 실행에 옮기고 있다. 이것이 바로 개인 카페로 9년 가까운 세월을 버틸 수 있게 한 미래에 대한 투자다.

어디서 돈을 빌리거나 대출을 받아 무리하게 사업 영역을 넓히라는 것이 절대 아니다. 내가 생각하기에 가장 위험한 방법은 수익 창출을 위해 없는 상황에서도 자금을 더 투자하는 행위이다. 때론 이 방법이 정답이 될 수도 있겠으나 내가 가지고 있는 상황 안에서 먼저 생각하고 진단해야 한다.

나는 개인 카페를 오픈하고 초기에는 홍보를 위해 별도의 큰돈을 들이지 않고 원데이 클래스를 열어 주변에 지인들을 만들기 시작했다. 그러나 원데이 클래스만으로는 수익이 되는 채널로 만들기까지는 부족했다. 커피를 배우는 것은 아무리 저렴하게 가르친다 하더라도 원재료 비용이 꼭 필요했기 때문에 오랜 기간 배우기가 쉽지 않았다. 우리가 악기를 배우는 것이라면 초기 악기 구입비만을 투자하거나 악기가 있다면 금전적인 부분이 더 들어가진 않는다. 악기 레슨은 나의 재능만으로 기부할 수 있겠지만 커피는 재능과 함께 원재료 비용이 함께 필요했다.

이러한 커피 클래스의 수업 구조에서 탈피하여 악기 레슨과 같이 지속적으로 수업을 진행할 수 있는 연결 구조를 늘 생각했다. 무엇보다 조금 더 돈을 받고 그에 맞는 수업을 할 수 있는 체계를 만들어야겠다는 생각이 들었다. 원데이 클래스를 열어 준다는 것은 고객들이 내 매장에 일부러 찾아오는 하나의 수익 채널 기초 발판을 만드는 과정이라고 볼 수 있을 것 같았다.

원데이 수업 이후에 누구든지 본격적으로 커피에 입문하고 싶다면 더 심도 있는 클래스 수업에 대해 설명할 수 있게 준비하였다. 그렇게 나는 초창기 핸드드립 원데이 클래스를 먼저 열었다. 재능기부 형태로 소정의 재료비만 받고 강습비는 일절 없이 말이다. 핸드드립을 가르치면서 커피에 더욱 관심이 생기는 분도 종종 나타나기 시작했다. 그렇게 해서 원데이 클래스 이후 생겨난 것이 홈 카페 마스터 과정이라고 이름을 붙이게 되었다.

이 홈 카페 마스터 과정도 추후에는 더 세분화하였다. 초급, 중급, 고급 반으로 나눠 언제든 수강생이 원하는 깊이의 수업이 진행될 수 있도록 커리큘럼과 교재를 직접 만들었다. 이렇게 체계적으로 배우는 수강생들은 한 해가 지나면서 늘어만 갔다. 핸드드립뿐만 아니라 커피 머신을 이용한 수업을 원하는 수강생들도 생기기 시작했다. 그래서 나는 바리스타 마스터 과정이라고 이름을 붙이고 이 역시도 초급, 중급, 고급 과정으로 나눴다. 이렇게 열심히 다방면으로 가르치다 보니 바리스타 자격증을 취득하고 싶은 수강생들도 생기기 시작했다.

당시 직업전문학교의 외래 교수직을 겸하고 있었던 터라 이곳과 협약을 맺어 바리스타 자격증반을 쉽게 구성할 수 있게 되었다. 내 매장의 클래스는 이것이 끝이 아니었다. 수강생분들 중 카페를 창업하고자 하는 경우가 종종 생기게 되었다. 자연스레 미리 구상해 놓은 카페 창업 수업을 하는 클래스를 통해 금전적으로 보다 훨씬 큰 수강 비용을 받으며 가르칠 수 있게 되었다.

카페 창업 클래스를 통해 개인 매장을 오픈한 수강생은 내 원두를 사용했고 나와 협력하는 카페로 이어졌다. 시간이 흐를수록 매장의 수는 늘어만 갔다. 잘 되든 안 되든 앞으로 나가는 첫 단추가 끼워지게 된 것이다. 이렇듯 꿈과 현실에서 나는 내가 미리 기획해 놓은 다양한 생각들을 매일 준비하고 현실화시키고 있다.

정말 큰 프로젝트의 시작

오픈 초기에는 없었던 커피 클래스도 이제는 다양하게 진행하고 있고, 외부강의도 다니면서 매달 바쁘게 일하고 있다. 매출도 오픈 초와 비교하였을 때보다 많이 올라왔고, 그때에는 없었던 부가적인 교육 수익과 로스팅을 통한 납품 수익도 꾸준히 발생하고 있다. 예전부터 커피 교육을 하는 교육자가 되고 싶단 생각은 내부 교육과 외부 교육을 하면서 점점 이루고 있는 것 같다.

그럼에도 한 가지 늘 아쉬운 점이 있었다. 아무래도 개인이 운영하다 보니 값비싼 기기들을 구매하기가 어렵고 다뤄볼 기회도 없다는 것이었다. 개인 카페 컨설팅을 직접 하면서 크고 작은 카페를 오픈하는 것을 도와주고 있지만, 아직까지는 초고가의 하이엔드 머신을 구매해 본 적은 없었다. 창업함에 있어서 들어간 비용들은 적게는 사천만 원, 많게는 삼억 원까지 다양한 예산이 있었다. 그래도 언젠가는 이보다 훨씬 더 많은 예산으로 보다 큰 매장을 기획하고 오픈하고 싶다는 꿈을 꾸었다.

개인 카페를 오픈하고 3년 정도 지났을 무렵이다. 내가 운영하고 있는 매장에서 그리 멀지 않은 곳에서 바리스타 강사를 구한다는 공고문을 보았다. 그동안의 이력을 잘 정리하여 나를 뽑아야만 하는 이유까지 꼼꼼하게 기록하여 지원했다.

그로부터 며칠 뒤 한 통의 전화를 받았다.

"안녕하세요. 임승훈 님 되시나요?"

"네. 맞습니다."

"네. 저희 쪽에 입사 지원을 해 주셔서 전화드렸는데 면접 가능하실까요?"

"네. 가능합니다. 시간 알려 주시면 일정 맞춰 보겠습니다."

이곳은 실버 바리스타들이 일하는 곳이었고, 어르신들에게 커피 교육을 하는 바리스타 강사가 필요했던 것이었다. 나는 다시 면접 준비를 위해 기관에 대한 자료도 조사해 보고 직접 이곳에서 운영하는 실버 바리스타 카페를 몇 곳 방문해 보았다. 백발의 어르신들이 멋지게 유니폼을 입고 커피를 추출하는 모습이 보였다. 커피를 내게 전달하면서 "맛있게 드세요."라고 말해 주니 더욱 감사했다. 이 커피 한 잔에는 어르신 인생의 쓰고 달달함이 함께 스며들어 있는 것 같았다.

며칠 지나 면접날이 되었다. 나는 평상시보다 서둘러 외출 준비를 했고, 최대한 단정하게 하고 면접 장소로 향했다. 이날은 서류 통과를 한 최종 두 명이 면접을 보게 되었다. 면접은 개별 면접으로 진행되었고 나는 두 번째 차례였다. 문밖에서 앉아 대기하고 있는데 웃는 소리와 함께 따뜻한 느낌의 이런저런 오가는 대화가 들렸다.

나는 생각했다.

'큰일이네……. 내 차례 때는 어떻게 해야 할까?'

갑자기 극도로 긴장되기 시작했다. 시간이 조금 지나자 이전 면접자가 나왔다. 얼굴을 잠시 마주쳤다. 순간 나는 깜짝 놀랐다. 생각보다 연세가 많으신 어르신이었기 때문이었다. 그래서인가 한편으로는 걱정보다는 조금은 안심이 되었다.

"임승훈 님 들어오세요!"

"네. 안녕하세요. 이번 실버 바리스타 교육팀에 입사 지원한 임승훈입니다."

"경력이 아주 많으시네요. 어르신들을 가르쳐 본 경험도 있으시고요."

"네. 감사합니다. 연령 구분 없이 초등학생부터 어르신까지 교육을 해 본 경험이 있다 보니 이곳에서도 잘할 자신이 있습니다."

"네. 서류상으로만 보아도 경험도 자격증도 너무 많으셔서요. 참……. 저희가 국내 최초로 시 예산으로 커피복합문화센터 건립을 준비 중에 있는데요. 이쪽 업무도 너무 잘 어울리실 것 같단 생각을 잠깐 하였습니다."

"네. 자료 조사하다가 알게 되었습니다. 그쪽도 정말 흥미로웠는데요. 채용 계획이 있는 거군요? 기회가 된다면 그 일도 해 보고 싶단 생각을 했었습니다."

"네. 괜찮으시다면 옆쪽에 있는 커피 머신으로 맛있는 카페라테 한잔 내려 주시겠습니까?"

예상치 못한 실기 면접이었다. 그래도 늘 하던 일이 커피 내리는 일이라 크게 당황하지는 않았다.

"네. 물론이죠. 조금만 기다려 주세요. 맛있는 커피 준비해 드리겠습니다."

나는 신속히 포터 필터에 분쇄한 원두를 담았다. 바로 그룹 헤드에 장착한 후 추출 버튼을 눌렀다. 커피가 내려지는 동안 바로 피처에 우유를 담아 데우기 시작했다.

지지지직.

준비된 머그잔에 에스프레소를 담고 그 안에 스티밍 한 우유를 부어 가며 조심스럽게 피처를 좌우로 흔들었다. 잔에는 결이 생기기 시작했다. 그 위로 하트를 몇 개 그려 결속으로 밀어 넣었다. 금세 예쁜 튤립 모양이 잔 위에 그려졌다.

“주문하신 커피 나왔습니다. 맛있게 드세요.”

“이렇게 예쁜 그림이 그려지다니, 진짜 예쁩니다.”

분위기는 너무 좋았고 화기애애했다. 오늘의 면접은 정말 성공적이었다.

그로부터 며칠이 지나고 합격자 발표 날 합격자 확인을 위해 기관 홈페이지에 접속하였다.

‘내 이름이 어디에 있을까?’

근데 이게 무슨 일인가? 내 이름 석 자는 아무리 찾아도 보이지 않았다. 나는 잠시 곰곰이 면접 당일을 떠올려 보았다. 딱히 실수한 건 없었던 것 같은데 왜 떨어졌는지 정말 모르겠다. 그때였다. 갑자기 면접 때 한 장면이 떠올랐다.

“임승훈 선생님은 다양한 커피 경험을 갖고 계신 것 같아요. 교육뿐만 아니라 여러 종류의 커피 매장을 오픈한 사례도 많으니 정말 큰 커피 매장을 만들어 보는 것은 어떻게 생각하시나요?”

"네. 교육뿐만 아니라 무언가 새로운 매장을 만드는 것에도 큰 흥미가 있습니다. 이곳에서도 시 예산을 받아 커피복합문화센터 건립을 준비하는 것으로 알고 있습니다."

"네. 다다음 주 정도에 커피복합문화센터 건립을 위한 커피 전문가 채용이 이루어질 예정입니다. 갑자기 선생님 스펙을 보니 잘 어울릴 것 같다는 생각이 들기도 해서요."

"그렇군요. 좋게 봐주셔서 너무 감사합니다. 그럼 혹시 제가 이번 바리스타 강사 채용에서 떨어지더라도 커피복합문화센터 채용에 또다시 지원해도 괜찮은 것일까요?"

"물론입니다. 꼭 지원해 주세요."

나는 실버 바리스타를 교육하는 교육 강사보다는 어쩌면 내 인생 최대의 기회를 잡기 위해 떨어진 것일 수도 있겠다란 희망적인 생각이 들었다. 그리고 난 이 기관의 홈페이지 채용공고를 매일 예의 주시하였다.

정말 몇 주가 지나자 커피복합문화센터 건립을 위한 커피 전문가 매니저 채용공고가 올라와 있었다. 채용공고 하나 올라와 있을 뿐인데 이미 내 머릿속에는 벌써부터 커피 센터를 짓기 시작했다. 내가 커피 전문가로 채용되면 커피복합문화센터를 이런 식으로 멋지게 만들어 보겠다는 야심찬 포부를 가지고 자료 조사를 시작했다. 채용공고가 끝나기 이틀 전 즈음 최대한 나를 뽑아야 하는 이유와 함께 이력서를 정리하였다. 모든 조사를 마친 후 필요 서류를 잘 준비하여 최종적으로 기관 메일에 입사 지원했다. 그리고 그 자리에서 두 손을 모아 기도하였다.

'하나님 정말 살아 계시다면 저 여기 제발 합격하게 해 주세요!'

그리고 며칠이 지났다. 바리스타 강사 이후로 인사담당자로부터 두 번째 면접 제의 전화를 받았다. 그리고 난 이전보다 편안한 분위기 속에서 두 번째 면접을 보았다.

그로부터 며칠이 지나고 합격자 발표 날 또다시 기관 홈페이지에 접속하였다.

'내 이름이 어디에 있을까?'

난 또 내 이름을 찾기 시작했다.

'어! 내 이름 여기 있다.'

드디어 이곳에서 커피 전문가로 그토록 꿈꾸던 정말 큰 프로젝트를 담당할 수 있게 되었다.

'기다려라! 커피복합문화센터!'

실버 바리스타와의 첫 만남

드디어 기다리던 첫 출근 날이다. 가슴은 두근두근하고 오랜만에 정장을 갖춰 입고 출근길에 올랐다. 내가 하는 일은 시에서 특별조정교부금 49억 원을 교부받은 대규모 프로젝트로 지하 1층~지상 3층 규모의 커피를 테마로 한 커피복합문화센터의 완공을 위한 오픈 디렉터 역할이다. 1년 정도의 프로젝트인데 그동안 커피 전문가가 없어 진행이 뜸했다가 이제는 빠르게 사업이 추진되어야 할 상황이기에 특별히 커피 전문가인 나를 채용하게 된 것이다.

내가 해야 할 큰 역할은 층마다 어떻게 꾸밀 것인지부터 시작하여 1층에는 실버 어르신들이 일할 수 있는 실버 카페 배치와 2층 커피 교육장 설계이다. 그리고 시청 노인복지과 팀원들과 함께 업무 진행을 할 때마다 필요한 물품과 함께 기기에 대한 입찰 준비이다. 더불어 카페에서 사용해야 할 원두 또한 추후 입찰을 통해 선택해야 했다. 그리고 또 한 가지 중요한 업무가 더 있었다.

100명이 넘는 실버 어르신들에게 커피를 가르쳐야 하는 일이었다. 팀 내 인력이 부족해서 커피복합문화센터 오픈 일과 함께 실버 바리스타 교육 일도 당분간 함께 해야 하는 것이었다. 첫 출근 날 여러 팀원들과 인사를 나눈 후 1층에 위치한 실버 바리스타 교육장으로 향했다.

때마침 어르신들에게 커피를 가르치고 있는 교육이 한창 진행되고 있었다. 그런데 내가 생각했던 것과는 달리 분위기가 상당히 고조되어 있었다. 편안한 분위기가 아닌 무언가 숨소리조차 내기 조심스러울 만큼 냉랭하고 무거웠다. 나는 잠시 뒤쪽에 앉아 어떤 식으로 교육이 진행되고 있는지 참관하기로 했다. 단상 앞쪽으로는 다소 창백한 얼굴의 주 강사 한 분과 긴장한 듯 보이는 보조 강사 두 분이 좌우로 서 있었다.

어르신들이 우유를 데우는 과정에서 조금의 실수를 하자 갑자기 큰 소리로 지적하는 소리가 들렸다. 아무래도 배우는 분들이 모두 연세도 있으시고 뜨거운 우유를 혹여 잘못 건들기라도 하면 크게 화상을 입을 수도 있기 때문인 듯하다. 이러한 이유들로 평상시보다 가르치는 강사들도 더욱 예민하고 긴장하는 것 같았다. 이런 탓에 옆에서 교육받던 어르신들도 함께 덜덜 떨었고 강사의 말 한마디에 숨죽였다. 주 강사 선생님은 조금은 부은 듯 보이는 얼굴에 푸근한 인상이었다. 그 모습과는 다르게 어쩜 이렇게 카리스마가 있는지 정말 무서우신 분인 것 같았다.

잠시 휴식 시간이 되자 나와 동행 한 주임 선생님이 앞에 있던 강사 선생님들을 한 분 한 분 소개해 주었다. 좀 더 가까이 내 앞에 있는 주 강사 선생님을 보는 순간 초면이 아닌 구면인 듯했다. 나는 곰곰이 생각해 보았다.

'아……. 맞다! 내 차례 이전에 면접 본 그분이다!'

이제야 알게 되었다. 내가 실버 어르신 교육 강사에서 떨어진 가장 큰 이유를……. 물론 다른 이유도 있었겠지만 아무래도 오랜 기간 동안 가르쳤던 분과 같이 면접을 보았으니 단연코 내가 떨어질 수밖에……. 마음 한편으로는 씁쓸했지만 이렇게 다시 더 좋은 역할을 수행할 수 있는 기회가 주어졌기에 오히려 뿌듯하게 느껴졌다.

주임님이 말했다.

"안녕하세요, 본부장님. 여기는 새롭게 커피복합문화센터를 담당할 매니저분이에요."

본부장이라는 메인 강사분이 말했다.

"반가워요. 앞으로 수고가 많을 거예요."

나는 답변하였다.

"네. 앞으로 잘 부탁드립니다."

이어 주임님이 말했다.

"여기 계신 두 분은 보조 강사 선생님이세요. 지금 교육받는 어르신들과 똑같이 한참 전에 이곳에서 주 강사님께 교육받았어요. 매장에서 일하시다가 너무 잘하시고 열정이 넘치셔서 이렇게 보조 강사 선생님이 되셨어요."

옆에 서 있던 어르신 두 명이 말하였다.

"반갑습니다, 매니저님. 앞으로도 잘 부탁드려요."

나는 답했다.

"네. 너무 반갑습니다. 저도 잘 부탁드립니다."

이렇게 서로 간략하게 인사를 나눈 후 우리는 교육장에서 헤어졌다. 첫 만남에 상당히 열정적이면서도 무서웠던 본부장이란 분의 모습이 꽤 인상적인 하루였다.

마지막 약속

몇 주가 흐르고 실버 바리스타 보수 교육은 끝을 향해 달려가고 있었다. 본부장과 보조 강사 선생님 모두는 정말 커피 교육에 열정적이었다. 연세도 많으신데 이렇게까지 열정적으로 노인들을 위해 커피를 가르치는 모습이 참으로 놀라웠다. 커피를 진정으로 사랑하는 '커피인(人)'처럼 느껴졌고 정말 존경스러웠다. 그러나 처음 본 모습과 달리 주 강사 선생님의 얼굴은 이전보다 훨씬 더 부어 있었다. 다리가 많이 아프신 건지 지팡이를 짚으며 힘겹게 교육을 이어 가고 있었다. 이렇게까지 몸이 안 좋은데도 맡은 교육을 끝까지 책임지고 임하는 열정적인 모습에 정말 감탄하였다. 다른 한편으로는 건강상의 걱정이 많이 되었다.

잠시 쉬는 시간이 되자 주 강사 선생님은 내게 할 말이 있었던 모양인지 갑작스레 손짓하였다. 무언가 급히 하고 싶은 말이 있으셨나 보다. 잠시나마 내게 그동안 이곳에서 커피 교육을 하게 된 이유부터 시작하여 지금까지 지내 온 이야기를 하면서 덧붙였다.

"나는 연로하여 커피복합문화센터를 마무리할 힘이 없다. 그래서 매니저님이 필요했고 그곳을 꼭 멋있게 만들어 줬으면 한다."라고 말이다. 마치 유언과 같았던 주 강사님의 떨리는 목소리에 나는 진심임을 직감할 수 있었다. 그리고 답하였다.

"꼭 멋있게 완성시킬게요."

며칠의 시간이 지났고 보수 교육은 무사히 끝이 났다. 교육팀도 큰 교육이 끝난 만큼 고요하고 평화로운 시간이었다. 그렇게 퇴근이 얼마 남지 않은 시간이었다. 갑자기 사무실에서 부장님이 잠시 팀원 모두를 급하게 불렀다. 그리고 조심스럽게 입을 열었다.

"어제 본부장님이 돌아가셨는데…… 오늘 빈소를 찾을 사람은 같이 이동합시다."

나를 비롯한 팀원 모두는 너무 놀라 아무 말도 잇지 못했다. 그토록 아팠던 몸을 가지고 돌아가실지도 모르는 상황에서 그때까지도 커피를 가르치시다니……. 그녀는 정말 실버 바리스타 어르신들의 표본이었고 커피 교육에 진심이었다. 난 오늘 하루 무언가 '커피인(人)'으로서의 절실한 열정이란 게 무엇인지 깨닫고 가슴에 새겼다.

'내 삶에 있어 커피는 과연 어떤 의미일까?'

들어는 봤냐? 하이엔드 머신 블랙이글

커피복합문화센터는 국내 최초로 실버 바리스타 양성과 함께 커피를 테마로한 복합적인 문화공간을 선보일 것이다. 2016년 넥스트경기 창조오디션 일자리 분야 우수상을 수상해 획득한 49억 원의 특별조정교부금으로 진행되고 있다. 부지 1천575㎡, 총면적 2천237㎡, 지하 1층부터 지상 3층까지의 규모로 조성된다. 이곳의 핵심이 되는 1층과 2층을 내가 직접 설계 구상을 하고 건립을 마무리 짓는 전담 담당자로 일하고 있으니 참으로 설레기도 하고 뿌듯하기도 하다.

시간이 조금씩 흐르고 나는 본격적으로 커피복합문화센터 업무에 집중하였다. 커피복합문화센터 부지의 그간 멈췄던 공사도 다시 진행되었다. 나는 현장으로 향했다. 외관의 뼈대는 완성되어 있었다. 아직 창호나 외관 및 내부 공사는 이루어지지 않았지만 느낌상 50%는 완성되었다는 걸 알 수 있었다. 우선 그동안 지하 1층부터 시작한 층별 도면을 먼저 살펴보았다. 한참 전 도면이기도 한데다 커피와는 무관한 비전문가들과 상의하에 이루어진 도면이기에 분명 고쳐야 할 부분이 많이 있을 것이라 생각이 들었다.

그동안 내용을 알고 계시던 실장님께 커피복합문화센터와 관련한 정보들을 인계받았다. 생각보다 부실한 자료들로 초반부터 상당히 난감했던 기억이 난다. 그래도 상관없다. 어차피 내 머릿속에 있는 것들을 최대한 현실화 시키면 되니 말이다. 하지만 내가 현실을 직시 하는 데는 그리 오랜 시간이 걸리지 않았다. 내가 혼자 주가 되어 하는 일과는 이 프로젝트는 차원이 달랐다. 내부적인 조직체계도 존재했지만 그보다 더 난관이었던 것은 시청 공무원들과의 소통이었다. 확실히 사업적으로 생각하는 나의 발상과는 달라도 너무 달랐다. 또한 업무를 진행함에 있어서 진행 절차가 너무 복잡하게 많았다. 내 머릿속에 남아 있는 답답한 것들을 하나둘씩 꺼내다 보면 하루가 다 지나갈 정도일 거다. 나는 일을 크게 세 가지로 나눠서 준비해 보기로 했다.

첫 번째는 층별로 도면을 다시 정리하는 것이었다. 특히나 1층에 위치할 실버 어르신들이 일할 카페와 작은 커피 도서관은 동선을 고려해서 다시 수정해야 할 것 같았다. 더불어 2층은 이론과 커피 실습교육장을 만들어야 하기에 더욱이 교육 동선을 비롯한 기기 배치를 고려해서 도면을 설계해야 했다.

두 번째는 커피 관련 필요한 기기 물품을 수집하는 것이었다. 개인이 운영하는 곳이라면 아무 업체에서 마음에 드는 가격과 디자인 물품을 구매하면 그만이지만 나랏돈을 사용하는 것은 달랐다. 모두 공정하게 입찰이라는 절차를 거쳐야 하기 때문에 더 많은 시간과 꼭 내가 원하는 기기가 아닌 대체품을 같이 생각해야 했다. 이와 함께 사용할 원두 역시 입찰이라는 단계를 거쳐야 했는데 입찰 준비 또한 온전히 나의 몫이었다.

세 번째로는 교육 매뉴얼을 만드는 작업이었다. 그동안 매뉴얼이 없어서 실버 바리스타를 교육하는 데 여러 어려움이 있었다. 매장을 순회하는 관리자들도 체크리스트조차 없으니 내가 이걸 완성해야겠다는 생각이 들었다. 나는 크게 이 세 가지를 1년 안에 이루기로 하고 일을 시작하였다.

비가 오는 주면 커피복합문화센터의 외부 공사는 진행되지 않았지만 실내에 자잘한 작업들이 대신 이루어졌다. 크고 작은 일을 여러 명과 함께 진행하면서 수차례 답답한 적이 발생했다. 그중에서도 제일 힘들었던 부분은 분명 몇 주 전에 층별로 필요한 전력에 대해 공사 총괄 현장소장님께 전달했지만 막상 그 전기 공사가 진행될 때면 여러 명의 다른 실무자들이 내게 마치 처음 듣는 듯 되묻는 것이었다. 사실 물어보고 진행하면 다행이지만 묻지도 따지지도 않고 그냥 해 버리는 경우가 허다했다. 그럴 때면 꼭 뒤늦게 발견되어 다시 작업하려 하니 일은 배로 힘들어졌다. 이렇게 큰 공사도 어째 조그마한 매장 오픈할 때처럼 나를 위주로 진행되는 것이 참 희한할 따름이었다.

시간이 흘러 건물은 기존 대비 꽤 많이 올라갔다. 이제 본격적으로 내부 인테리어와 가구를 짜기 위해 평면을 그리고 하나하나 가구의 수요를 파악하기 시작했다. 커피 관련 시설 외 사무실 기물들이 상당수 있기에 여러 부서 팀장들과 상의하여 대대적으로 업무가 진행되었다. 특히나 만들어질 1층 카페와 2층 커피교육장에 관련해서는 100가지가 넘는 기기들이 들어와야 했다. 기기들 역시 한 업체에서 구매하는 것이 아니라 입찰을 통해 비슷한 품목끼리 묶어 진행을 해야 했다.

난 이 부분이 커피복합문화센터 건립 일을 추진하면서 제일 시간이 많이 걸렸고 너무 힘들었다. 두세 개의 업체 정도만 돼도 금방인데 이 많은 품목들을 열댓 개씩 카테고리를 나누어 일일이 입찰을 공지하여 평가를 해서 업체를 선택해야만 했다. 1층 카페에서는 머신 다이 철판만 제작하는 업체가 있었고, 인테리어를 하는 업체는 또 따로 있었다. 층마다 전기를 공사하는 담당자가 따로 있었고 각기 다른 기물들 또한 담당자가 모두 달랐다. 나를 중심으로 이 모든 담당자들과 일일이 소통하며 움직여야만 했다. 프로젝트가 큰 만큼 이에 따른 부담감도 엄청났다. 그럼에도 나는 이 시간을 즐겼고 점점 내 머릿속에 있는 상상들이 현실로 만들어지고 있음에 너무 행복했다.

시간이 지날수록 층마다 필요한 품목들과 도면 정리는 어느 정도 진행이 되었다. 다음으로 가장 시간이 많이 걸리는 부분이 커피 관련 기기들과 기물들을 구매하는 일이었다. 내게 가장 떨리는 일이기도 했다. 왜냐하면 일개 개인 카페 사장으로서는 만져 보지도 못할 값비싼 하이엔드 커피 머신과 로스터기를 구입할 수 있었기 때문이었다. 카페 사장이라면 내 매장에 고가의 커피 기기들이 있는 카페를 한 번쯤은 꿈꿔 봤을 것이다. 나 역시 마찬가지였다. 무조건 값비싼 기기를 선택하는 것은 아니고 커피 머신을 선택하는 과정에서도 많은 고민이 있었다.

주 사용자인 실버 바리스타들이 쉽게 접근할 수 있는 기기여야 했다. 더불어 고객들은 한눈에 봐도 멋있는 고품격 디자인을 가지고 있는 성능 좋은 커피 머신을 선택해야 했다. 그래서 내가 선택 한 머신은 몇몇 제조사들과 고민 끝에 한 곳을 정했다.

그곳은 100년 넘는 역사를 가지고 있는 〈빅토리아 아르두이노(victoria arduino)〉사의 블랙이글 2그룹 머신이었다. 흔히 〈스타벅스 리저브(starbucks reserve)〉 매장에 들어가 있는 커피 머신으로 많이들 알고 있을 것이다. 여기서 말하는 스타벅스 리저브 매장이란? 스타벅스의 고급형 특수 매장이다. 리저브 매장에서는 단일 원산지의 극소량만 재배되는 스페셜티급 원두를 사용하여 여러 방법으로 커피를 추출해 준다.

내가 생각하는 커피복합문화센터도 이런 여러 실버카페들 중에서도 이곳이 본점이 되어 특별히 상징적 의미를 갖길 원해서였다. 무엇보다 블랙이글 머신은 빅토리아 아르두이노사에서 판매하는 하이엔드 머신이다. 커피 머신 한 대의 가격은 약 삼천만 원 정도이다.

이 고급 머신과 함께 사용되어야 할 기기가 하나 더 있다. 그것은 바로 홀빈의 원두를 분쇄해 줄 빅토리아 미토스원 그라인더이다. 복잡한 형태의 세팅 기기가 아닌 간편한 인터페이스이면서도 고가의 그라인더를 택했다. 무엇보다 내가 이 그라인더에 관심을 갖은 이유가 있다. 세계 최초로 상시 온도에 있어서 워밍, 쿨링시스템이 적용되어 완벽한 온도로 원두를 분쇄할 수 있어서였다. 후면의 팬은 외부 공기를 흡입하고 측면의 팬은 내부 공기를 외부로 배출시켜 그라인딩 시 발생하는 발열로 인한 원두의 손상을 최대한 막아 줄 수 있다는 것이다. 이와 함께 공기 순환 방식으로 원두 고유의 맛을 오랜 기간 유지해 줄 수 있기 때문이기도 했다.

75mm 티타늄 코팅 플랫버 사용은 그라인딩 시 소음을 줄여 주는 효과가 있는데 이 부분도 큰 장점으로 작용했다. 실버 바리스타 분들에게 최대

한 좋은 조건의 환경을 만들어 주고 싶었다. 커피가 가진 풍부한 아로마와 다채로운 풍미를 한 잔에 담아 낼 수 있도록 말이다. 이러한 이유들로 고급스러운 하이엔드 커피 머신과 그라인더를 선택하게 되었다.

국내 최초 49억 원 카페 창업 프로젝트

1층 카페시설과 2층 커피 교육장에 대해 좀 더 세세하게 인테리어 진행을 위한 준비를 하고 있다. 기기별 동선을 고려한 콘센트 위치와 선반의 높이를 모두 평면과 입면으로 그려 공사해 줄 담당자에게 전달하였다. 급배수 시설을 고려하여 기기별 높낮이를 현장에서 확인하였고, 전력이 부족하지 않도록 기기별로 kw를 체크하여 같이 전달하였다.

한주가 흐르자 1층 카페에 각종 커피 기기가 올라갈 상판 공사가 진행되었다. 모두 맞춤형으로 공장에서 재단되어와 현장에서 서로 이어 하나의 커다란 상판으로 만들어졌다. 이제 제작된 상판 위에 각종 커피 기기들이 올라가게 될 것이다.

커피복합문화센터 1층 공사 중인 모습

이제 이곳은 하나의 노인 일자리에서 벗어나 바리스타라는 전문적인 직업군으로 실버 바리스타들을 양성하는 교육이 함께 이루어지는 전문 카페로 탄생하게 될 것이다.

공사가 거의 마무리되고 본격적으로 입찰을 통해 커피 기기 및 가구들을 들여올 때가 되었다. 그동안 100가지가 넘는 커피 기기들을 수집하였고 이를 시와 협업하여 입찰 공고를 올렸다. 건물 전체에 들어갈 가구들 또한 선택된 업체와 수차례 미팅을 통하여 하나하나 정성스레 골라 보았다. 작은 소품과 조명까지도 요즘 감성에 맞게 선택하였다.

커피복합문화센터 1층 완성된 모습

일은 계획대로 잘 진행돼 갔다. 커피복합문화센터 외관은 커피체리(커피나무의 열매로 익으면 빨갛게 변함)의 색으로 공공기관에서는 쉽게 볼 수 없는 새빨간 색으로 특별히 진행되었다. '사람들은 커피체리가 익으면 열매 색이 빨갛다는 것을 알까?' 하는 의문도 들었지만 말이다. 건물의 외관도 마무리되어 가면서 외부 곳곳에 설치될 간판을 비롯한 각종 사인물 시안 작업이 이루어졌다.

커피복합문화센터 외관 모습

1층의 작은 도서관과 매장 입구에는 카페를 알리기 위해 각종 사인물을 어떤 글자로 어떠한 글씨체로 세울지 상의 중이었다. 실내에는 추후 설치될 키오스크와 DID모니터 자리 또한 제시해 주었다. 완공까지는 이제 몇 달 채 남지 않은 모양이다. 완공이 이루어지고 난 후 개관하게 되면 지역 주민에게도 개방이 될 것이다. 마을 주민들을 위한 커피 관련 다양한 서적들과 함께 커피 강의와 창업 지원 프로그램도 함께 운영될 예정이다.

이제 내가 한 해 동안 준비하고 계획했던 세 가지 중 마지막 단계인 각종 매뉴얼을 조금씩 만들기 시작했다. 기존 실버카페 어르신들이 매뉴얼 교재가 없어서 항상 업무에 있어 기본이 되는 상황을 몰라 힘들어했었다. 이런 이유로 하여 나로부터 시작하여 그동안 없었던 교육 운영 매뉴얼을 책자 형태로 만들기 시작했다. 또한 지역 주민을 위한 커피 프로그램 운영 강의안과 함께 사업계획서를 작성하였다.

내 머릿속에 있었던 그간의 모든 것들이 하나둘씩 세상 밖으로 나와 차례대로 만들어지기 시작했다. 그 결과물을 이제 내 두 눈으로 하나씩 확인해 볼 생각을 하니 너무나도 가슴이 벅찼다. 이제 커피복합문화센터 내부의 장과 선반만 짜서 들어오고, 각종 가구들을 비롯한 조명과 소품만 설치하면 된다. 끝나지 않을 것 같았던 1년 프로젝트의 끝이 드디어 보이게 된 거 같아 벌써부터 아쉬운 마음이 든다.

사실 이 프로젝트 진행 담당자 채용 공고를 처음 보았을 때는 이 어마어마한 예산을 통한 사업 진행을 내 인생에 있어 한번 진행해 보는 것은 꿈만 같은 일이었다. 운이 좋게도 내가 채용이 된 것이었다. 1년 동안 내 모든 지식과 열정을 기반으로 이제는 완공될 모습을 볼 수 있게 되었다. 요즘은 가끔 이곳을 떠날 생각이 들 때면 너무나도 아쉬운 마음이 들곤 한다.

커피복합문화센터 완공 시기를 단축시키기 위해 더욱이 힘을 내어 공사 진행에 박차를 가하였다. 1층의 가구는 모두 제 위치를 찾아 설치되었고, 2층 교육장과 3층 사무실 공사가 한창이었다. 2층 바리스타 실기실습장과 이론교육장으로 한 공간을 두 개로 폴딩도어를 설치하여 분할하였다. 두 군데서 동시에 교육이 따로 가능하고 때로는 폴딩도어를 오픈하여 함께 사용이 가능하게 하였다. 2층 내부의 장도 공장에서 재단이 되어 현장에서 설치가 이루어졌다.

2층 커피 실습장 공사 중인 모습

3층 사무실은 특별히 내부 인테리어 할 것이 없어 사무 일을 할 수 있는 각종 장들과 의자 테이블이 설치되고 있는 중이었다. 이제 길고 긴 커피복합문화센터 건립 프로젝트의 끝이 보이는 순간이었다. 이곳이 완공되면 기존 사무실에서 이곳으로 팀원들 모두 이동하게 될 예정이다. 나 또한 이곳으로 이동하여 아직 설치가 안 된 2층 교육장 설비와 마지막 커피 기기 세팅 이후 매뉴얼 작업을 마무리 지어야 한다. 그리고 난 후 전 직원들에게 카페 운영 교육을 해 주는 것으로 인수인계가 끝이 나고 헤어짐의 시간이 찾아올 것 같다.

3층 사무실 공간 공사 중인 모습

또다시 시간은 흘렀다. 나는 추후 이뤄져야 할 운영계획과 교육 매뉴얼을 순서대로 마무리 지었다. 이제 카페 운영에 있어서 기준이 되는 매뉴얼이 있기 때문에 실버 바리스타 신규, 보수 교육과 함께 매장 관리가 더 유연해질 것이다. 그리고 나는 커피 복합문화센터에서 근무할 실버 어르신들을 채용한 후 내가 만든 이곳에서 마지막 강의를 진행했다.

마지막 직원 커피 교육 모습

그리고 난 또 다른 프로젝트인 나의 사업장을 확장 이전시키기 위해 이곳을 떠났다. 내게 이 프로젝트를 진행했던 1년이란 시간은 정말인지 너무 빨리 지나가 마치 한 달처럼 느껴졌다. 그간 이 조직 안에서 같이 일하면서 그동안 내가 일해 온 삶과 사뭇 달랐던 공직자들의 일터 속에서 또 다른 느낌의 에너지를 받기도 했다. 노인들에게 커피를 가르치며 바리스타라는 직업을 너무나도 자랑스럽게 여기는 실버 바리스타 어르신들의 모습에 감동을 받기도 했다. 아픔의 시간도 힘들었던 시간도 점점 완공되어 가는 커피 복합문화센터 건물을 바라보며 모든 지침은 어느새 행복으로 바뀐 시간이었다.

꿈꾸던 대학교에서의 첫 강의

어느 날 아는 선배로부터 연락이 왔다. 개인적인 사정으로 지금 맡고 있는 외식경영학과 학부 강의를 더 이상 할 수 없기에 나보고 학교에 지원서를 넣어 보란 말이었다. 물론 대학에서 강의를 하기에 적합한 이력을 가지고 있다 하더라도 학생들을 가르치기 위해서는 넘어야 할 산들이 매우 많다. 그동안 매장 내부적으로나 대외적으로 출강 강의를 충분히 해 보았던 터라 대학교라는 곳도 크게 낯설진 않을 것 같았다. 젊음이 느껴지는 대학교 강의라 아직 채용 전인데도 벌써부터 떨리기 시작했다.

이 이후로 정식으로 학교에 원서를 제출하였다. 생각보다 더 까다롭게 서류 제출해야 할 것도 많았고 몇 차례 심층 면접도 보았다. 무엇보다 현직에서 개인 매장을 직접 운영하고 있는 것이 큰 장점이 되었다. 또한 진정한

'커피인(人)'이 되기 위해 커피 분야의 다양한 기술들도 이미 익혀 놓은 상태였다. 커핑, 로스팅, 라테 아트, 바리스타 스킬, 커피 강의 경력, 커피 회사 경험을 비롯하여 대학교와 직업전문학교의 강의 사례 역시 큰 도움이 되었다.

이러한 준비된 부분들을 미리 알고 있었던 선배는 내가 적임자라 생각하고 있었는지도 모르겠다. 어찌 되었든 감사하게도 정식적으로 서류와 면접에 있어서 좋은 점수를 받았다. 그로 인해 운이 좋게도 한 학기 대학교 학부 강의를 맡게 되었다. 한 학기 동안 내가 가르쳐야 하는 과목은 캡스톤 디자인이다.

캡스톤 디자인이란 실무적으로 해당 학과와 관련된 업장과 연계하여 실무에 집중한 수업을 말한다. 학생들이 학교를 졸업하고 바로 관련 학과 매장에 취업하기 전에 미리 정보를 알고 대비하는 것에 의미가 있다. 산업현장에서 부딪칠 수 있는 문제들을 해결할 수 있는 방법과 관련 매장의 실무적인 능력을 동시에 습득할 수 있는 훈련의 시간이기도 하다. 나는 특별히 커피를 주제로 하여 학생들에게 커피 지각 능력 향상과 메뉴 개발에 관한 수업을 준비하게 되었다.

COVID-19(코로나 바이러스 감염증)로 인하여 대학에서는 비대면 수업과 대면 수업을 혼합하여 준비를 해야만 했다. 만나서 이루어지는 실습은 최소한으로 하면서 대부분의 교육 시간을 이론수업으로 대체해야 하는 상황이었다. 따라서 학기가 시작하기 전 대학에서 요구하는 조건에 맞추어 온라인 강의를 직접 촬영하여 준비하기 시작했다. 개강일 첫날만큼은 직접 학생들과 대면하여 오리엔테이션을 진행하기로 하였다.

시간이 흘러 개강 첫날이 되었다. 따뜻한 햇볕을 맞으며 대학의 정문에 들어섰다. 외식경영학과가 있는 생활관으로 이동하는데 정말 비탈진 언덕이 나를 맞이하였다. 오랜만에 이렇게 높은 곳을 걸어 올라가니 학창 시절 생각도 나고 잠시나마 옛 추억에 빠졌다. 몇몇 학생들이 가방을 메고 유유히 언덕을 오르는 모습이 보였다. 함께 걸어 올라가니 젊음의 에너지가 내게도 전달되는 것만 같았다. 그 높아 보였던 언덕도 어느새 끝자락에 다 달았다. 나는 대학교 건물을 바라보며 혼자 중얼거렸다.

'저 건물이 내가 강의하게 될 교육관인가 보다.'

조교가 나와서 나를 먼저 반갑게 맞아 주었다.

"안녕하세요, 교수님. 어서 오세요. 기다리고 있었어요."

"네. 반갑습니다. 환영해 주셔서 감사해요."

"교수님, 강의 전 간단하게 서류 작성할 것이 있어서요. 먼저 이거부터 말씀드리고 강의실로 안내해 드릴게요."

"네. 알겠습니다."

한 학기 강의 임용 서류에 최종 사인을 하고 간단한 안내 사항을 받고 강의실로 올라갔다. 강의실의 문을 열어 들어서는 순간 우측으로 1.5kg 실습용 로스터기가 보였다. 양쪽으로는 네 대의 에스프레소 2그룹 반자동 머신과 그라인더가 세팅되어 있었다. 커피 기기들을 보니 직업이 바리스타라고 편안한 맘이 드는 것이 아닌가…….

"자. 얘들아, 집중! 교수님 오셨어요. 오늘부터 한 학기 동안 여러분과 함께할 임승훈 교수님이세요!"

"반가워요. 한 학기 동안 정말 알차고 추억에 남는 시간이 될 수 있도록 노력할게요."

"네. 교수님 잘 부탁드려요! 제 이름은 K이고 저희 학과 과대랍니다."

한 학생이 큰 목소리로 자기소개를 했다. 당돌한 여학생으로 인해 흐뭇한 마음이 들었다.

'으음……. 역시 과대는 아무나 하는 게 아니구나!'

간단한 소개와 인사를 마치고 단상 위에 올라갔다. 교탁 위에 간단한 서류들을 올려놓고 분필을 들었다.

"오늘은 여러분께 한 학기 동안 함께 배우고자 하는 내용들을 소개하고 어떤 식으로 시험을 보게 되는지 알려 주려 해요. 그리고 난 다음 오늘은 커피의 발견과 우리나라에 어떻게 커피가 보급되었는지 재미있게 알려 주려 합니다."

초롱초롱한 학생들의 눈빛에 나도 모르게 두 주먹과 목소리에 좀 더 힘이 들어갔다.

"여러분들은 커피가 언제 발견됐는지 알아요?"

정적…….

질문 하나로 그 에너지 넘쳤던 분위기가 한순간 고요해졌다.

"커피는 6세기경 에티오피아(Ethiopia)의 칼디(Kaldi)라는 사람에 의해 처음 발견되었다고 전해지고 있어요. 그럼 칼디의 직업은 무엇이었을까요?"

"양치기 목동이요!"

"맞아요. 양과 염소들을 기르는 목동이에요."

"그럼 제가 이야기를 한번 이어가 볼 건데요. 같이 함께 해 봐요."

"지금은 6세기이고 제 이름은 칼디인데요. 제 직업은 양치기고요. 지금이 몇 세기라고요?"

학생들은 한결같이 대답하였다.

"6세기."

"여기서 제 이름이 뭐라고요?"

"칼디."

"제 직업은요?"

"양치기."

"좋아요. 제가 열심히 양과 염소들을 거느리고 있는데 이 친구들이 점심만 지나면 늘 힘이 없이 자거나 누워 있어요. 그런데 어느 날부터 인가 이상하게 지치지도 않고 흥분하면서 이래저래 뛰어다니는 거예요. 이상해서 유심히 보니 저 구석에서 무슨 빨간 열매를 먹고 있었어요. 그래서 그 열매를 한번 먹어 보았는데, 어땠을까요?"

"기분이 좋아요. 힘이 나요!"

여러 학생들이 중구난방으로 대답했다.

"이 열매를 먹었더니 기분이 좋아지고 정신도 또렷해지고 너무 힘이 생기는 거예요. 그래서 이걸 가지고 이슬람 사원의 수도승에게 찾아갔어요. 그랬더니 수도승이 제게 말했어요. 이것은 ○○의 열매다. ○○의 열매는 무엇일까요?"

커피, 원두, 사탕, 악마 등 다양한 답변이 나왔다.

"맞아요. 이것은 바로 악마의 열매였어요. 그리고 난 이 악마의 열매를 저 멀리 던졌어요. 그런데 그곳에 하필이면 무엇이 있었을까요?"

또다시 다양한 답변들이 나왔다.

낭떠러지, 물, 나무, 불.

"맞아요. 그 안에 불이 있어서 이 열매는 어떻게 되었을까요?"

"로스팅 되었어요!"

"맞아요. 이게 바로 커피의 첫 발견이자 커피의 전설처럼 내려오는 칼디의 전설이에요."

"와……."

단 몇 분 만에 하나의 스토리를 함께 만들어 가며 커피의 첫 발견이 언제 되었는지 모두가 기억하게 되는 순간이었다. 첫 대면 강의인 만큼 학생들에게 흥미를 유발하고 재미있게 가르쳐야겠다고 밤새 생각하고 준비해 온 칼디의 전설 이야기가 학생들에게 큰 인기를 끌어 다행이었다. 첫 강의를 마치고 교단에서 내려오는 내게 한 학생이 다가와 말했다.

"교수님 오늘 수업 너무 재미있었고 제 평생 이 이야기는 못 잊을 것 같아요."

이 말 한마디에 오늘 하루 학생들과 함께한 첫 만남이 내게도 꽤 인상적이었고 설레는 시간이 되었다.

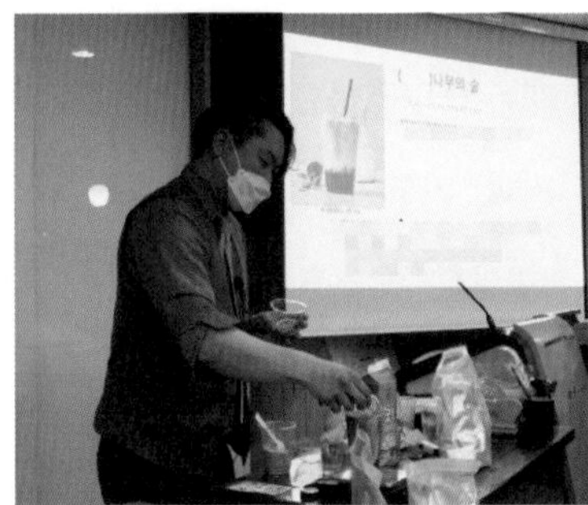

대학에서의 캡스톤디자인 강의 모습

<카페인(IN) 커피인(人)의 일기>

누군가의 꿈을 찾아 주고 이루게 하는 시간

어느덧 많은 시간이 흘렀다. 내가 바리스타라는 직업을 알게 되고 그토록 원했던 꿈만 같던 개인 매장을 창업하게 되면서 내 삶은 완벽히 변하였다. 예전의 내 모습은 누군가를 동경하고 닮고 싶단 생각에 가득 찼었다. 그러나 지금은 누군가의 꿈을 꾸게 하고 카페 창업에 있어서는 개개인들의 꿈을 이루게 돕는 지원자가 되었다.

꿈을 찾는 것과 꿈을 꿀 수 있게 돕는 것은 너무나도 다른 느낌이었다. 점점 더 연령과 나이에 구분 짓지 않고 커피 관련 강의를 해 오면서 느끼는 깊이 또한 이전과 확연히 달라졌다. 과거에 나는 가르치는 것에 대한 재미를 느꼈다면 지금의 모습은 사뭇 다르다. 가르치는 재미에 그치지 않고 그들의 삶과 커피를 연결시켜 삶 속의 행복을 찾아 느끼게 해 주고 있다.

특히나 노인들에게 커피를 가르치며 느낀 것이 하나 있다. 실버 어르신들은 바리스타라는 직업군에 대해 상당한 애착과 자부심이 있다는 것이었다. 그들의 자부심은 내게 감동을 주기에 충분했다. 바리스타라는 직업군이 이렇게 애틋하고 자부할 수 있는 직업이라는 것을 새삼스레 느끼게 되었다.

관상어로 품종이 개량된 비단잉어의 품종인 '코이'라는 신기한 물고기가 있다. 이 물고기를 어항에서 관상용으로 키우면 10cm 아래로 자라지만 수족관에서는 15cm, 연못에서는 25cm, 강에서는 무려 120cm까지도 자란다. 이렇듯 생태계의 크기에 따라 달리 성장하는 〈코이의 성장 법칙〉이 있다. 나는 〈코이의 성장 법칙〉과 같이 우리의 삶도 어쩌면 이와 같지 않을까란 생각이 든다. 알지 못하고 가 보지 못해 보지 못한다면 결국 우리는 어항에서만 살게 되는 것이다. 주인이 주는 양식만 먹으면서 말이다. 그러다 주인이 밥을 주지 않는다면 우린 언제든 아무것도 하지 못하고 죽음을 맞이하게 될지도 모른다.

반대로 다양한 사람들을 만나며 더 깊은 안목을 배우고 보다 큰 꿈을 꾼다면 상황은 완벽하게 달라질 수 있다. 어항과 같은 삶의 생태계를 강과 같은 아주 깊고 드넓은 곳에서 누군가 주는 양식에 의존하는 것이 아닌, 내가 직접 양식을 찾아 유유자적할 수 있다는 것이다. 이것은 우리의 인생에 있어 수동적인 삶을 살 것이냐 능동적인 삶을 살 것이냐의 결정을 의미하기도 한다.

이렇듯 우리 스스로가 정할 수 있는 것은 생태계의 크기인 것이다. 이 생태계에서의 생존 여부도 우리가 하기 나름인 것이다. 작은 꿈들을 하나둘씩 이루어 간다면 또 다른 보다 큰 꿈을 꾸고 이룰 힘이 생긴다. 그리고 그만큼 우리의 생각과 의욕도 함께 자라난다. 이것이 바로 나의 생태계를 더 크게 바꾸고 적응할 수 있는 힘인 것이다. 우리의 생태계를 어항에서 수족관으로, 다시 수족관에서 연못으로, 연못에서 강으로 바꾸는 것 말이다. 그렇게 된다면 우리의 삶은 점차 나도 모르게 어느새 윤택해지고 행복해져 있을 것이다. 그 첫걸음을 내딛게 하는 것이 어쩌면 내가 커피로 누군가를 가르치거나 바리스타라는 꿈을 알리는 것부터 시작하는 것이 아닐까란 생각을 해 본다.

내가 누군가를 바라보며 꿈꾸었던 모습들에서 어느덧 누군가에게 꿈을 찾을 수 있도록 돕는 꿈 길라잡이가 되었다. 이제는 누군가에게 꿈을 키우고 이룰 수 있게 만들어 주고 있는 것이다. 나는 이제 이런 진정성 있는 꿈을 찾고 이루게 해주는 커피 교육자의 길을 걸으며 더욱 인정받고 싶다. 내가 전달하고자 하는 메시지가 독자들의 가슴속 면면을 일깨우는 희망과 긍정의 에너지로 전달되길 바란다.

부록

1. 9년 차 바리스타 사장이 알려 주는 FAQ

2. 사업계획서 작성에 도움이 되는 가이드

3. 인테리어 공사 전 유의 사항

4. 커피 품질 지각 능력 검사표

1. 9년 차 바리스타 사장이 알려 주는 FAQ

카페를 창업하기 위해서는 어떤 경험을 하면 좋을까요?

커피 안에서도 다양한 분야가 있듯이 바리스타라는 직업군도 보다 다양한 방법으로 근무할 수가 있습니다. 가장 빠르게 바리스타 경험을 쌓기 위한 방법이 있습니다. 커피 회사에 소속되어 각 매장의 현장에서 고객을 일선에서 응대하는 바리스타가 되어 보는 것입니다. 이는 프랜차이즈 커피 회사 또는 개인 카페의 채용 방식에 따라 입사 지원하여 정규직원으로 채용되어 근무할 기회를 얻는 것입니다.

매장에서 바리스타 업무를 직접 해봄으로 실무능력을 쌓을 기회를 얻을 수 있게 됩니다. 이때는 회사의 측정된 연봉 가이드라인에 따라 바리스타도 회사원처럼 월 급여 형식으로 받으며 근무하게 됩니다. 더 나아가 매장에서의 실무 경험을 토대로 커피 회사 본사로 출근할 수도 있습니다. 각 지점의 바리스타와 매장관리를 하는 슈퍼바이저 역할의 기회를 얻는 것입니다. 일반적으로는 각 매장의 바리스타를 관리하는 만큼 보다 높은 급여를 받게 됩니다.

다음으로는 바리스타의 실무 경험과 함께 커피 회사의 여러 부서를 오가며 다양한 경험을 습득해 보는 것입니다. 커피 회사 안에서도 다양한 부서의 일에 대한 경험치를 직접적으로 축적할 수 있습니다. 이 경험들을 바탕으로 나만의 브랜드로 개인 카페를 창업하여 바리스타이자 카페 사장으로 일을 해보는 것입니다. 이는 회사의 정규직원으로 측정된 정해진 급여를 받는 것이 아닌, 매출에 따른 순이익을 전부 급여로 가져갈 수 있는 장점과 내가 직접 매장의 모든 운영권을 가지고 있다는 점에서 많은 책임감을 요구받습니다.

저 역시도 커피 회사에서 커피 관련 실무를 배우면서 바리스타이자 슈퍼바이저 역할을 수행했던 경험이 있습니다. 점차 그 외 부서인 구매팀, 물류팀, 로스팅 업무 등을 해오면서 실질적인 커피 회사가 운영되는 다양한 업무를 습득할 수 있었습니다. 이는 추후에 내 가게를 오픈했을 때 가장 큰 나만의 자산이 되었습니다.

처음 매장을 창업할 비용과 실무능력은 커피 회사를 다니면서 준비할 수 있었습니다. 어느 정도의 경험과 비용이 마련되었을 때까지 저는 나만의 카페 창업 노트를 써가며 오랜 기간 창업 준비를 하였습니다. 마침 내 모든 상황이 갖춰졌을 때 과감하게 개인 카페를 창업하였습니다.

사장님이 예비 카페 창업자분들에게 조언을 해주신다면?

제가 첫 커피 관련 회사에 입사함과 동시에 준비한 한 가지가 있었습니다. 어쩌면 내가 원하는 나만의 꿈을 담은 카페를 창업하기 전에 가장 먼저 해야 할 일이기도 할 것입니다. 그것은 〈나만의 카페 창업 노트〉를 만들어 보는 것입니다.

커피 회사에 입사하기 전 스스로에게 질문해 보았습니다. '진정 내가 이 회사를 다녀야 할 이유가 무엇인가?'라고 말입니다. 저에게 있어서는 생계 유지를 위해서 이기도 했고, 먼 훗날 나만의 카페를 차리고 싶어 경험해 보고 싶은 마음에서이기도 했습니다. 이렇듯 창업 노트의 첫 페이지에는 다음과 같은 두 가지 물음에 대한 분명한 답이 있으면 좋겠습니다.

첫 번째, '카페를 창업하려는 정확한 이유가 무엇인가?'

누군가에게는 행복일 수도, 명예일 수도, 금전적인 것 일수도, 쉼을 위해서 일지도 모릅니다. 그래도 분명한 것은 창업을 하기 위한 확실한 나만의 뜻과 이유가 있어야 한다는 것입니다. 이는 추후 매장 오픈 후 운영 과정에서 대부분이 겪게 되는 어려움과 위기의 순간에서도 참고 이겨낼 수 있는 지혜의 힘이 될 것입니다.

저 역시 매장을 오픈하고 시간이 지나자 몇 차례 크고 작은 위기들이 찾아왔습니다. 그때마다 내가 개인 브랜드로 카페를 차린 이유를 되새겨 보았습니다. 그 이유를 다시 한번 되새겨 보니 어려운 시기를 버틸 수 있는 힘이 생겼고 그 덕분에 어려운 난관들을 잘 극복해 나갈 수 있었습니다.

두 번째, '카페를 창업해서 내가 얻는 것이 무엇인가?'

내가 카페를 창업하고자 하는 정확한 이유를 찾았다면, 다음으로는 이 카페를 창업함으로 내가 얻는 것이 무엇일지 매장 영업전 목표치를 수치화하여 생각해 봐야 한다는 것입니다. 대부분 예비창업자들은 단순히 카페가 하고 싶어서라는 생각만을 가지고 시작합니다. 물론 잘못된 것은 아니지만 목표 매출 및 얻고자 하는 부분에 대해 정확한 산출된 이윤 수치가 없다는 것입니다.

이렇게 되면 어느 정도 영업을 시작하여 진행하였을 때 내가 과연 잘하고 있는 것인지 못하고 있는 것인지 판단이 안 선다는 것입니다. 매장 운영의 결과물과도 같은 미리 설계해 놓은 목표치의 성과 달성은 매장을 운영함에 있어 우리에게 꼭 필요한 에너지의 근원이 됩니다. 최소한 이 두 가지 질문에 대한 답은 갖고 창업을 하는 것을 권합니다.

정리해 보면 '나는 카페 창업하는 것이 꿈이야!'에서 더 나아가야 합니다. '이 카페가 생겨야 내가 더 이루고 싶은 목표를 이룰 수 있어!'라는 것입니다. 정리되지 않은 생각들은 계획이 아닌 막연함입니다. 그러나 정리된 생각들은 그제야 계획이 됩니다. 많은 수강생분들은 자그마한 나만의 카페를 차리는 것이 꿈이라고 말합니다. 그러나 저는 조금 달랐습니다. 꿈을 이루기 위해 카페가 필요했던 것입니다. 우리는 이러한 창업 전 생각에 따라 카페 창업이 시작점이 되느냐, 시작하자마자 종착점이 되느냐가 정해집니다.

이 두 가지가 명확한 상태에서 내 매장을 창업하다 보니 다른 창업주와는 달리 더 길고 더 높은 체계적인 목표를 갖고 매장 운영에 임하게 되었습니다. 저는 매장 초기 이 첫 마음가짐부터 정말 큰 차이가 있다고 느꼈습니다. 덕분에 오픈 후 생각보다 매출이 저조했던 3개월이라는 힘든 시간을 버틸 수 있었습니다. 내 카페를 통해 얻어야 할 정확한 목표치가 있었기 때문이었습니다. 저는 그 계획에 늘 도전했고 당장 이루지 못했어도 낙심하지 않고 더욱이 힘을 낼 수 있었습니다. 만약 카페 창업 전 제 스스로에게 이런 두 가지의 질문에 대한 답의 확신이 없었다면 카페 사장이 되어서도 어려운 난관을 만날 때마다 너무나도 쉽게 무너졌을 겁니다.

창업이 내 꿈의 종착점이 아닌 꿈을 실현하는 시작점이 되길 바랍니다.

카페 창업 시 유의할 사항과 예산은 어떻게 될까요?

카페 창업을 하기 위해 얼마만큼의 비용이 발생하는지에 대해서는 정말 많은 분들이 궁금해하는 질문입니다. 물론 소규모 형태의 개인 카페에서 대형 프랜차이즈 카페까지 형태에 따라 금액적인 부분은 크게 차이가 납니다. 프랜차이즈 카페를 오픈하기 위해 필요한 금액은 각 회사의 홈페이지를 통해 누구든지 쉽게 확인이 가능합니다. 그렇다면 다소 프랜차이즈보다 적은 투자 금액의 이점이 있는 개인 카페의 경우를 예를 들어 설명하고자 합니다.

카페 창업을 하기 위해서는 점포를 구하여 법률상의 절차대로 신고를 하여 정상적인 영업행위를 해야만 합니다. 그중 가장 먼저 내가 원하는 점포를 찾아 계약하는 것으로 카페 창업의 발돋움을 하게 될 것입니다. 매장을 계약할 때는 '월세'와 '보증금'의 개념을 먼저 이해해야 합니다.

'월세'는 임차인이 임대인에게 월단위로 집세를 내는 계약적 방식을 말합니다. 따라서 임차인은 월마다 임대인의 건물에서 영업행위를 하여 일정의 체결된 월단위의 집세를 임대인에게 지불하게 되는 것입니다. 10평 남짓의 매장도 지리적인 이점에 따라 월세가 천차만별로 달라집니다. 유동인구와 주변의 상주 인원에 따라 내가 계약한 매장의 수요를 먼저 예측해야 합니다. 이렇듯 카페 창업을 하기에 앞서 체결될 월세가 적정한 것인지를 먼저 학습할 필요가 있습니다.

'보증금'은 건물 임대차계약에 있어서 임차인의 채무를 담보하기 위해 임대인에게 교부하는 금전입니다. 보증금은 임대차 관계가 종료 시 임대인으로부터 다시 되돌려 받을 수 있는 비용이기도 합니다. 하지만 초기 매장을 오픈할 때에 지나치게 높게 측정되어 있는 보증금의 매물을 계약할 경우

주의가 필요합니다. 흔히 발이 묶여 있는 금액인 만큼 다른 예산 편성에 차질을 줄 수도 있기 때문입니다.

이 외에도 월세와 보증금과 별개로 추가로 발생할 수 있는 비용이기도 한 '권리금'이라는 명목이 있습니다. '권리금'은 일종의 용익권 · 임차권 등의 권리를 양도하는 대가로 주고받는 금액입니다. 더욱 쉽게 이야기하자면 매장의 위치적인 이점이 있는 곳이라든지 기존의 장사가 잘된 상태의 영업 허가권을 그대로 이어갈 수 있는 대가로 납부하는 방식입니다.

저의 경험으로 보았을 때, 다양한 상황들로 인해 카페 영업을 더는 유지하기 힘들어서 인테리어, 집기 및 기기를 포함하여 하나의 권리금으로 측정하여 해당 물건을 타인에게 양도하는 경우가 많았습니다. 이중 시세 대비 저렴한 매물을 찾아 권리금을 납부하고 양수 받는 방법도 종종 있었습니다. 물론 장사가 잘되고 있는 매장은 높은 권리금을 주고 양수 받게 될 것이고, 이에 반해 장사가 잘되지 않는 곳은 보다 저렴한 권리금으로 인수 받을 수 있겠습니다. 어떤 선택이든 내 상황에 맞춰서 적절하게 측정된 권리금 안에서 내가 원하는 컨디션의 매장을 인수받기를 추천합니다.

여러 방법들 중 하나로 내 점포를 구했다면 다음으로 생각해야 할 부분이 바로 "인테리어" 부분입니다. 어찌 보면 가장 많은 예산이 필요한 항목일 수도 있습니다. 보편적으로 인테리어 비용은 평당(py) 금액으로 계산하고 있습니다. 인테리어 예산의 일반적인 형태는 10평 정도의 매장 기준으로 볼 때, 평당 약 200만 원~300만 원 정도로 측정합니다. 물론 개인적으로 저렴한 업체를 알아볼 경우 재료의 품질에 따라 150만 원~200만 원 사이로도 충분히 가능합니다. 그렇지만 지나치게 시세보다 저렴한 인테리어 비용은 완공 이후 부실공사로 하자가 발생할 수 있으니 정말 주의해야 합니다.

이중 인테리어는 크게 외부, 내부, 간판 정도로 크게 나눠 볼 수 있습니다. 전체적인 외부 전경(테라스 등)과 내부의 벽체, 바닥, 조명을 포함한 내부 인테리어, 간판은 메인 간판 및 각종 사인물을 포함합니다.

그다음으로는 기기 및 집기류를 들 수 있습니다.

커피 머신과 그라인더를 포함한 각종 기기와 장비들이 이에 해당합니다. 창업자의 예산의 형태와 매장 규모에 따라 달라질 수 있겠지만 제가 직접 컨설팅한 매장의 대다수에 근거하여 평균치로 말씀드리자면, 평균 2,000만 원 이하의 예산을 확보하는 것을 추천드립니다. 물론 예산이 넉넉하고 고품격 매장을 꾸미고자 할 때에는 상황이 달라집니다. 이 경우는 하이엔드 머신 하나만으로도 2,000만 원의 금액을 초과하기 때문입니다.

그럼에도 커피의 맛과 품질을 우선시 두고자 한다면 하이엔드 머신과 함께 꼭 고가의 그라인더를 함께 사용하는 것을 추천합니다. 머신과 그라인더는 한 세트라고 보시면 좋겠습니다. 그 외 집기류는 주방기기를 포함한다고 보면 되고, 이 외 초도물품과 의자와 탁자를 비롯한 인테리어 소품들을 고려해야 합니다. 그 외에도 여러 작은 금액들이 들어가는 부분들이 많기에 꼭 최소한의 여유 비용을 10% 정도는 더 산정해두어야 합니다.

제가 컨설팅한 크고 작은 개인 카페 오픈 경험을 근거로 보았을 때, 가장 적은 투자비용의 카페는 13평 정도에 약 3,500만 원 정도였습니다. 이중 보증금이 500만 원, 권리금이 1,500만 원 인테리어 보수 및 간판 교체와 여비로 약 1,500만 원 정도가 들었습니다. 시설 권리금을 이유로 기기 및 집기류와 모든 시설을 양수하는 조건이었습니다.

이와 반대로 가장 많은 예산이 필요했던 카페도 있었습니다. 시에서 특별조정교부금 49억 원을 교부받아 진행했던 프로젝트입니다. 지하 1층~지상 3층 규모의 1층에 카페와 작은 도서관, 2층에 바리스타 실기 작업장, 이론 강의실, 대강당, 3층에 사무실이 위치한 복합적인 커피 센터를 건축하는 일이었습니다.

이렇듯 크고 작은 규모의 측정된 예산안에서 나의 상황에 맞는 곳을 찾아야 합니다. 나의 상황 안에서 행복한 나만의 카페를 창업하고 꿈을 실현하시길 기대하겠습니다.

로스팅을 몰라도 카페 차려도 될까요?

커피 회사를 다니고 있을 2년 차쯤 되었을 때의 이야기입니다. 그 당시 저와 아내는 서울의 한 동네에 신혼집을 마련하여 살고 있었습니다. 집 근처에는 여러 개인 카페와 프랜차이즈 카페가 있었습니다. 어느 날 길을 지나다 보니 새롭게 인테리어를 하고 있는 상가의 모습이 눈에 띄었습니다. 인테리어 공사가 한창 진행되고 있었지만, 실내 대부분이 목재로 제작된 모습을 보니 '여기엔 무엇이 들어올까?' 하는 궁금증을 자아냈습니다.

며칠이 지난 후 또다시 그 앞을 지나갔을 때 이곳이 대략 무엇을 판매하는 곳인지 알 수 있었습니다.

'음……. 커피와 관련한 그림들도 있고, 커피 기계가 있는 것을 보니 이곳에는 카페가 생기겠구나! 오픈하면 들러봐야지.'

여느 날과 같이 근무를 마치고 집으로 돌아가는 길이었습니다. 저녁임에도 너무 더웠습니다. 저 앞으로 인테리어가 다 진행된 매장 모습이 보였습니다. 기대감도 들고 목도 너무 말라 가게 안으로 들어갔습니다. 그런데 분명 간판에는 카페라고 적혀 있었는데 문을 열고 들어가 보니 한약재 향과 같은 한방차 냄새가 진동했습니다.

'아……. 이것은 무엇일까? 왜 커피 향이 아니고 쌍화차 냄새가 나지?'

너무 의아했습니다.

'여긴 분명 카페였는데…….'

늦은 시간인지 고객은 저 혼자였습니다. 메뉴판을 한참 보고 있는 내게 연세가 지긋이 많아 보이는 중년의 여성분이 말을 걸어왔습니다.

한방 카페의 실내 모습

"안녕하세요. 무엇을 드실지 고민이신가 봐요?"

"네……. 여러 메뉴들이 있어서요."

"퇴근하고 오시나 봐요?"

"네. 맞아요."

"저희 집은 쌍화차를 직접 하루 동안 다려 몇 번이고 짜내 만들어요. 이거 드셔 보심 힘이 날 거예요."

너무 더워 시원한 커피를 마시고 싶었지만, 해맑게 웃으시면서 내게 음료를 추천해 주신 사장님을 마다할 수는 없었습니다.

"그럼, 쌍화차 한 잔 주세요!"

"네. 조금만 기다려주세요!"

그리고 몇 분이 흘렀습니다. 사장님은 내게 쌍화차 한 잔을 건네주셨습니다. 저는 음료를 마시기 위해 잠시나마 창가에 있는 자리로 이동하였습니다. 첫 모금을 마셨는데, 예상과는 달리 너무 진하고 달달했습니다. 생각보다 맛있어서 깜짝 놀랐고 확실히 한 모금만 마셨을 뿐인데도 힘이 솟는 것만 같았습니다. 저는 그 자리에서 남은 음료를 전부 마시고 카운터에 다 마신 잔을 내려놓았습니다. 여사장님은 제게 말했습니다.

"더운 날씨에 일하시느냐 고생이 많으시네요."

저도 감사하다고 이야기를 하고 다음번에는 커피도 맛보고 싶다고 하였습니다. 그러자 여사장님은 여기 원두도 정말 좋은 걸 사용한다면서 진짜 맛있다고 하셨습니다. 커피 회사에 다니고 있던 저는 좀 더 궁금한 것이 떠올라서 다시 여쭈었습니다.

"그럼 사장님 여긴 어느 정도 로스팅 된 원두를 사용하시나요?"

그러자 여사장님은 잠시 아무 말씀이 없으셨고 안색이 창백해지셨습니다.

"저는 로스팅에 대해서는 잘 몰라요. 케냐 커피가 들어갔다고 했었나?"

저는 순간 너무 당황했습니다. 내 가게에서 사용하는 원두가 무엇인지도 모르고, 어느 정도 볶았는지조차 모를 수 있단 사실에 깜짝 놀랐습니다. 그러곤 속으론 말했습니다.

'나는 나중에 내 커피숍을 차리면 커피에 대해서만큼은 고객한테 잘 설명해줘야지…….'

커피숍에 한방차 향이 맴돌고, 전통차를 마시자니 다양한 커피 그림과 커피용품들이 보이고 무슨 콘셉트인지는 잘 모르겠습니다. 카페인 듯 카페가 아닌 전통찻집인 듯 카페 같은 이곳에서 매장 콘셉트가 무엇인지는 알 수가 없었습니다. 그 이후로 저는 커피가 아닌 기력이 떨어질 때면 쌍화차를 몇 번 마시러 가곤 했습니다. 그 앞을 지나갈 때면 종종 연세 있으신 분들이 한방차를 드시고 계셨습니다.

'어쩜 이 동네에서는 어르신들이 갈 수 있는 카페가 새롭게 생긴 것은 아닐까?…….'

나만의 카페를 창업한다는 것은 내가 가지고 있는 생각들이 내 매장에 잘 묻어나야 합니다. 내가 로스팅을 할 기술이 없다 하더라도 괜찮습니다. 내가 직접 로스팅을 할 수 없다 할지라도 매장을 차리는 것이 불가능한 것은 아니기 때문입니다. 하지만 내가 원하는 원두를 찾을 수 있어야 하고 최소한 내 매장에서 판매하고 있는 커피의 특징을 알고 고객에게 설명할 정도의 커피 공부는 되어 있어야 하지 않을까요? 그래야 고객들에게 질 좋은 커피를 자신 있고 당당하게 권할 수 있지 않을까요?

만약 내가 직접 로스팅을 할 수 있다면 보다 더 다양한 이점이 분명 존재합니다. 커피의 원가 절감뿐만 아니라 원두를 판매함으로 부가적인 수익을 창출해 낼 수도 있습니다. 무엇보다 고객들이 보기에는 매장에서 직접 로스팅을 한다는 사실만으로도 커피의 맛을 더욱 신뢰할 테니까요.

카페 창업하는 데 바리스타 자격증이 꼭 필요한가요?

카페를 창업하는 데 있어서 바리스타 자격증이 필수사항은 아닙니다. 다만 자격증 취득 과정에 있어서 커피에 대한 기초적인 내용들을 분명 배우게 될 것입니다. 자격증을 취득한다는 것은 단순히 자격증 취득만을 이야기하는 것이 아닙니다. 바리스타가 기본적으로 알아야 할 기초 내용들을 최소한만큼이라도 공부했다는데 의미가 있을 것 같습니다.

커피의 기원부터 시작하여 지금까지 어떠한 방식으로 커피가 우리나라에 들어오게 되었는지 커피 역사를 알게 되면 좋은 점이 있습니다. 커피를 바라보고 생각하는 태도가 그전과는 사뭇 달라진다는 것입니다. 또한 커피의 구조와 가공 방식을 배우면 또 생각이 달라질 겁니다. 어떤 가공 방식의 생두를 사용할 것인지, 어떻게 생두를 로스팅 하면 좋을지 말입니다. 이론과 실무적인 공부 역시 매장 운영에 있어서 상당한 도움이 됨은 분명합니다.

매장을 창업하는 데 있어서 스스로에게 다음과 같은 질문을 해볼 필요가 있습니다.

'나는 카페를 차리기 위한 최소한의 기초적인 커피 지식을 습득하였는가?'

카페라고 하는 나의 매장 하나를 창업하고 유지한다는 것은 국내의 레드오션 시장인 정말 치열한 전쟁터에 뛰어드는 것과 같습니다.

내 매장을 오랜 기간 영업하고 유지하는 것이야말로 창업이라는 전쟁터에서 살아남는 것입니다. 막상 커피에 대해 전혀 모르는 상태에서 무작정 급하게 단시간에 기기 사용법만을 익혀 카페를 오픈하는 사례를 종종 보았습니다. 이것이 결코 잘못된 것은 아니지만 제가 경험해 본 대다수의 매장은 그리 오랜 기간 영업행위를 이어가지 못했습니다. 경험이 없고 일말의 커피 지식도 없는 상태에서 창업이라는 전쟁터에 뛰어드니 결코 카페 운영이 생각처럼 순탄하지만 않다는 것을 몸소 느끼게 된 것입니다.

내 스스로 준비되지 않은 상태에서 하루하루 매장에서 일어나는 크고 작은 문제들에 대해 해결하고 결정을 해야 한다는 것은 정말 힘든 일입니다. 다시 한번 말하지만 커피 자격증이 창업을 하는데 반드시 있어야 할 필수적인 요건은 아닙니다. 그럼에도 매장을 운영하는 많은 사람들이 스스로 부족함을 느끼고 늦게나마 커피 공부를 하고자 자격증 취득을 위해 도전하는 첫 관문이기도 합니다.

자격증 취득이 커피 공부의 전부라고 볼 수는 없지만 가장 기본적이고 최소한 알아야 할 커피의 기초지식을 쌓는 과정이라고 이해하면 좋을 것 같습니다. 바리스타의 시작이자 첫 테스트인 국내 바리스타 자격증을 취득해 봄으로써 더 멋진 바리스타로 한층 더 성장하시길 바랍니다.

바리스타가 되려면 무엇을 공부해야 하나요?

전문적인 바리스타가 되기 위해서는 커피의 여러 분야들을 공부해 볼 필요가 있습니다. 커피 영역에 있어서 큰 부류는 다음과 같이 크게 3가지로 나눠 볼 수 있습니다.

첫째 바리스타, 둘째 로스팅, 셋째 커핑 스킬입니다.

첫 번째, 바리스타 스킬은 전문적인 바리스타가 되기 위한 기초적인 과정이라 볼 수 있습니다. 커피 머신을 통해 커피를 제조할 수 있는 능력을 키우는 단계입니다. 전문적인 바리스타는 추출하는 커피가 정상적인 추출인지 문제가 있는 비정상적인 추출인지를 파악할 수 있어야 합니다.

무엇보다 바리스타는 커피의 맛이 달라지지 않도록 늘 일관성 있는 커피를 추출하고자 노력해야 합니다. 특히 커피의 맛이 달라지는 여러 가지 요인이 존재합니다. 그중에서도 당일 날씨와 습도는 맛의 변화에 큰 영향을 주는 요소입니다. 전문적인 바리스타는 날씨와 습도에 민감하게 반응해야 합니다. 습도는 분쇄된 원두의 커피 층을 통과하는 추출 수의 흐름에 절대적인 영향을 미칩니다. 분쇄된 원두는 공기 중에 노출되어 있는 습기를 흡수하는 성질을 갖고 있습니다. 따라서 습도는 원두를 분쇄할 시 분쇄 입자에 큰 영향을 미칩니다.

비가 오는 날이거나 비가 온 이후 습도가 높은 날씨에는 분쇄 입자를 보다 굵게 조절하여 유속의 흐름을 원활하게 해줘야 합니다. 이와 반대로 맑은 날씨이거나 습도가 낮다면 분쇄 입자를 보다 가늘게 조절하여 원두의 표면적을 넓게 만들어 적절한 흐름으로 커피가 추출될 수 있도록 해줘야 합니다.

이렇듯 커피의 맛이 그때마다 왜 다르게 느껴지는지 이유를 알아야 하고 이런 여러 가지 추출을 방해하는 변수들을 조절할 줄 알아야 합니다. 안정적이면서도 일관성 있는 커피를 추출하는 능력은 바리스타에게 가장 중요한 부분이라고 볼 수 있습니다. 기초적인 추출 훈련을 마친 바리스타는 다음 단계의 기술을 습득할 수 있습니다.

추출에 이어 우유를 데울 수 있는 스티밍 기술입니다. 내가 원하는 우유 거품의 두께를 안정적으로 스티밍 할 수 있어야 합니다. 더욱이 곱고 벨벳한 거품을 통해 커피 잔 위에 그리는 예쁜 라테 아트를 해 볼 수도 있습니다. 해당 과정의 기초를 다지기 위해서는 국내의 바리스타 자격증을 먼저 취득해 보는 것을 권합니다.

두 번째, 로스팅 스킬은 로스팅을 할 수 있는 로스터로서의 기술입니다. '바리스타가 왜 로스터의 역할까지 수행해야 할까?'라는 의문이 들 수도 있겠습니다. 하지만 로스팅 된 원두 이전의 단계인 생두로부터 어떤 프로파일을 가지고 어떻게 콩을 볶느냐에 따라 다양한 화학적인 변화가 일어납니다.

각 원산지의 생두가 가지고 있는 고유한 커피 맛의 연출은 정말 무궁무진합니다. 커피의 가장 중요한 재료 중 하나인 원두의 특성을 정확하게 안다는 것은 전문적인 바리스타가 되기 위해 꼭 필요한 과정이라 볼 수 있습니다. 로스팅을 정확하게 하기 위해서는 대륙별로 생두의 특징을 이해하고 등급에 대해 품질을 고려해 볼 수도 있어야 합니다. 단순히 생두를 볶는다는 개념보다는 생두를 선택하고 어떻게 이 생두의 특징을 살려 콩을 볶을 수 있을지 연구가 필요하다는 것입니다. 이런 로스팅 스킬은 학원을 다니는 것으로 기초적인 이론과 실습에 대해서는 공부해 볼 수 있습니다.

그러나 학원을 다니지 않더라도 직접 생두를 구매하여 홈 로스터기를 통해 로스팅 실습을 해볼 수도 있습니다. 각 생두가 지니고 있는 특징을 직접 공부한 대로 시도해 보는 것도 좋은 방법이 될 수 있습니다. 하지만 전업으로 삼기 위해서는 홈 로스터기로는 기능적으로 제약이 많기 때문에 상업용 로스터기를 이용하여야 할 필요성을 느끼게 될 것입니다.

세 번째, 커핑 스킬입니다. 커핑이라 함은 커피의 맛과 향을 감별하는 일이라고 볼 수 있습니다. 직접 핸드드립 커피를 추출해 보면서 커피를 테스트해 본다는 것은 어쩌면 커피의 최종적인 맛을 분별하는 가장 마지막 단계일지도 모르겠습니다.

한 잔의 완벽한 커피를 추출하기 위해서는 생두라는 원재료의 선택을 해야 합니다. 그다음으로 로스팅을 통한 창조적인 원두를 만드는 과정이 필요합니다. 전문적인 바리스타는 이 좋은 재료들을 통해 각각의 고유한 원두의 특징을 살려 커피를 추출해야 합니다. 그에 맞는 향미를 발현해 주고 표현해 주는 후각과 미각 훈련이 함께 필요합니다.

무엇보다 고객들의 입맛을 사로잡기 위해서는 과학적인 향미 분석을 우선시하고 있습니다. 그만큼 커핑의 기반이 되는 향과 맛의 표현 능력은 절대적으로 중요하다고 볼 수 있습니다. 전 세계에서 가장 인정받고 있는 커피의 향미를 평가하는 방식이 있습니다. 대표적으로 SCAA(미국스페셜티 커피협회)와 COE(컵 오브 엑설런스) 커핑시트를 기반으로 커피를 평가하고 있습니다. 이러한 커핑시트에서는 커피 한 잔에서 느껴지는 다양한 부분들을 카테고리로 나눠 평가하게 됩니다.

대표적으로는 신맛, 단맛, 쓴맛, 밸런스, 바디감, 향미, 균일성, 클린컵(커피에서 부정적인 특징이나 불순물 없이 맛을 느낄 수 있는 상태) 등으로 커피를 평가하게 됩니다. 단순히 다양한 나라의 커피를 한번 마시고 끝나는 것이 아닙니다. 커핑시트를 활용하여 한 잔의 커피에서 느껴지는 다양한 카테고리의 요소들을 생각해 보면서 커피를 맛보고, 느끼고, 평가해 보는 것입니다. 커핑시트를 통해 커피 한 잔에서 느껴지는 다양한 부분들을 먼저 파악하고 직접 표현해 봄으로서 커핑 능력은 향상됩니다. 이러한 커핑 테스트 훈련을 통해 우리가 늘 마시는 커피를 근사하게 표현해 주는 전문적인 바리스타로 거듭나게 해줄 겁니다.

2. 사업계획서 작성에 도움이 되는 가이드

상권 분석 사이트를 활용하기!

※소상공인시장진흥공단 상권정보시스템

소상공인진흥공단에서는 월 단위로 하여 업데이트되는 전국 상권정보 시스템을 운영하고 있습니다. 사업을 준비 중에 있는 예비 사업주 분들에게는 꼭 한 번쯤은 확인하고 사업을 시작하여야 할 중요한 부분입니다. 우선 이 시스템을 사용하기 위해서는 '소상공인시장진흥공단' 홈페이지에서 회원가입을 진행한 후 "상권정보"에 들어가면 "상권정보 분석 프로그램"을 이용할 수 있습니다.

- 반경 200m, 500m, 1km 3상권으로 분석(비슷한 업종 추이)을 활용하여 1차 상권 핵심 경쟁 지역을 파악할 수 있습니다.

- 주변의 핵심 건물 파악이 가능하며 주 고객층을 선별(상권 주요 정보를

통해 상권 유형을 파악 가능)하여 고밀도 주거지역인지, 주택 상업지역인지, 사업지역인지 등을 알 수 있습니다.

– 5개년도 이상의 업소별 변화 추이를 제공(**전년대비 신규업장과 폐점업장을 수치로 알 수 있음**)을 통해 내 아이템이 이곳에 부합할지 여부를 예측할 수 있습니다.

– 주말, 주중 연령과 인구를 구분하여 유동인구 파악이 가능하며, 실제로 며칠은 밤낮 계절 구분하여 직접 유동인구를 파악해 본다면 더욱이 상권 근처로의 인구의 이동 흐름을 알 수 있습니다.

이와 더불어 평형과 층수, 권리금 및 월세 여부를 대략으로 산정하여 근처 부동산에 발품을 팔아볼 필요가 있습니다. 미리부터 직접 상가를 보고 매장을 볼 수 있는 수완을 길러야 합니다. 권리금이 없는 곳은 그에 대한 이유가 분명히 있을 것입니다. 반대로 권리금이 형성되어 있는 곳은 그에 걸맞은 금액으로 적정하게 산정되었는지 이에 대해 알 수 있는 부동산 공부가 사전에 더욱 필요합니다.

업장을 여러 해 운영해 보고 여러 상가를 계약하고 오픈해 보면서 느끼는 것이지만, 상가 계약이 처음이라면 꼭 도움받을 만한 주변 지인을 동원하여 함께 발품 찾기를 권합니다.

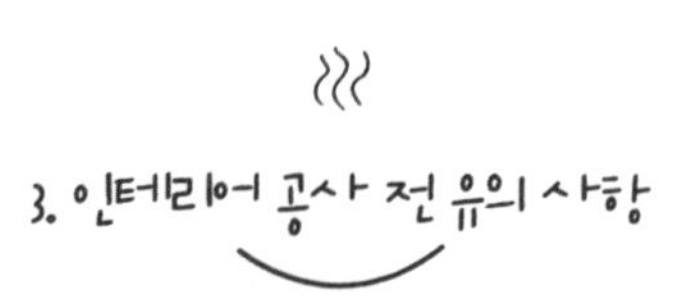

개인 매장을 창업하면서 많은 수강생들이 공통적으로 난처해했던 부분이 한 가지가 있습니다. 대다수 수강생들이 인테리어 업체만 선정하면 모든 것이 일사천리대로 진행될 것이라 생각하는 것입니다. 그러나 인테리어 도중 차마 알지 못했기에, 또는 전혀 준비되지 않아 모두가 예상치 못한 부분에서 문제가 생기는 경우가 허다했습니다.

그 부분이 바로 전기와 관련된 것이었습니다. 프랜차이즈라면 모를까 개인 매장을 직접 준비함에 있어서는 상황이 조금 다릅니다. 모든 것을 인테리어 업자가 어련히 다 해주겠거니 하고 전부 믿고 맡기는 것은 상당히 위험한 생각일지도 모르겠습니다.

대다수의 수강생들은 상가는 계약했으나 내 매장의 필요 전력에 대해서는 미처 생각을 하지 못했습니다. 이 부분을 정확히 숙지하고 필요 전력에 맞는 승압과 시공이 이루어져야 하는데 그러지 못해 난처한 상황에 처하는 경우가 정말 많았습니다. 영업 도중 전기가 계속 떨어지거나 누전되는 경우 말입니다.

특히나 너무 저렴한 인테리어 업자를 선택하여 진행할 경우 전기 전문가가 아닌 인테리어 사장이 전기를 비롯한 배관, 수도, 목공, 기타 등등 모든 것을 홀로 주도합니다. 그러다 보니 전기 부분에 있어서 추후 문제가 되는 경우가 빈번하게 발생하기도 했습니다. 저 또한 처음 개인 카페를 창업했을 때 부족한 예산에 너무 저렴한 업자를 선택하여 진행했던 적이 있었습니다. 오픈한 지 얼마 되지도 않았는데 여러 곳에서 하자가 발생해서 난처했던 적이 한두 번이 아니었습니다. 여러 공사 중 가장 위험한 것이 바로 전기 관련입니다. 때문에 인테리어 시공 전 꼭 전기부분을 미리 공부하여 문제없이 인테리어 공사를 진행하시기 바랍니다.

전기공사

전기를 증설하지 않고 지속적으로 계약전력(**한전과 수용가 사이의 계약된 전력의 양, 즉 '한 달에 얼마만큼의 kw를 사용하겠다'의 개념**)보다 초과하여 사용 시 요금이 보다 높게 과금 됩니다. 반대로 전기 증설을 지나치게 여유롭게 설정한다고 좋은 것도 아닙니다. 이는 증설 kw에 따른 기본 전력 금액이 높아지기 때문입니다.

따라서 초기에 전기공사를 할 경우 사용하는 설비 및 추가 될 전기 설비까지 고려하여 부족하지 않은 적정한 kw로 신고해야 합니다. 그렇지 않은 경우 지금은 괜찮더라도 추가적으로 전자제품을 사용 시 전력이 부족하여 업무 도중 전기가 떨어지는 사례가 발생할 수 있습니다.

카페는 커피 머신을 비롯하여 상당히 많은 kw를 필요로 하는 전자제품이 많습니다. 대표적으로 커피 머신(4.5kw), 냉난방기(3.8kw), 오븐기(2.5kw) 등이 있습니다. 어떤 기기를 내가 필요로 할지 정한 다음 각 기기에 해당하는 전력을 미리 확인해 보아야 합니다. 특히 매장을 인수 시에는 기존 계약자 또는 건물주에게 몇 kw가 증설되어 있는지 확인해야 합니다. 물론 한전에 전화를 해도 좋습니다. 일반적으로 20평 내외의 매장에서는 평균 10kw~15kw 전후로 사용하는 편입니다.

*** 계약전력 3kw의 의미**

한전과 거래되는 가장 최소한의 기본단위 계약 전력입니다. 하루에 15시간 30일 사용을 기준으로 3kw를 사용하겠다는 의미입니다. 한전과 계약된 전기 사용량보다 초과할 경우 한전에서는 계약전력 증설 안내라는 우편물을 발송해 줍니다.

*** 1kw 당 전기증설의 의미**

계약전력을 기존보다 높이는 공사를 말합니다. 한전 증설 공사는 5kw까지(**일반용일 경우 4kw**)는 국번 없이 123을 통해 가능하지만, 계약전력 6kw

이상부터는 전기공사 면허를 취득한 업체로부터 대리로 시공해야 합니다. 1kw당 약 십만 원 초반 정도의 시설 부담금이 발생합니다.

이와 함께 1kw 전기 용량을 증가시키는 공사 관련 비용은 한국의 전력회사, 필요한 인프라, 공사의 복잡성 등에 따라 다를 수 있습니다. 일반적으로는 전기 증설 비용은 공사 비용, 전기 설비비용, 계량기 비용 등으로 구성됩니다.

대략적인 비용으로는 전기 증설 공사 비용이 약 200만 원에서 500만 원 사이 정도입니다. 그러나 이는 대략적인 추정치일 뿐이며, 실제 비용은 상황에 따라 다를 수 있습니다. 정확한 비용을 알고 싶다면, 한국의 전력 공급자인 한국전력공사(KEPCO)에 문의하시는 것이 가장 좋습니다. 내 상황에 맞는 정확한 정보를 제공하고 비용을 산정해 줄 것입니다.

증설 절차는 다음과 같습니다.

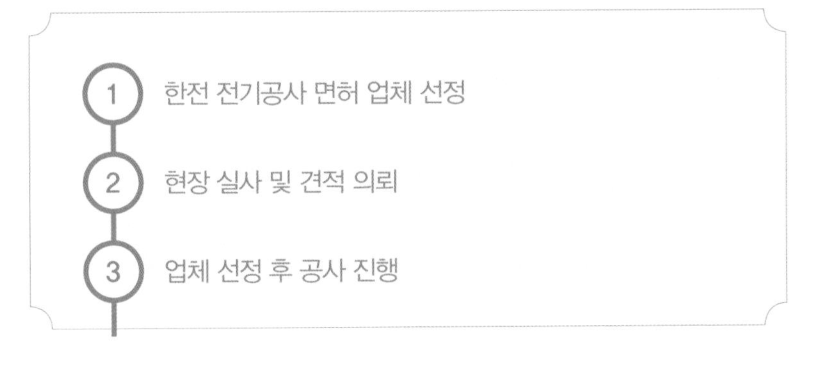

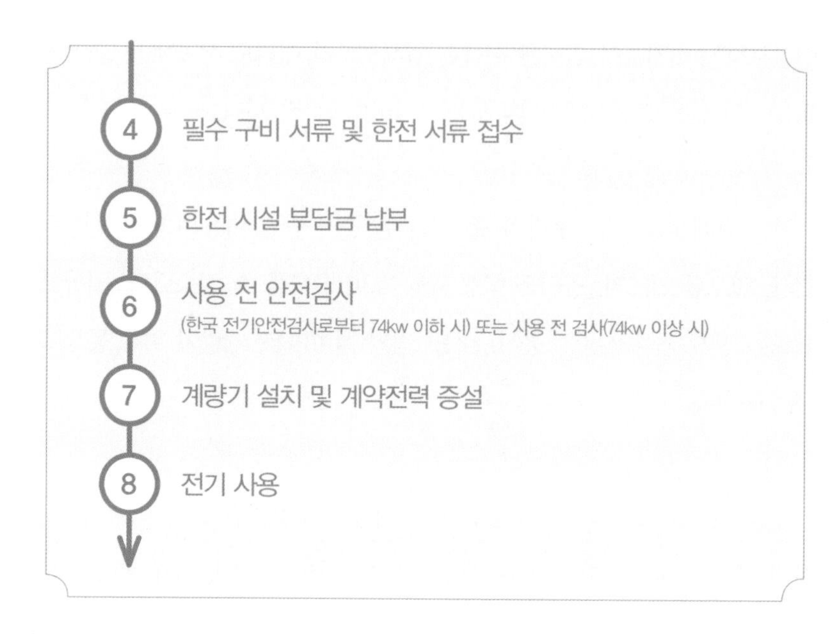

추가적으로 전기안전 법규상 한 건물 안에서 총 계약전력이 75kw가 넘어가는 경우 반드시 전기안전관리자를 선임해야 합니다. 저 같은 경우에도 1층에서 50kw를 사용 중에 있었고 새롭게 2층에 25kw를 신청하려 했으나 전기안전 법규상 전기안전관리자 선임한다는 것은 부담스러운 일이기에 24kw로 신청 하였습니다.

기기별 kw 전력 리스트

1. 기존에 있는 전기 용량 확인하기!
2. 사용할 전자제품의 kw를 합산하여 수집하기! (80% ~ 90% 선에서 적정량 결정)

제품	kw
커피 머신	4.5kw 내외
업소용 식기세척기	4kw 내외
대형 냉난방기	3kw ~ 5kw
중형 냉난방기	1.5kw ~ 2.5kw
소형 냉난방기	0.6kw ~ 1kw
오븐	2kw ~ 4kw
순간온수기	2kw ~ 2.5kw
블렌더	1kw ~ 1.5kw
핫 워터 디스펜서	1kw ~ 2kw
에어프라이어	1.3kw
900 쇼케이스	1.2kw
전자레인지	1kw
토스터	0.5kw ~ 1kw
제빙기	330w ~ 600w
전기 주전자	300w ~ 500kw
그라인더	50w ~ 500w
1200 테이블 냉장고	370w
1200 테이블 냉동고	240w
pos, 키오스크, 프린터기, 전화기, 각종 조명기구	최소 전력

※해당 모델의 전력 사용량을 정확히 확인하려면 해당 모델의 사양을 참조하기 바랍니다.

예를 들어 전 제품의 총 소비전력 24kw라는 것은 모든 제품이 동시에 돌아갔을 때의 시간당 사용되는 전력량을 말합니다. 각 제품마다 대기하는 제품도 있을 것이고, 꺼져 있는 제품도 있을 것이고, 상시 기본 전력으로만 사용되는 경우도 있을 것입니다.

이렇듯 전자 제품의 사용 시간이 모두 각기 다르기 때문에 상시 24kw를 꽉 채운 전력이 필요하다고 보기는 어렵습니다. 전기의 경우 수치상으로 정확하게 사용량을 정하는 것은 불가능하지만 어느 정도 허용범위를 예측해 볼 수는 있습니다. 개인적인 그 간의 견해로는 전체 총 합산 전력의 80%~90% 선상이면 적당했습니다.

상하수도 위치를 고려한 평면 계획 유의 사항

상하수도의 위치를 우선시하고 작업 동선을 고려하여 평면을 작성해야 합니다. 커피 머신과 제빙기 등을 비롯하여 카페에서는 물을 사용하는 전자제품들이 많습니다. 따라서 급수와 배수시설이 필요합니다. 인테리어 전 평면을 계획할 때 상하수도의 위치에 따라 급배수 시설이 만들어지기 때문에 가급적 가까운 곳에 급배수를 필요로 하는 기기들을 배치해야 합니다.

커피 머신과 제빙기는 배수관이 멀어질수록 각종 찌꺼기가 관에 쌓이게 되면서 배관이 막히는 경우가 빈번합니다. 배관 자체가 작아 배수관이 막히거나 역류하는 경우도 있습니다. 또는 외부의 압력으로 인하여 배수관 자체가 유격이 벌어져 틈새에서 물이 새는 경우도 종종 발생합니다.

급배수 시설을 필요로 하는 커피 머신, 핫 워터 디스펜서, 제빙기는 한쪽으로 모아 설치하는 것이 좋습니다. 그 밖에는 식기세척기와 싱크대는 같은 행렬 군에서 설치를 하거나 급배수시설 근처 선상에 위치해야 안정적입니다.

4. 커피 품질 지각 능력 검사표

"커피의 품질을 어느 정도 지각할 수 있는지 검사해 보세요!"

	커피 품질 지각 능력	전혀 그렇지 않다	그렇지 않다	보통이다	그렇다	매우 그렇다
1)	선호하는 나만의 로스팅 포인트 또는 블랜딩 종류가 있다.	①	②	③	④	⑤
2)	로스팅 볶음 정도에 따라 맛 구분이 가능하다.	①	②	③	④	⑤
3)	생두를 직접 로스팅 한 적이 있다.	①	②	③	④	⑤
4)	신선한 원두의 특징과 보관법을 알고 있다.	①	②	③	④	⑤
5)	고품질의 원두를 구분할 수 있다.	①	②	③	④	⑤
6)	내가 특별히 선호하는 원산지의 커피가 있다.	①	②	③	④	⑤
7)	핸드드립 기구 및 머신을 보유하고 있다.	①	②	③	④	⑤
8)	원두를 직접 구매하여 커피를 내려마신다.	①	②	③	④	⑤
9)	다양한 추출법에 따른 커피를 마시기 위해 카페에서 일을 하거나 방문한다.	①	②	③	④	⑤
10)	다양한 원산지의 거피에서 각기 다른 향과 맛을 분별할 수 있다.	①	②	③	④	⑤
11)	에스프레소를 종종 시음한다.	①	②	③	④	⑤
12)	커피의 맛이 달라진 것을 확실히 느낄 때가 있다.	①	②	③	④	⑤
13)	커피 관련 세미나 및 박람회를 매년 방문한다.	①	②	③	④	⑤
14)	커피 관련 종사자거나 관련 자격증을 가지고 있다.	①	②	③	④	⑤
15)	커피의 3대 품종을 알고 있다.	①	②	③	④	⑤

해석

점수	해석
65점 이상	최고 품질 지각 능력
55점~64점	고품질 지각 능력
45점~54점	중품질 지각 능력
35점~44점	저품질 지각 능력
25점~34점	최저품질 지각 능력
24점 이하	지각 능력 무지

※참고문헌 : 임승훈(2017), "로스터리 카페 고객의 인지력이 커피품질 지각능력과 매출에 미치는 영향에 관한 연구," 석사학위논문, 숭실대학교 경영대학원